조선
정신과 의사
유세풍

조선 정신과 의사 유세풍·상

초판 1쇄 발행 | 2022년 8월 1일

지은이 이은소
발행인 한명선

주소 서울시 종로구 평창길 329(우편번호 03003)
문의전화 02-394-1037(편집) 02-394-1047(마케팅)
팩스 02-394-1029
전자우편 saeum98@hanmail.net
블로그 blog.naver.com/saeumpub
페이스북 facebook.com/saeumbooks
인스타그램 instagram.com/saeumbooks

발행처 (주)새움출판사
출판등록 1998년 8월 28일(제10-1633호)

• 잘못된 책은 바꾸어 드립니다.
• 책값은 뒤표지에 있습니다.

조선 정신과 의사 유세풍

上

이은소 장편소설

어디가 아파서 오셨소?
마음부터 살펴보리다!

새흙

차
례

봄이면 소락의 산야와 계수 의원 뒤뜰이 생각납니다. 아, 그리운 우리 계수 의원 식구들도요. 가슴에 사무치게 보고 싶습니다.

오래간만에 계수 의원을 찾습니다.

세 분 의원님과 계수 의원 식구들은 여전합니다. 다행입니다. 이 세상 온갖 것이 변해도 소락과, 계수 의원, 이 사람들은 변하지 않았으면 좋겠습니다.

계 의원님은 여전히 유쾌하십니다. 사내아이가 의생이 되어 계 의원님 곁에서 의술을 배웁니다. 만복의 큰아들이라고요? 이 아이가 신분의 한계를 넘어 어떤 의원이 될지 궁금해집니다.

은우님은 부인과 전문 의원이 되셨습니다. 부인 병자를 보느라 정신이 없으십니다. 그러고 보니 배가 좀 부르십니다. 곧 유 의원님 댁에 둘째가 태어나겠군요. 힘드실 텐데, 다행히 입분이 의생으로서 보조를 하는군요. 입분은 이제 약방문도 잘 읽고 잘 씁니다. 정말 계수 의원을 물려받으려나 봅니다.

남해댁도 조수가 생겼습니다. 만복의 부인인 청주댁과 의원

안살림을 함께 합니다. 장군은 상투를 틀었군요. 무엇보다 할망이 건강해서 기분이 좋습니다.

유세풍 의원님은 수염을 길게 늘어뜨리고 병자를 보십니다. 분명 생김새는 다른데 분위기는 계 의원님과 비슷합니다. 말투가 계 의원님보다는 좀 더 느리고 음성이 좀 더 낮습니다.

저는 뒤뜰로 가 유세풍 의원님을 기다립니다. 유 의원님이 자주 앉아 계시던 고욤나무 그늘 아래에 짚방석이 그대로 있습니다. 짚방석 위에 앉아 봅니다. 유세풍 의원님이 오시면 무슨 말을 할까, 생각해 봅니다.

지난 사 년간, 우리는 새로운 역병을 만나 고생했고, 저는 존경하는 선배들과 헤어지느라 슬펐고, 사랑하는 후배들을 짝사랑하느라 좀 쓸쓸했습니다. 제 마음이 좋아하는 이들에게 닿지 않아 아파했고, 저와 제 친구들의 노화에 우울해했습니다.

마침 유세풍 의원님이 오십니다. 저를 보고 활짝 웃으십니다. 눈가에 진 잔주름을 보니 제 마음의 주름이 펴집니다. 저도 그냥 웃습니다. 눈가에 잔주름을 잔뜩 그리고 웃습니다. 유세풍

의원님께 아무 말도 하지 않습니다. 이미 마음으로, 미소로 전했으니까요.

"힘들었죠? 고생했어요."

"힘드셨죠? 고생하셨어요."

드라마 방영을 맞이하여 개정판을 세상에 내놓게 되었습니다. 개정판은 〈조선 정신과 의사 유세풍〉의 초판이 완성되기 전에 쓴 초고 무삭제판을 바탕으로 하였습니다. (유 의원님 두 분이 '유' 씨라서 어려움을 겪은 이야기는 이번에도 풀지 못했습니다.) 많은 독자님께서 반겨주셨으면 좋겠습니다.

네모난 화면으로 보는 세상을 좋아합니다. 영상에는 연출과 연기, 배경과 세트, 소품, 의상…… 무엇보다 이 모든 것을 담으려고 애쓴, 수많은 '사람'의 '마음'이 보이기 때문입니다.

요즈음 드라마 메이킹 필름과 티저, 예고편을 챙겨보는 일이 즐겁습니다. 메이킹 필름에서 김상경 배우님의 말씀이 제 마음을 두드렸습니다.

　"우리가 만나는 이 순간과 작업하는 동안은 서로 가장 사랑하는 사람이 됐으면 합니다."

　여러분, 사랑합니다.

　그리고 지난봄 영면하신 고 황선환 님께 이 책을 바칩니다.

2022년 7월

이은소

침이 무서운 침의

1

물비린내가 난데없이 밀려들었다. 후각을 깨우는 비릿한 냄새라기보다는 머리를 깨우는 맑고 개운한 향내였다. 눈을 감고 있던 세엽의 입꼬리가 슬쩍 올라갔다. 가지런한 눈썹이 꿈틀거렸다.

세엽은 무거운 눈꺼풀을 열고 주위를 둘러보았다. '계수 의원'은 전과 다름없었다. 계 의원은 아직 돌아오지 않았다.

여름, 날은 맑고 볕은 옹찼다. 세엽은 하품을 참으며 하늘을 올려다보았다. 하늘이 가을 들판처럼 노르무레했다. 하늘빛도 구름빛도 아니었다. 하늘이 들이든, 들이 하늘이든. 이런들 저런들, 그러거나 말거나…. 세엽은 다시 눈을 감고, 툇마루 기둥에 머리를 기댔다가 곧 눈을 떴다. 가운뎃손가락으로 콧등을 훔쳤다.

"비요!"

만복이 마당에서 약재를 뒤집다가 소리쳤다. 하늘에서 빗줄기가 후드득대며 떨어졌다. 남해댁이 부엌간에서 대나무 광주리를 들고 튀어나왔다. 대청에서 장군과 약재를 썰던 입분이 마당으로 뛰어 내려왔다. 장군은 하늘을 보며 입을 벌린 채 손가락만 꼼지락거렸다. 계 의원을 기다리던 병자들도 마당으로 모여들었다. 모두 마당에 널어놓은 약재를 걷어 광주리에 담았다.

"옻이래!"

뒤뜰에서 달려온 할망이 약재를 옻 놀리듯 던졌다.

"할매!"

남해댁이 할망을 노려보았다.

"내 니 할매 아니래."

할망이 남해댁에게 약재를 던지고 세엽의 곁으로 다가왔다. 어깨에 둘러멘 보따리를 앞으로 당겨 끌어안았다. 할망이 늘 메고 다니는 간식 보따리였다.

할망은 보따리에서 누룽지 한 조각을 꺼내 세엽에게 쥐어 주며 말했다.

"빛님과 비님이 같이 오시잖아. 길조야."

의원 식구들은 빠르게 손을 놀렸다. 입도 바빠졌다. 남해댁이 맑은 하늘에 비가 오니 호랑이가 장가를 가는 모양이라고 했다.

"장가는 우리 서방님이 가셔야 되는데……."

만복이 세엽을 보면서 말했다.

"장가는 무슨, 이런 게 날벼락이지. 갑자기 비는 왜 온대?"

입분이 투덜댔다.

세엽은 제 방 앞, 툇마루에 앉아서 하늘만 멀뚱히 바라보았다.

푸른 하늘과 노르스름한 구름, 그 사이로 비치는 햇빛, 햇빛 가운데로 떨어지는 빗줄기로 시선을 옮겼다.

약재를 걷던 병자 하나가 뚱한 얼굴로 세엽을 보았다. 너도 와서 좀 거들라는 뜻일 터였다. 세엽이 일어났다. 할망이 세엽의 옷자락을 잡았다. 세엽이 할망의 손을 두드렸다. 할망이 세엽을 놓아 주었다.

세엽은 몸을 일으켜 마당 가운데로 왔다.

"쇤네가 서방님 몫까지 해요. 서방님은 그냥 쉬세요."

만복이 세엽의 등을 밀었다.

"일도 안 해본 양반이 뭘 거든다고요? 몸 적시지 말고 들어가세요."

남해댁도 세엽을 말렸다.

세엽은 오도 가도 못하고 서 있었다.

"괜찮아요. 저희가 할게요."

입분도 거들었다.

세엽은 망설였다. 만복과 남해댁과 입분이 얼른 들어가라고 세엽을 재촉했다.

세엽은 툇마루를 향해 돌아섰다.

'계수 의원에서 공짜로 처자고 처먹는 사람은 없다!'

난데없이 계 의원의 목소리가 들리는 듯했다. 세엽이 다시 마당을 향해 돌아서는데 한 사내가 계수 의원으로 들어왔다.

뛰어왔는지 숨을 헐떡이며 말했다.

"사람이 물에 빠졌어요!"

우야꼬, 어머, 목욕하네, 워쩐대유, 남해댁과 입분, 할망, 만복이 한 마디씩 내뱉었다. 의원 식구들과 병자들의 시선이 세엽에게 모였다.

"의원님은 출타 중이오."

세엽이 그들의 시선을 외면하며 차분히 손가락을 들어 밖을 가리켰다.

"그럼, 그쪽 의원님이라도 오셔야죠."

사내가 세엽에게 다가왔다.

"내가?"

"의원이시라면서요. 사람이 물에 빠져서 죽게 생겼다고요. 비까지 내려서 강물이 불어날 거예요."

"어서 가보세요. 그래도 의원님이 가시는 게 낫지."

남해댁도 세엽을 재촉했다.

"어서요."

사내가 세엽의 팔을 잡아끌었다.

의원 식구들도 빨리 가보라며 세엽의 등을 떠밀었다. 세엽은 머뭇대다가 발을 뗐다. 주문이라도 건 듯, 비가 뚝 그쳤다.

약재를 걷던 사람들이 얼굴을 찌푸리며 얄궂은 하늘을 향해 구시렁댔다.

구름 위로, 보이지 않는 바람이 부는 게지, 세엽이 생각하면서 걸음을 옮겼다.

만복이 세엽의 방으로 들어가 갓과 도포를 챙기다가 그냥 두었다. 침통을 잠시 응시하다가 들고 나왔다.

남해댁이 홑이불을 챙겨 만복에게 건넸다.

만복이 세엽을 쫓아 의원을 나왔다.

세엽은 사내를 따라 골목을 돌고 돌아 마을을 벗어났다. 들 너머로 북녘강 검푸른 물줄기가 세엽의 검은 눈동자로 흘러들어 왔다. 세엽의 허리 아래로 연녹색 갈대가 너울거렸다. 세엽이 사내를 따라 강둑길로 올라섰다.

사내가 북쪽으로 방향을 잡았다. 강 상류는 세엽도 가보지 않은 곳이었다.

"마침 우리 아들이 산에 갔다 오는 길에 보았기에 망정이지, 거기는 사람들도 안 다녀서 큰일 날 뻔했어요."

세엽 일행은 강둑길을 달렸다.

멀리서 손을 흔들던 아이의 모습이 점점 뚜렷해져 왔다.

세엽 일행은 아이 앞에서 달음질을 멈추었다.

아이가 강 가운데를 가리켰다. 검고 하얗고 작은 형체가 눈에 들어왔다. 검은 머리, 하얀 저고리, 작은 어깨였다.

이내 물속에 잠겼다가 떠올랐다.

세엽은 그이에게 시선을 두며 강변으로 내려왔다.

아이고, 빨리요, 빨리, 아이 어미가 발을 동동 구르며 세엽을 맞았다.

"아씨, 아씨……. 우리 아씨 좀 구해 주세요. 아씨, 아씨…….

아씨 좀 살려 주세요."

열대엿 살 먹은 처녀 아이가 강과 세엽을 번갈아 보며 울부짖었다. 물에 빠진 아씨라는 이의 몸종인 듯하였다.

"됐구먼. 계수 의원 의원님이 오셨으니 됐어. 이제 저 아씨는 살았어."

사내가 아내와 몸종에게 말했다.

몸종이 두 손을 모으고 세엽에게 절을 하며 아씨를 부탁한다고 했다.

세엽은 난감한 표정으로 사내를 바라보았다.

"제가 건질 수 있으면 벌써 건졌죠."

세엽과 사내가 만복을 바라보았다.

"지가 헤엄 빼고 다 잘하는디……. 아시지유? 그 스님이 물과지가 상극이랬는디……."

만복의 입에서 고향 말투가 튀어나왔다.

"그래도 지가 가야지유. 귀하신 서방님을 어찌 찬물로 보내겄어유?"

만복이 한숨을 쉬며 걸음을 뗐다.

세엽이 만복의 굵은 팔을 붙잡고, 상의를 벗어 만복에게 건넸다.

세엽은 강물에 발을 담그고 앞으로 나아갔다. 걸음을 서두르자 강바닥이 점점 낮아졌다. 망종이 지났다고는 하나 물이 찼다. 세엽은 얼굴을 찌푸리며 자맥질을 시작했다.

"아이고, 서방님, 물과 상극만 아니었어두 지가 빠져야 하는
디…… 이놈이 쓸 데가 없어유…… 아이고, 서방님……."

만복이 쉬지 않고 말했다.

세엽은 빠르게 물을 헤치고 나아갔다.

아씨를 부르는 여종의 울부짖음과 자기를 부르는 만복의 외침
이 희미해져 가고, 여인의 모습이 가까워졌다. 보얗고 반듯한 이마
가 햇빛을 받아 반짝거렸다.

세엽은 저도 모르게 헤엄을 멈추었다가 다시 여인에게 다가갔
다.

"아씨, 아씨."

여인은 대답이 없었다. 세엽은 목소리를 높였다. 순간, 여인의
몸이 물속으로 가라앉았다가 다시 떠오르지 않았다.

"아씨!"

세엽은 여인을 구하기 위해 물속으로 향했다. 팔다리를 저어 여
인의 등 뒤로 갔다. 한쪽 팔로 여인의 목을 끌어안고 물 위로 솟아
올랐다.

세엽은 여인을 끌어안은 채 뭍을 향해 움직였다. 강바닥이 높
아졌다.

"아이고, 서방님!"

만복이 발을 적시며 강변으로 와서 여인을 부축하였다. 여인
도, 세엽의 몸도 지푸라기 인형처럼 축 늘어졌다.

만복이 사내에게 손짓하며 거들라고 하였다.

"안 돼요. 양반님네들은 남녀칠세부동석이잖아요."

사내가 손을 저으며 시선을 피했다.

몸종이 들고 있던 세엽의 상의를 바닥에 깔았다. 세엽과 만복이 여인을 그 위에 눕혔다.

아씨, 아씨, 몸종이 여인을 부르면서 울었다.

여인은 반응이 없었다.

세엽이 여인의 얼굴을 살피며 맥을 짚었다. 얼굴이 창백하고 입술이 파리했다. 맥도 더없이 약했다.

"몸을 조인 것을 다 풀거라."

세엽이 고개를 돌렸다.

몸종이 세엽을 멀뚱히 바라보았다.

"옷고름과 치마끈을 풀거라. 버선도 벗기고."

몸종이 저고리 고름을 풀고, 사내의 아내가 버선을 벗겼다.

"발을 높이고, 수족과 팔다리를 주무르거라."

세엽이 홑이불을 끌어 몸종에게 건넸다.

몸종이 여인에게 홑이불을 덮어 주었다.

세엽이 여인의 맥을 짚고, 콧구멍에 손가락을 갖다 대었다. 숨이 없었다. 만복이 세엽에게 침통을 건넸다. 세엽은 침통을 가만히 바라만 보았다.

"인중, 백회, 여기, 이런 데 피를 내야지요."

만복이 제 손목과 손바닥을 짚으며 내관과 소부혈을 가리켰다. 서당 개 삼 년에 풍월을 읊는다더니 만복이 세엽을 따라다닌 세월도, 풍월을 읊는 솜씨도 서당 개에 비할 바가 아니었다. 만복이 침통에서 침 하나를 꺼내 세엽에게 건넸다. 하지만 세엽은 침에 눈길 한번 주지 않고 몸종을 보았다.

"아씨의 코에 숨을 불어 넣거라."

몸종은 세엽을 보며 또 멀뚱거렸다.

"너희 아씨께서 숨을 안 쉬시니 숨을 잘 쉬고 있는 네가 직접 아씨의 코에 숨을 불어 넣으란 말이다."

의서에서 본 적은 없었지만 물에 빠진 사람을 이렇게 살렸다는 이야기를 들은 적이 있었다.

"아씨가 숨을 안 쉬세요? 서, 서, 설마 돌아가셨어요? 아이고, 아씨!"

몸종이 손바닥으로 땅바닥을 치며 울음을 터뜨렸다.

"지금 안 돌아가시게 하려고 숨을 불어 넣으라 하지 않느냐?"

"예, 예."

몸종이 울음을 그치고 고개를 몇 번 끄덕였다.

"어서."

몸종이 여인의 코에 입을 가져갔다. 후후, 하고 입김을 불어 넣었다.

"그게 아니다. 내가 하는 양을 보고 그대로 하거라."

세엽은 만복에게 누우라고 했다. 만복은 떨떠름한 표정으로 바닥에 누웠다. 양손을 가슴 앞에 모아 깍지를 끼고 눈을 꼭 감았다. 세엽은 만복의 콧구멍을 입으로 덮고, 숨을 한가득 불어 넣었다. 만복이 몸을 움찔거렸다.

몸종은 세엽이 만복에게 하듯이 여인의 코에 숨을 불어 넣었다.

아이의 어미가 여인의 다리를 주물렀다. 아이 어미가 아이에게도 아씨를 살리는 데 거들라고 했다.

"안 돼. 양반님들은 남녀칠세부동석이야."

아이 아비인 사내가 아이를 말렸다. 그게 중요하냐고 아이 어미가 소리를 질렀다. 아이도 여인의 다리를 주무르기 시작했다.

몸종은 다시 여인의 코에 숨을 불어 넣었다. 세엽은 못마땅한 얼굴로 몸종을 쳐다보다가 말했다.

"나오거라. 너는 아씨의 가슴이 부풀어 오르는지 살피거라."

세엽이 몸을 낮추고 여인의 얼굴을 향해 가까이 다가갔다. 숨을 불어 넣으려고 입을 벌리는 순간, 여인이 눈을 떴다. 세엽은 여인과 눈을 마주쳤다. 입을 벌린 채 돌처럼 굳어 버렸다.

여인은 세엽의 상체로 시선을 옮겼다. 불쾌한 표정으로 미간을 좁혔다. 세엽도 눈매를 찌푸렸다. 자기가 윗도리를 벗고 있다는 사실이 이제야 떠올랐다. 세엽이 양팔을 들어 제 가슴을 가렸다.

"그게 아니라……"

세엽이 손을 젓다가 다시 제 가슴을 가렸다.

"이건……"

세엽이 당황해하는 사이 여인이 몸을 일으켰다. 세엽을 노려보았다. 세엽이 설명을 하려고 입을 여는 순간, 여인이 입술을 앙다물고 세엽의 뺨을 철썩 내리쳤다. 사람들의 시선이 세엽에게 쏠아졌다.

세엽이 눈을 감았다 떴다. 눈물이 핑 돌았다. 뺨은 얼얼하고 속은 쓰렸다. 평생 뺨을 맞은 것도, 병자에게 맞은 것도, 여인에게 맞은 것도 처음이었다.

"아이고, 서방님 이게 무슨 봉변이래유? 물에 빠진 놈 건져 놓으니까 내 봇짐 내라 한다더니!"

만복이 세엽의 뺨을 어루만졌다.

몸종은 세엽과 여인을 번갈아 보다가 세엽을 가리켰다.

"아씨, 이분은 의원이세요."

세엽은 억울한 눈빛으로 여인을 바라보았다. 난 당신을 구해 준 의원이란 말이오, 눈빛으로 호소했다. 여인의 시선은 여전히 차가웠다. 한겨울 꽁꽁 얼어붙은 강물 같았다. 세엽은 고개를 돌렸다.

몸종이 여인의 치마끈과 옷고름을 묶었다. 여인이 일어나 몸종을 보았다. 몸종이 쓰개치마를 찾아와 여인에게 건넸다. 여인이 쓰개치마를 쓰고는 걸음을 뗐다.

몸종이 세엽의 상의를 들고 흙을 털어낸 다음 세엽에게 건네고 여인을 쫓아갔다.

세엽이 윗저고리를 들고 멍하니 있었다. 만복이 세엽의 등에 저고리를 걸쳐 주었다. 세엽이 등을 움찔거렸다. 축축했다. 만복이 세엽에게 저고리를 입혔다.

"저 아씨 성격이 보통이 아니시네요."

여인이 자리를 뜨자 사내가 세엽을 보며 한마디 했다. 세엽이 원망스러운 눈길로 여인의 뒷모습을 바라보았다. 여인은 갓 삶아 빤 이불 홑청처럼 하얬다.

세엽의 눈길이 여인의 하얀 치맛단 위로 이어진 하얀 쓰개치마에 머물렀을 때 쓰개치마가 바닥으로 툭 떨어졌다.

여인도 나뭇가지처럼 툭 꺾였다. 여인이 쓰러졌다.

"아씨."

몸종이 소리를 질렀다.

세엽이 달려가 여인의 맥을 확인하였다.

"만복아."

만복이 홑이불을 들고 달려왔다. 세엽이 이불로 여인의 몸을 감쌌다.

"의원으로 옮겨야겠다."

만복이가 뒷걸음질 쳤다.

"살려 준 서방님 뺨도 치는 마당에 쇤네가 업었다가 무슨 봉변을 당하려고요."

"병자부터 살려야 하지 않겠느냐?"

"쇤네한테 업히면 더 싫어할 텐데유, 지는 못 업지유."

만복이 근심스러운 표정으로 뒷걸음질을 쳤다.

"업혀라."

세엽이 등을 내밀었다. 만복이 앞으로 다가왔다.

"그지유? 서방님은 이제 안 때릴 거예요. 또 때리면 인면수심이지요."

만복이 세엽의 등에 여인을 업혔다. 세엽이 콧김을 내뿜고서 걸음을 뗐다.

"옷은 제대로 입어야 덜 맞지요."

만복이 곁에서 세엽과 걸음을 맞추며 세엽의 저고리 옷고름을 묶었다.

몸종이 여인의 쓰개치마를 챙기고 세엽을 쫓았다.

"병자 건져 왔어요."

만복이 먼저 의원으로 들어섰다. 이어 세엽이 여인을 업고 들어오고, 몸종이 그 뒤를 따랐다.

남해댁이 큰방으로 들어가 자리를 폈다. 세엽이 여인을 내려놓고, 남해댁이 발을 내렸다. 만복과 장군이 발 밖에서 대기하였다. 세엽이 방바닥을 짚었다. 온기가 올라오고 있었다.

"병자를 데려올지도 몰라서 불을 넣어 놨어요."

"잘하였습니다. 계 의원님은 돌아오셨습니까?"

"안 그래도 입분이가 모시러 갔어요."

세엽이 이마를 찌푸리며 한숨을 쉬었다.

"당장 시침해야 돼요?"

세엽이 고개를 끄덕였다.

"우야꼬? 올 때가 다 됐는데……."

남해댁이 초조한 얼굴로 밖을 내다보았다.

세엽이 숨을 길게 내쉬었다. 우선 십선十宣에 침을 찔러 피라도 뽑아내야 했다.

오른손으로 침통이 놓인 쟁반을 더듬었다. 남해댁이 침통에서 침을 꺼내 세엽의 손에 쥐어 주었다. 가늘고 단단하고 차가운 느낌. 이 년 만에 잡아본 침이었다. 세엽은 가슴이 두근거렸다.

'사혈한다. 찌르고 뽑기만 하면 된다.'

세엽은 숨을 고르고, 왼손으로 여인의 손을 고정했다. 시선을 여인의 손끝에 고정한 채 침을 가져갔다. 침을 잡은 오른손이 떨리기 시작했다. 숨이 가빠지고 가슴이 막혀 왔다. 식은땀이 나고 눈앞이 흐릿해졌다. 세엽은 눈을 깜빡였다가 감았다.

다시 눈을 뜨는 순간, 검붉은 피가 제 얼굴로 솟구쳤다. 세엽의 시야에 선대왕의 얼굴이 있었다. 용안은 종기로 덕지덕지 덮여 있었다.

선대왕은 종기에 짓눌려 눈조차 뜨지 못했다. 종기가 터진 자리에서는 피가 흘러나왔다.

세엽은 명주 수건을 덮어 지혈했다. 흰 수건에 붉은 핏물이 스며들었다. 수건이 발갛게 물들자 새 수건으로 다시 지혈했다. 새 수건도 발갛게 물들었다. 피가 멈추지 않았다. 선대왕이 괴로워 신음하며 숨을 거칠게 뱉었다. 세엽도 거친 숨을 내쉬며 몸을 떨었다.

"의원님."

남해댁이 세엽의 팔을 잡았다.

"우야꼬? 대궐서 높으신 분들만 고쳤다는 양반님이 우예 침을 못 잡으실꼬?"

세엽은 침을 팽개치고 밖으로 뛰쳐나갔다. 맨발로 마당을 딛고 몸을 낮추어 헛구역질을 했다.

마침 계 의원이 입분을 쫓아 의원으로 들어섰다. 계 의원은 세엽을 흘깃하고 혀를 찼다.

"저게 의원이 아니라 병자지."

계 의원이 방 안으로 들어갔다.

계 의원의 말이 침처럼 세엽의 가슴에 꽂혔다. 세엽은 답답한 듯 가슴을 쳤다. 만복이 냉수 한 사발을 세엽에게 내밀었다. 세엽이 물을 벌컥벌컥 들이켰다. 만복이 세엽을 부축해 들마루에 앉혔다. 병자들이 세엽을 구경했다.

"괜찮아요? 서방님."

만복이 세엽의 어깨를 주물렀다.

"천천히 숨 쉬어 보세요."

세엽은 길게 숨을 내쉬고 깊게 들이마셨다. 숨을 고르고 제 손을 들여다보았다. 희고 말끔한 손 위로 이 년 전 그때처럼 검붉은 핏물이 스며들었다.

2

임금은 눈조차 뜨지 못했다.

아버지가 몸을 낮추어 용안을 들여다보았다. 울퉁불퉁한 종기가 온 얼굴에 고루 퍼져 있었다. 종기는 부은 채로 눈언저리까지 덮고 있었다. 숨을 쉴 때마다 임금의 속눈썹이 파르르 떨렸다.

"독기가 안포에 모여 있으니 의당 산침을 놓아서 배설해야 하옵니다."

내의원 수의인 아버지가 임금께 아뢰었다. 곁에 있던 세엽은 아버지를 바라보았다. 아버지의 눈에는 확신이 차 있었다.

사관이 아버지의 말을 기록했다.

내의원 도제조와 제조, 도승지가 서로 마주 보았다.

종기가 온 얼굴을 두루 덮었다고 해도, 용안에 산침을 대도 되는지 묻고 있었다.

도제조가 입을 열었다.

"전하, 옹이 생긴 초기에는 겉에 있는 사기는 발산하고 속에 있는 것은 내보내고 뜸을 뜨고 약을 붙여야 하옵고, 저가 생긴 초기에는 장부를 보해서 사기가 퍼지지 못하게 해야 하며 겉에는 뜸을 떠서 사기를 끌어내어 뜸 구멍에 머물러 있게 해야 하온데……"

"그리하라."

임금이 도제조의 말을 잘랐다. 도제조와 아버지는 누구의 말대로 하라는 뜻인지 가늠치 못하고 머뭇거렸다.

"수의의 말대로 하라."

세엽은 시선을 떨군 채 생각에 잠겨 있었다. 아버지가 손을 내밀었다. 그제야 세엽은 칼날처럼 생긴 사 촌짜리 피침을 아버지에

조선 정신과 의사 유세풍

게 건넸다.

아버지는 침을 불에 달군 다음, 종기 가까이에 가져갔다. 침으로 종기를 열십자 방향으로 찢었다. 피고름이 터져 흘러나왔다. 아버지는 다시 종기를 찔렀다.

세엽은 종이 심지를 아버지에게 건넸다. 고름이 나오지 않는 종기에 아버지가 심지를 꽂아 넣자 붉은 피고름이 종이를 적시면서 흘러나왔다.

임금이 얼굴을 찡그리며 고통을 참았다. 보는 이들도 인상을 썼다. 세엽은 인상을 펴고 긴장한 마음을 풀었다.

세엽은 아버지를 따라 대조전을 나왔다. 내전을 완전히 벗어났을 때 세엽이 아버지에게 물었다.

"침을…… 시침을 하여도 괜찮습니까?"

아버지가 무슨 뜻이냐는 듯, 세엽을 보았다.

지난해 임금께서는 마루에서 떨어지셨는데도 다리가 삐거나 부러지지는 않았다. 대신 발이 붓고, 다리에 힘이 빠지고, 몸이 말라 갔다. 통증이 심하다고 하셨다. 이는 분명 소갈의 후유증이었다. 소갈병 끝에 종기가 생긴다고 하였다.

"옹저는 소갈의 합병증이 아니겠습니까? 소갈을 앓은 지 백 일이 지났으면 침이나 뜸을 놓아서는 아니 되며, 만약 침뜸을 놓으면 침이나 뜸을 놓은 자리가 덧나 고름이 나오는데 고름이 멎지 않으면 죽을 수 있다고 하였사옵니다."

"『동의보감』이구나. 옹저가 곪은 부위는 양날이 선 침을 사용하여 열십자로 절개한 다음 고름을 짜내고 동시에 죽은 살도 함께 제거하라고도 하였지. 또한 『황제내경』 「영추」의 옥판玉板 편에서도 고름 피가 잡힌 경우에는 오직 폄석이나 피침, 봉침으로 종기를 찔러 피고름을 빼내는 방식을 정석으로 보고 있다."

"물론, 그렇기는 하오나……."

"성상께서 족부에 종기를 얻으셨을 때 이미 신 어의가 침으로 낫게 해드린 적이 있지 않더냐?"

"그때도 피가 한동안 멎지 않았사옵니다."

"한동안이었지. 종기를 절개하면 피가 나오는 것은 당연지사, 피가 나오면 종국에는 멎느니라. 무엇보다 피고름을 짜낸 후, 성상께서 편안해하시지 않았느냐?"

세엽은 더는 할 말이 없었다. 자신이 없었다. 제가 대과를 포기하고 전의감 생도 생활을 한 것은 불과 두 해, 의과에 입격하여 내의원에 발을 들여놓은 지는 이제 한 해밖에 지나지 않았다. 아버지는 십수 년을 왕실 전의로 살아왔다. 제아무리 글을 깨우치고부터 의서를 읽고, 붓과 침을 동시에 잡았다고는 하나 아버지에게는 미치지 못할 터였다.

아버지가 세엽의 등을 두드리고 웃으며 앞장섰다. 아버지의 시침에 반대하였는데도 무척 흡족해 보였다. 세엽은 마음 한구석이 여전히 개운치 않았지만 아버지를 잡지 못하였다.

"서방님."

만복의 목소리에 세엽이 생각을 멈추고, 고개를 들었다. 유시가 훌쩍 넘었지만 날이 이제야 막 저물었다. 대조전에서 나온 후 온종일 임금에 대한 생각을 지울 수 없었다. 퇴청을 하고 제 방에 틀어박혀서도 생각이 떠나지 않았다.

"대궐에서 오신 나으리가 영감마님을 찾아요. 한데 아무리 불러도 영감마님께서 대답이 없으셔요."

세엽이 일어나 대청으로 나갔다. 대청 아래에는 대전 상전 내관 양승복이 서 있었다. 세엽과도 안면이 있는 자였다. 그 역시 종기를 앓고 있어서 세엽이 시침을 해준 적이 있었다. 세엽이 인사를 하고 댓돌로 내려섰다.

"성상께서 수의 영감을 찾으시오. 속히 들라는 어명이시오."

"무슨 일이신지……."

"종기 때문에 고통이 심하시오."

세엽이 제 방 건너 큰사랑으로 갔다. 아버지는 불을 밝힌 채 잠들어 있었다. 방 안에는 약주 냄새가 났다. 저녁나절에 손들이 와서 함께 석반을 들며 반주를 걸친 탓이었다. 석상을 물리고도 술자리는 끊이지 않았다.

"아버님."

세엽의 목소리에 아버지는 미동도 없었다.

"아버님."

세엽이 아버지를 흔들어 깨웠다. 아버지가 눈을 떴다.

"성상께서 속히 대전으로 들라 하시옵니다. 통증이 심하다 하시옵니다."

아버지가 일어나 앉았다. 마른세수를 하며 정신을 차렸다.

"괜찮으십니까?"

"괜찮아야지."

"시침을 하라 명하실 터인데, 할 수 있으시겠습니까?"

아버지가 주먹을 쥐었다 펴며 자리에서 일어났다.

"어의들에게 연통하소서."

세엽이 아버지를 부축했다.

"괜찮다."

"약주를 들지 않으셨습니까?"

"가는 길에 다 깰 터이니 염려 말거라."

아버지가 옷을 갈아입고 갓을 썼다. 갓끈을 묶는 손이 떨렸다.
세엽이 아버지의 갓끈을 묶어 주었다.

"소자가 동행하겠사옵니다."

세엽이 입궐할 채비를 하고 마당으로 나왔다.

만복이 기다리고 있었다. 아버지와 양 내관은 이미 집을 나서
서 보이지 않았다.

세엽은 서둘러 대문간으로 갔다.

대문을 나서는데 아내의 몸종, 월이가 세엽을 불러 세웠다.

"아씨께서 위독하시옵니다."

세엽이 걸음을 멈추고 월이를 보았다.

"너무 고통스러워하시어요."

아내가 아픈 지는 하루 이틀이 아니었다. 위반을 앓고 있었다. 음식을 들고 나면 불편해하다가 구토를 하곤 했다. 요사이는 통증도 심해졌다.

"미음만 들이라 했거늘, 뭘 드셨느냐?"

"곶감이 하도 들고 싶다 하시어……."

"한증에 감을 먹으면 어쩌자고. 몸을 따뜻하게 하고 구토가 가라앉으면 약을 올리거라."

세엽이 돌아섰다.

"서방님."

월이가 세엽의 옷자락을 잡았다.

"오늘은 좀 다르세요. 서방님께서 직접 보셔야 할 듯해요."

"성상께서 찾으시니 입궁해야 한다. 의원을 부르거라."

세엽은 월이를 뿌리치고 대문간을 나섰다.

"집안에 의원이 둘이나 계신데 의원을 부르라니요?"

월이가 대문 밖으로 나와 소리쳤다.

세엽에게는 들리지 않았다. 아니, 듣지 않았다. 지금 이 순간 가장 중한 것은 성상의 안녕밖에 없었다. 성상의 어환과 아버지의 시침에 아버지와 제 명운이 달려 있었다.

"시침하라."

임금이 명했다. 옥음이 고통으로 뒤틀렸다.

"아직 아무도 입시하지 않았사옵니다. 전하."

아버지가 빈자리를 보고 아뢰었다. 임금에게 시침을 할때는 내의원 도제조, 제조, 도승지, 사관이 함께 들어야 했다.

"밤이 이슥하여 부르지 않았으니 어의는 괘념치 말고 시침하라."

"하오나……."

"부왕께서도 한밤중에 대전으로 침의를 부르곤 하시었다."

선대왕 인조가 침의 이형익을 사사로이 불러 수침한 일을 말하였다.

임금이 얼굴을 찡그렸다. 여전히 눈을 뜨지 못했다.

"어서 침을 들라."

임금의 목소리에 짜증이 배어 나왔다.

아버지는 세엽에게 침을 달라고 신호했다. 세엽은 침을 꺼내 불에 달구고 아버지에게 건넸다. 아버지는 침을 잡고 눈을 깜빡였다. 침과 용안을 번갈아 보다가 눈썹 밑에 난 종기로 침을 가져갔다. 손을 떨었다. 취기는 분명 가셨다고 하였는데 손을 떨었다.

세엽은 아버지의 손을 잡았다.

아버지와 눈을 맞추고 고개를 끄덕였다.

세엽은 아버지의 손에서 침을 앗아 직접 종기를 찔렀다. 피고름이 흘러나왔다.

세엽이 두 번째, 세 번째 종기에도 시침을 했다. 독기를 품은 피고름이 흘러나왔다.

세엽은 새 침을 들었다. 네 번째 종기를 찾아 피침을 찔렀다. 가로, 세로 열십자 모양으로 찢었다. 검붉은 피고름이 보였지만 잘 나오지 않았다.

세엽은 잠시 머뭇거렸다. 종이 심지를 꽂아야 할지 종기를 더 찢어야 할지 판단이 서지 않았다.

아버지가 세엽이 손에 든 침을 잡았다. 직접 하겠다는 뜻이었다. 세엽은 아버지의 손을 내려놓았다. 제가 다시 침을 찔렀다. 피고름이 흘러나왔다. 제 판단이 틀리지 않았다.

세엽의 입가에 미소가 떠올랐을 때 막힌 샘이 솟듯 피고름이 공중으로 솟구쳤다. 세엽의 흰 소매에 붉은 물이 들었다. 아버지가 얼른 명주 수건을 들어 상처를 덮었다. 손끝에 힘을 주고 지혈을 하였으나 피가 멎지 않았다. 명주 수건이 발갛게 젖어 들었다.

세엽이 당황하여 아버지를 바라보았다. 아랫방에 있던 양 내관이 다가왔다.

"무슨 일입니까?"

아버지가 명주 수건으로 피고름을 덮고 지혈을 했다.

"전하."

양 내관이 성상을 불렀다.

"상전은 소란 떨지 말라."

"도승지를 부르겠나이다."

"물러가 있으라."

수건을 여러 장 적시고서야 출혈이 잦아들었다.

세엽은 마치현, 곡피로 만든 고약을 환부에 올렸다.

더는 피가 나오지 않았다. 세엽도, 아버지도 참은 숨을 토해내며 안도하였다.

"전하, 황공하옵니다. 혈이 잘 멎지 않았사옵니다."

"멎었으니 되었다."

임금이 가늘게 눈을 떴다.

"한결 낫구나. 불편하면 또 부르겠으니 유 어의는 대기하라."

임금은 아랫방으로 시선을 옮겨 양 내관을 찾았다.

"오늘 일은 함구하라."

"예, 전하."

양 내관은 고개를 숙였다.

세엽과 아버지는 내전을 벗어나 금천교까지 걸어왔다.

둘 다 말이 없었다. 돌다리 아래를 흐르는 물소리만이 대궐의 적막을 깨웠다.

"소자가 큰 실수를 범하였습니다."

"작은 종기였는데……."

아버지는 세엽의 말은 듣지 않고 고개만 갸웃거렸다.

나흘 전, 임금의 머리 위에 난 작은 종기가 시작이었다. 바로 다음 날 종기가 얼굴에 두루 퍼지면서 성상이 고통을 호소했다. 탕약을 올렸으나 증상은 더욱 심해졌다.

"아무래도 전하의 성후가 심상치 않은 듯하구나. 넌 내일부터 칭병하고 당분간 입궐하지 말거라."

"소자가 시침을 잘못 하였습니다."

아버지가 고개를 들어 세엽을 보았다.

"일개 봉사가 어찌 용안에 시침을 한단 말이냐? 시침은 어의인 내가 하였다."

"하오나……."

"대궐의 일은 내 다 알아서 할 터이니 넌 마음 쓰지 말거라."

인경을 알리는 북소리가 울렸다.

아버지는 내의원으로 걸음을 옮겼다.

세엽은 불안한 얼굴로 아버지의 뒷모습을 바라보았다.

이틀 후, 세엽의 아비인 유후명은 의관들을 이끌고 대전에 들었다. 칭병하고 집에 있던 어의 신가귀까지 함께였다. 대신들은 대조전 밖을 지키고, 왕세자가 임금의 곁을 지켰다. 어제부터 임금은 병세가 더욱 심해져 자리에서 일어나지도 못했다.

임금은 유후명에게 시침을 명했다.

"전하, 어환이 위중하시니 더는 침을 경솔히 쓸 수 없나이다. 통촉하소서."

"가귀의 생각도 그러하냐?"

임금의 물음에 신가귀가 대답했다.

"종기의 독이 얼굴로 흘러내리면서 농증을 이루려 하고 있으니 반드시 침을 놓아 나쁜 피를 뽑아낸 연후에야 효과를 거둘 수 있사옵니다."

유후명이 재차 반대하였으나 임금은 듣지 않았다.

임금은 신가귀에게 침을 잡으라고 명하였다.

도제조와 제조, 도승지가 들어왔다.

많은 이가 지켜보는 가운데 신가귀가 떨리는 손으로 시침을 하였다. 피고름이 흘러나왔다.

"가귀가 아니었더라면 위태로울 뻔하였구나."

임금이 희미하게 웃었다.

그 무렵, 세엽은 대궐로 달려오고 있었다. 아버지의 뜻대로 칭병 중이었지만 성상께서 위중하시다는 소식을 듣고 집 안에 가만히 앉아 있을 수 없었다. 지난번 성상을 시침한 일도 내내 마음에 걸렸다.

해는 머리 꼭대기 위로 솟아오르고 날은 더워졌다. 세엽은 소매로 땀을 훔치며 걸음을 서둘렀다. 경추문 앞에 다다랐을 때 만복의 목소리가 등 너머에서 날아들었다. 세엽이 걸음을 멈추고 뒤돌아보았다. 만복이 숨을 헐떡거리며 달려왔다.

"서방님."

만복이 숨을 고르며 세엽의 팔을 잡았다. 만복은 세엽보다 몸태가 컸다. 뼈도 굵고 살집도 많았다. 큰 얼굴에서 땀이 뚝뚝 떨어지고 있었다.

"무슨 일이기에 이리 서두르느냐?"

"아씨께서 돌아가셨어요!"

만복이 울음을 터뜨렸다. 세엽은 눈먼 석상처럼 멍하니 선 채로 만복을 보았다.

조선 정신과 의사 유세풍

"아이고, 아이고……."

그때 대궐 쪽에서 곡소리가 들려왔다. 곡소리는 점점 더 커졌다. 세엽의 가슴도 심하게 두근거렸다. 설마, 아니겠지. 세엽은 불길한 예감을 부인하며 대궐로 눈과 귀를 옮겼다.

"상께서 승하하셨소!"

경추문 너머에서 사내의 목소리가 들렸다.

"전하!"

경추문 주위에 있던 사람이 울음을 터뜨리며 하나, 둘씩 엎드렸다. 행인들도 걸음을 멈추고 엎드렸다. 만복이 엎드리고, 세엽의 바짓가랑이를 잡아당겼다.

'나 때문이야. 그날 밤, 내 시침 때문이야.'

세엽이 고개를 떨구었다.

넋이 나간 듯 서 있던 세엽이 경추문으로 천천히 걸음을 옮겼다. 만복이 세엽의 옷자락을 붙잡았다.

"서방님, 어디 가셔요?"

"……대궐로 가야 한다."

"아씨 장례를 치러야 하는데요."

"방 서방에게 장례 준비를 하라고 해라."

"상주도 없이 장례를 치르라고요?"

"나는…… 대궐에 가봐야 한다."

세엽이 대조전을 향해 달리듯 걸었다.

백관들이 편전 앞에 모여 있었다.

아버지와 의관들이 대전을 나왔다.

세엽이 걸음을 멈추고 아버지가 지나가는 모습을 보았다.

세엽은 아버지를 뒤따르는 의관 하나를 붙잡고 상황을 물었다.

신가귀가 시침을 무사히 끝내자 성상께서 흡족해하셨다고 했다. 한데 피가 그치지 않고 계속 나왔다. 지혈을 하고 약을 발랐는데도 피가 멈추지 않았다. 아버지가 급히 청심원과 독삼탕을 올리게 하였고, 상께서 탕약을 드셨으나 소용이 없었다고 했다.

"신 어의의 침이 혈락을 범하였네. 신 어의가 시침만 하지 않았어도……. 이제 당분간은 자네를 보지 못하겠구먼. 자네 아버님도 무사치 못할 터이고……."

의관이 울먹이면서 말을 이었지만 세엽에게 그의 말은 더 이상 들어오지 않았다. 그날 밤 제가 잡은 침과 멈추지 않던 피만 어른거렸다. 세엽은 가슴을 쥐어짰다.

대전 양 내관이 대조전을 나오다가 세엽을 보고 다가왔다. 세엽을 데리고 구석으로 가서 물었다.

"그날 밤 시침을 수의께서 하신 게 맞소?"

세엽은 마른침을 삼켰다.

"유 봉사도 침을 잡은 듯한데……."

"……저는 보조를 했을 뿐입니다."

"그날도 혈이 멎지 않았소만?"

"독기가 심하여 혈이 많이 나왔지만 지혈은 문제없었습니다."

"하면 혈락을 범하지 않았단 말이오?"

"예. 혈락을 범했다면 혈이 멈추지 않았을 겁니다."

"한데 신 어의는 어찌 혈락을 범할 지경까지 이르렀단 말인가……."

양 내관이 중얼거리며 자리를 떴다. 걸음을 서둘러 의관 무리를 쫓아가서는 신가귀를 불러 세웠다. 그를 끌고 구석으로 가서 이야기를 나누었다. 세엽은 자리에 서서 그 모습을 지켜보았다.

양 내관과 신 어의가 헤어지고 나서야 세엽도 발걸음을 옮겼다.

세엽은 멍하니 대전 앞을 지키다가 내의원으로 왔다. 뜰에서 아버지와 신 어의가 굳은 얼굴을 붉히고 있었다.

"수전증이 있는데 침을 잡으면 어찌하는가!"

아버지의 목소리에 화가 그득했다.

"어명인데 별수 있는가?"

신 어의도 목소리를 높였다.

"어명이라고 무조건 따라야 하는가?"

"자네가 할 소린 아닌 듯한데……."

"무슨 말인가?"

아버지의 눈매가 새 부리처럼 날카로워졌다.

"왜 이러십니까? 국상 중입니다."

세엽이 달려가 두 사람을 말렸다. 신가귀가 세엽에게 시선을 한번 주고서는 자리를 떴다.

3

그날 밤, 세엽은 홀로 아내의 빈소를 지켰다.

아내의 신위를 멍하니 쳐다보았다. 망실단인김씨지위亡室端人金氏之位. 세엽은 아내의 이름을 물어본 적도 불러본 적도 없었다. 아내는 이름이 없었다. 제게는 '부인'이었고, 다른 이들에게는 유후명의 며느리, 세엽의 처 '김 씨'였고, 아랫것들에게는 '아씨'였다.

혼인을 한 지 여덟 해가 지났으나 그 팔 년 동안 세엽의 삶에 아내는 없었다. 한양에 상경하여 소과 준비를 하다가 집안 어른들의 뜻에 따라 고향에 내려가 혼례를 올렸다. 아내와 함께 상경하였으나 세엽에게는 아내와 화락할 여유가 없었다. 열여덟 그의 인생에서 가장 중요한 목표는 입신양명이었다. 그해 생원시에 급제하였으나 끝이 아니었다. 그때부터 시작이었다. 성균관에 입학하여 전보다 더 열심히 공부하였다. 그사이 아내는 병들어 갔다. 아버지의 뜻에 따라 아내는 처가로 내려가 요양을 했다.

세엽은 성균관에서 삼백 일을 수학하고 대과를 보는 대신에 전의감 생도가 되었다. 아버지는 조모를 간병하기 위해 일찍부터 의술을 배웠다. 세엽도 그런 아버지 밑에서 자연스레 의술을 배우면서 컸기에 유학보다는 의학이 더 쉬웠다. 재미있고 적성에도 맞았다. 대과에 급제하는 일보다 의과에 급제하는 일이 더 쉬웠고, 의과에 급제하면 사족 출신 의관이라 출셋길도 더 쉬우리라고 판단하였다. 수의가 되고 내의원 제조가 되고, 도제조가 될 수 있으리라 기대하였다.

지난해 의과에 장원으로 급제하여 정팔품 봉사에 제수되었다. 세엽의 입격 소식을 듣고 아내는 다시 돌아왔지만 얼마 안 가 병석에 누웠다. 하지만 세엽은 아내에게 남편 노릇을 할 여유가 없었다. 세엽은 아직 이룬 것이 없었다. 그때부터 다시 세엽은 대로를 출발해야 했다. 양명의 길로 가기 위해서는 더 열심히 일해야 했다. 남편이 아니라 의원으로서 아내를 진맥하고 시침하고 약을 처방하였다. 세엽에게는 왕실 웃전들의 안녕과 성상의 어환이 더 중하였다.

처음 의술을 배우기 시작했을 때에는 의원이 되어 어머니의 병도 고치고, 병자도 돌보고, 사람도 살리리라, 다짐한 것도 같았다. 그러나 너무 어려서 어머니의 병은 구완할 수 없었다. 병구완을 할 수 있을 만큼 자라고, 의원이 되었을 때는 너무 바빠서 아내를 돌볼 수 없었다.

아내의 이름이 무엇이더라, 김해 김씨인데……. 세엽이 피식, 웃었다. 아내의 이름조차 기억 못하는 제 자신이 한심하였고, 지금 아내의 이름을 생각할 때가 아닌 제 처지가 원망스러웠다. 성상께서 승하하셨으니 아버지는 책임을 져야 하리라. 제 앞길도 낙관할 수 없었다. 무엇보다 그날 밤 성상을 시침한 일이 마음에 걸렸다.

"웬 사람이 와서 서방님을 찾습니다."

만복이 대청 아래에 와 있었다.

"모시지 않고."

"문상하러 오지는 않았답니다. 서방님을 급히 뵈어야 한다네요."

세엽은 사랑채로 나갔다. 흰 바지저고리 차림의 젊은 사내가 서 있었다. 양 내관의 심부름꾼이었다. 양 내관이 몸이 편치 않으니 세엽에게 와 달라고 청하였다고 했다.

"대궐에 의관들이 있을 터인데……."

"몸이 너무 편찮으셔서 집으로 돌아오셨습니다."

"보다시피 나는 상중이라 갈 수 없네."

상중이 아니더라도 양 내관은 만나고 싶지 않았다. 그날 밤 일을 알고 있는 자는 피하고 싶었다. 따지고 들고, 캐물을까 봐 불안했다. 제가 시침을 했소, 제 시침은 문제없었소, 자신 있게 답할 수 없었다. 하지만 사내는 꼭 세엽을 모셔 가야 한다며 몇 번이나 말했다.

"유 봉사 나으리를 꼭 모셔오라고 하셨습니다."

"상주가 어찌 빈소를 떠나겠는가? 다른 의원을 찾아보게."

"몸 상태가 너무 안 좋으십니다. 꼭 와달라고 하셨습니다."

"사정은 딱하지만 보다시피 지금은 곤란하네. 장례가 끝나면 들르겠다고 전해 주게."

세엽은 빈소로 돌아왔다. 그날 밤 제 시침과 양 내관 생각이 머리를 어지럽혔다. 내게 꼭 할 말이라도 있는지, 역시 나를 의심하고 있는지…….

세엽은 일어났다. 차라리 만나서 이야기를 들어 보자 싶었다.

이경二更이 울렸다. 양 내관의 집 대문이 보였다. 세엽은 걸음을 서두르다가 멈칫했다. 아버지가 대문에서 나오고 있었다. 아버지는 주위를 한번 살피고서는 자리를 떴다.

세엽은 석연치 않은 기분으로 대문을 두드렸다. 아무도 나오지 않았다. 세엽은 문을 밀고 집 안으로 들어갔다. 집 안은 조용했다. 부리는 자들도 없었다.

"양 상전 나으리."

세엽이 불 켜진 방을 향해 소리쳤다.

"오셨소?"

양 내관이 엎드린 채로 방문을 열고 얼굴을 빼꼼히 내밀었다.

"상사를 당하셨다 들었는데 어찌 오셨소?"

양 내관이 몸을 일으켰다.

"많이 편찮으시다기에……"

"유 봉사는 그런 사람이지. 병자의 고통을 외면하지 못하는 사람이오. 하여 그날도 침을 잡은 게지."

"아니옵니다."

세엽의 음성이 높아졌다. 양 내관은 미소를 지으며 세엽을 바라보았다. 세엽이 양 내관의 시선을 외면했다.

"병자의 고통을 외면하기도 합니다."

세엽의 얼굴이 어두워졌다.

"그날 침을 잡은 이도 유 봉사가 아니고."

양 내관이 세엽의 팔목을 두드렸다.

"좀 전에 제 부친께서 다녀가시는 걸 보았습니다."

"아니오. 잘못 보셨소. 수의 영감께서 내 집에 다녀가실 정신이 어디 있겠소? 난 유 봉사만 청하였소. 이제는 내 병증을 좀 봐주어야겠소."

양 내관이 숨을 거칠게 토하며 누웠다.

"윗도리를 벗으십시오. 종기를 살펴봐야겠습니다."

"종기는 됐고. 곽란이 난 겐지 배가 아프오. 구토도 하고 설사도 하였다오."

세엽은 양 내관의 맥을 짚었다. 맥이 느리고 손이 찼다. 식은땀도 흘리고 있었다.

"뭘 드셨습니까? 국상 중에 술과 고기를 드시지는 않았을 테고……."

양 내관이 눈을 껌벅였다.

"드셨습니까?"

"알고 있소. 국상 중에 고기와 술을 먹었으니……. 지체 높은 어른께서 부르시는데 일개 내관이 어찌하겠소? 부르시면 가야지. 산해진미를 차려놓고 기다리시는 줄은 몰랐소. 불충인 줄 알면서도 눈이 뒤집혔다오. 평생 고급스러운 음식은 보기만 했지 먹어본 적이 있어야 말이지. 특히 진귀한 버섯으로 담근 술이 일품이었지. 대접이 하도 좋아서 과식을 했소."

"술과 고기, 기름은 종기에 독이라고 하지 않았습니까? 그 때문에 탈이 났습니다. 우선 구토와 설사가 멎게 시침을 하겠습니다."

세엽은 침을 잡았다. 배꼽 아래 기해를 향해 침을 가져가는데 평소와 다르게 손이 떨리고 식은땀이 났다. 세엽은 숨을 한 번 가다듬고 시침을 했다. 배꼽을 지나 하완, 중완에 침을 꽂았다. 숨을 한번 내쉬었다. 저도 모르게 어깨에 힘이 잔뜩 들어갔다. 다시 침을 들고 위수를 찾아 꽂았다. 순간 붉은 피가 흘러나왔다. 세엽이 무명 수건을 찾아 허둥댔다.

양 내관이 세엽의 손을 잡았다.

"괜찮소. 시침을 하다 보면 피도 나고 하는 게지."

양 내관이 세엽의 손에 무명 수건을 쥐어 주었다.

세엽은 시침을 끝내고 식은땀을 닦았다. 며칠 동안 지나치게 마음을 쓰고 졸인 탓인지 오늘 시침은 전과 같지 않았다. 발에 있는 공손, 손목에 있는 내관을 찌를 때에도 피가 났다. 침을 뽑았을 때는 무릎 아래 족삼리 주변에 멍이 들어 있었다.

"피가 좀 났습니다. 불편한 데는 없으십니까?"

양 내관이 일어나 움직였다.

"침 자리가 좀 아프지만 괜찮소. 내일이면 낫겠지. 이제 그만 가 보시오."

세엽은 인삼, 백출, 건강포, 감초 등을 처방하고 약방문을 건넸다.

"날이 밝으면 이 약재를 달여 드십시오. 장례를 마무리하고 다시 와서 또 처방해 드리겠습니다. 그사이 다른 의원에게 보여도 좋고요."

"고맙소. 인경이 울릴 터이니 어서 가보시오."

세엽은 양 내관에게 인사를 했다. 양 내관이 세엽의 손을 잡았다.

"혹 하실 말씀이 있으신지요?"

세엽이 양 내관과 시선을 맞추었다.

"유 봉사는 훌륭한 의원이오. 잊지 마시오."

양 내관이 미소를 지었다.

4

세엽은 무거운 마음으로 양 내관의 집을 나왔다.

발걸음이 떨어지지 않았다. 내일 다시 오리라고 다짐하고, 걸음을 뗐다.

다시 한번 양 내관의 집을 보았다. 양 내관을 두고 갈 수도 없는 노릇이고, 집으로 아니 갈 수도 없는 노릇이었다. 인적이 거의 사라지고, 울부짖는 새소리만 세엽의 갈 길을 재촉했다. 세엽은 걸음을 서둘렀다.

순화방을 벗어나 가회방으로 넘어오는데 스물여덟 번 인경이 울렸다. 세엽은 몸을 움츠리고 걸음을 디뎠다.

잠시 후, 딱따기 소리가 나고 순라군과 맞닥뜨렸다.

세엽은 한숨을 내쉬고 우두망찰했다. 오늘 하루 너무 많은 일이 있었다.

"신원을 밝히시오."

"난 내의원 의관이네. 순화방에 구급한 병자가 있어 보고 가는 길이네."

"경첩을 보여 주시지요."

"그건 미처……."

"방법이 없는 것도 아니 옵니다만……."

순라군이 너구리처럼 웃었다.

세엽은 허리춤을 뒤져 주머니를 찾았다. 급하게 나온 터라 돈까지 챙겨오지 못했다.

"방법이 없을 것 같네."

세엽은 무력하게 순청으로 끌려와 옥사에 구금되었다.

세엽은 옥사 안으로 들어서자마자 숨을 멎었다. 술 냄새와 땀냄새, 원인을 알 수 없는 불쾌한 냄새, 코 고는 소리, 잠꼬대, 술주정 등이 한데 어우러져 세엽의 정신을 아득하게 했다. 다시는 오고 싶지 않은 곳이었다.

세엽은 주변을 흘깃거렸다. 거친 바지저고리를 입은 자들이 많았다. 갓을 쓰고 도포를 입은 자들도 있었다. 그러나 멀쩡한 정신으로 갓을 쓰고 도포를 입고 들어앉은 자는 저밖에 없는 듯하였다.

세엽은 벽 한 귀퉁이에 몸을 기대고 눈을 감았다. 머리는 아프고, 눈은 뻑뻑하고, 어깨와 팔은 쑤셔대고, 다리는 부었다. 일 다경이라도 잠이 절실했지만 세엽은 잠들 수 없었다.

상주가 예서 뭐 하고 있는지……. 부인이 죽었는데도 남편 노릇을 못 하는구나. 양 내관은 정말 아파서 나를 부른 게로구나. 생각이 여기까지 미쳤을 때 세엽은 다시 눈을 떴다. 양 내관의 집 앞에서 분명 아버지를 보았는데 양 내관이 왜 그 사실을 숨기는지 이유를 알 수 없었다.

'유 봉사는 훌륭한 의원이오. 잊지 마시오.'

양 내관의 말도 머릿속을 맴돌았다.

세엽은 순청 옥사에서 일도 많고, 탈도 많은 하루를 마감하고 아침을 맞았다. 웅성대는 소리에 세엽이 눈을 떴다. 옥사에 갇힌 이가 서로를 깨우고 있었다. 한숨을 쉬고, 울상을 짓고, 소리를 질렀다.

"여보게. 분위기가 어찌 이리 수선스러운가?"

세엽이 옆에 있는 사내에게 물었다.

"이제 곧 곤장을 맞는다오. 초범?"

"그렇다네."

세엽은 겸연쩍은 표정으로 사내의 시선을 피했다.

"그럼 열 대요."

사내가 세엽을 훑어보았다. 세엽의 흰 갓에서 시선을 멈추었다.

"보아하니 부유한 양반이신 듯한데 왜 여기서 이러고 있으신지……."

나도 모르겠소. 아무것도 모르겠소. 세엽은 고개를 숙였다.

순관이 옥사 안으로 들어왔다.

"유세엽."

순관의 목소리에 세엽이 고개를 들었다.

"나 말인가?"

세엽이 되물었다. 옥사 안에 있던 사람들이 모두 세엽을 바라보았다.

"유세엽 나으리시오? 나오시오."

"댁에서 맷값을 치르거나 매품팔이를 데려왔나 보네요."

좀 전에 이야기를 나누던 사내가 말했다.

세엽은 혹시 만복이가 저를 수소문하여 찾았을까, 잠시 기대하였지만 이내 기대를 접었다. 인경이 울린 다음에는 만복이도 집 안에서 발만 동동 굴렀을 터였다. 제가 여기 갇힌 줄은 아무도 모르리라.

"나으리, 서두르시오."

세엽은 일어나면서 두려움을 느꼈다. 울고 싶어졌다. 곤장을 맞고 장독으로 고생하는 자도, 죽어 나가는 자도 여럿 보았다. 임금이 승하하시고, 부인이 죽어도 나오지 않던 울음이 이제야 터지려 하다니 세엽은 나약하고 지질한 제 모습이 믿기지 않아 헛웃음이 나왔다.

'차라리 매라도 맞자. 매라도 맞아야 한다. 매를 맞아서라도 정신을 차리자.'

세엽은 자신을 책망하면서 옥문을 나갔다.

옥사 밖으로 나오자마자 눈을 감았다. 아침 햇살에 눈이 부셨다.

"유 봉사."

낯선 목소리에 세엽은 눈을 떴다. 전립과 군복을 입은 사내가 제 앞에 서 있었다.

"우포청 종사관, 우신우요."

세엽은 눈을 깜빡였다. 곤장을 치는 일에 우포청 종사관까지 동원되나, 의문이 들었다.

"내시부 상전 내관, 양승복이 죽었소."

턱선이 날렵하고 몸집이 우람한 우신우가 해를 등지고 세엽에게 다가왔다. 태양이 제게 저승사자를 토해내는 듯하였다. 세엽은 부신 햇빛과 검은 그림자에 정신이 혼미하여 다시 눈을 감았다.

세엽은 우포청 종사관, 우신우를 따라 방 안으로 들었다.

작은 방에는 아무것도 없었다. 우신우가 상석에 자리 잡자 세엽은 그 맞은편에 앉았다.

우신우는 세엽을 쳐다보기만 했다. 하룻밤 사이에 양 내관이 죽었다니, 세엽은 확인하고 싶은 점이 너무 많았지만 우신우의 말부터 들어보기로 했다.

세엽은 우신우의 말을 기다렸다. 우신우는 여전히 말이 없었다. 세엽의 겉모습은 물론, 오장육부까지 한눈에 훑고 있는 듯했다.

세엽은 침묵을 깨기 위해 헛기침을 했다.

우신우는 몇 가지 의례적인 질문을 하고, 세엽의 머리를 내내 두드리던 이름을 입 밖에 꺼냈다.

"부친이 유, '후' 자 '명' 자를 쓰시는 수의 영감이오?"

"그렇습니다만, 그건 왜……?"

"어젯밤 부친의 행방을 알고 있소? 초경이 울리고 경추문을 나가셨다던데?"

역시 어젯밤 아버지는 출궁을 하고 양 내관의 집으로 갔다. 그러나 세엽의 입에서 나온 말은 달랐다.

"집에 오셨습니다. 저희 집도 상을 당하여 부친께서 들르셔야 했습니다."

"집안사람들은 수의 영감을 못 보았다고 하였소."

"늦은 밤이고, 아시다시피 곧 죄를 받을 몸인지라 조용히 오셨습니다. 저와 단둘이 빈소를 지키다가 떠나셨습니다."

세엽은 마른침을 삼켰다. 저도 모르게 태연히 거짓을 말했다. 우신우가 말없이 세엽을 응시했다.

"지금 저희 아버님을 의심하십니까?"

"아니요, 그럴 리가……. 한데 유 봉사는 빈소를 지켜야 할 사람이 어찌하여 순라군들에게 잡혔소?"

"아버님을 대궐까지 모셔다드렸습니다. 몸이 편치 않으신지라……."

세엽은 또 저도 모르게 거짓말을 했다. 아니, 저도 알고 있을지 몰랐다. 지금 이 순간은 아버지가 양 내관을 방문한 사실을 숨겨야 한다는 것을.

우신우는 예의 미심쩍다는 눈빛을 감추지 않고 세엽에게 이것저것 묻고는 일단 세엽을 풀어 주었다.

세엽은 집으로 돌아왔다.

사랑채에는 문상객들이 음식을 들고 있었다. 세엽은 인사를 미루고, 조용히 걸음을 옮겼다. 우선 옷부터 갈아입고 빈소를 지켜야 했다.

세엽은 안채 뜰로 들어섰다. 만복이 세엽을 보자마자 왜 지금 오셨느냐, 누가 다녀갔고, 누가 와서 영감마님과 서방님을 찾았다. 자기 입장이 얼마나 난처했는지 아느냐, 떠들어댔다. 세엽은 멍하니 만복의 말을 듣다가 만복을 쳐다보았다.

"서방님, 괜찮으세요?"

"만복아."

"네, 서방님."

"어젯밤에 아버님께서 오셔서……."

"영감마님께서 오셨어요? 어디요?"

"아버님께서 오셨다가 대궐로 돌아가셨다. 나는 아버님을 배웅해 드리고 오다가 순라군들에게 잡혔고 또 ……."

세엽은 말을 잇지 못하고 메마른 침을 삼켰다.

"네? 순라군들이유? 아이구, 서방님 시상에 이게 무슨 날벼락이래유?"

만복이 세엽의 도포를 걷고 엉덩이 주변을 더듬었다.

"아프시지유? 쇤네를 부르시지유. 쇤네 맷집 정도는 되어야 곤장을 견디지유. 어찌 살아 오셨어유? 지가 한번 봐유, 바지 걷어봐유."

세엽이 만복의 손길을 피하며 옆으로 비끼어 섰다.

"괜찮다. 맞지는 않았다."

"아이고, 아버지, 참봉 나으리, 감사합니다."

만복이 하늘을 향해 두 손을 모으고 중얼대다가 세엽을 보았다.

"그럼 어제 상전인지 내관인지 하는 병자 집에는 안 가신 거네요? 쇤네는 병자 집에서 밤을 새우시는 줄 알았어요."

세엽이 만복을 보았다. 무구한 만복의 눈빛에 눈이 뜨거워졌다.

"응. 가려다가 돌아왔느니라. 그리고 아버님이 오셨고, 나는 아버님을 대궐까지 배웅해 드리고 오다가 순라군에게 잡혔느니라."

"아이구, 참말로, 상중에 이게 또 무슨 일이래유? 아, 영감마님은 오셨으면 이놈에게 모시라 할 일이지, 서방님을 데려가면 어떡해요?"

만복의 말투가 고향 말에서 한양 말투로 바뀌어 갔다.

세엽은 만복의 잔소리를 뒤로하고, 방 안으로 들어왔다. 갓을 벗다 말고 풀썩 주저앉았다. 옷을 갈아입고 빈소를 지키고 있을 때가 아니었다. 아버지를 만나야 했다.

세엽은 다시 갓을 주워 들고 방을 나왔다.

만복이 상복을 챙겨오다가 세엽을 보고 또 어디 가시느냐고 죽는소리를 했다.

5

그사이 아버지를 비롯한 어의 여섯 명은 국문을 받고 하옥되었다. 성상이 승하하셨을 때부터 예상한 일이었다.

세엽은 의금부 옥사에서 아버지를 만났다.

"경황이 없을 터인데 어찌 왔느냐?"

세엽은 자세를 낮추고 아버지 귓가에 입을 가져갔다.

"아버지……. 시침 때문에 성상께서 승하하셨습니다."

아버지는 주변을 살피고 세엽의 귀에 입을 바짝 댔다.

"내 판단은 틀리지 않았어. 종기는 산침으로 다스려야 해."

"소자가 시침을 잘못 하였사옵니다."

"네가 언제 시침을 했느냐?"

"아버지."

아버지는 세엽의 팔을 당겨 잡았다.

"넌 정확히 시침했다."

"혹시 모르니 지금이라도 소자가 시침한 사실을 고백하겠사옵니다."

"우리 시침엔 문제가 없었다. 하여도 고백하는 순간, 멸문지화를 당하고, 내의원도 화를 입을 게야. 그날 밤 일을 함구하라는 어명도 있지 않았느냐? 어명을 어길 셈이냐? 넌 더 이상 마음 쓰지 말고 장례나 잘 치르거라. 며느리 가는 길에 시아버지가 죄인이라 가보지도 못하는구나."

세엽은 아버지를 바라만 보았다. 아버지는 세엽의 팔을 더 세게 잡았다.

"어서, 정신 차리고 상사를 마무리하래도."

"아버지."

"그만."

아버지는 왼손으로 얼굴을 매만지며 오른손을 내저었다.

"그만 돌아가. 제발."

아버지가 눈을 감았다.

"그만 돌아가다오."

"아버지께서는 어젯밤에 집에 다녀가셨습니다. 소자가 대궐까지 배웅해 드렸고요."

아버지가 눈을 떴다.

"그건 또 무슨 소리냐?"

"양 내관이 죽었사옵니다."

"뭐라?"

아버지는 놀라며 눈을 치켜떴다.

"그 사람이 어찌……."

"우포청 종사관이 다녀갔습니다. 하여 아버지는 어젯밤 집에 다녀가셨고 소자가 대궐까지 배웅해 드렸다고 말했사옵니다."

"왜 군이 거짓말을 하느냐?"

"그 일까지 엮이는 것은 좋지 않을 듯하여……."

아버지는 고개를 끄덕이며 잠시 생각에 잠겼다.

"양 내관의 죽음은 안타깝다만 이왕지사 이리된 걸 잘되었다 생각하자꾸나. 그날 밤 일은 영원히 묻힐 게다."

세엽은 깊은숨을 토하고 어깨를 늘어뜨렸다. 양 내관의 사망 소식을 들었을 때 제일 먼저 떠오른 얼굴, 그 얼굴이 양 내관의 죽음에 안도하고 있었다.

세엽은 집을 향해 걸었다. 벌레들이 끊임없이 기어 다니며 제 머릿속을 파먹고 있는 듯하였다.

아버지는 사람을 죽일 만한 분이 아니다. 평생 글을 읽고, 사람을 살린 아버지가 사람을 죽이다니 상상도 못할 일이었다. 아버지는 양 내관의 죽음이 뜻밖이라는 표정이었다. 하지만 양 내관의 죽음에 안도하였다.

'그리고 난 그날 밤 양 내관의 집 앞에서 아버지를 보았어.'

제가 오기 전에 아버지가 양 내관에게 손을 썼다면 독이리라. 양 내관의 느린 맥, 식은땀, 복통, 구토, 설사 증상도 설명이 된다.

'하지만 아버지가 왜?'

아버지가 양 내관을 죽일 만한 동기라면 '그날 밤' 일밖에 없었다.

'양 내관은 그날 밤 우리가, 아니 내가 시침한 사실을 알고 있었어.'

그렇다면 자신의 시침에 역시 문제가 있다는 뜻이었다. 그리고 슬금슬금 머릿속으로 들어오는 또 다른 벌레 한 마리. 양 내관도 제게 침을 맞았다. 아버지가 결백하다면 역시 자신의 시침 때문에?

'내가 또 시침을 잘못하였다.'

세엽이 걸음을 멈추고 손을 떨었다.

6

얼마 뒤 아버지는 유배형에 처해졌다. 신가귀는 교수형에, 다른 어의들은 유배형이나 장형을 받았다.

세엽은 문외출송을 명 받았다.

이른 아침, 세엽은 아버지와 함께 대궐을 향해 사배를 올리고 집을 나섰다. 아버지가 집을 한번 돌아보았다. 세엽도 아버지를 따라 뒤돌아섰다. 마당에 심은 대추나무와 감나무는 짙은 녹엽을 드리우고 있었다.

"언제 돌아올지 기약이 없구나. 대추와 감을 제때 수확하게."

아버지가 배웅나온 방 서방에게 말했다.

지금 그깟 대추와 감이 중요합니까, 세엽은 따지고 싶었지만 말을 삼켰다.

아버지가 세엽이 보내는 따가운 시선을 향해 고개를 돌렸다. 세엽이 뒤돌아서면서 아버지의 시선을 외면했다.

숭례문을 나와서 아버지가 걸음을 멈추었다.

"예서 이만 헤어져야겠구나. 소락현으로 가서 의원 계지한을 찾거라. 서신을 보내 일러두었으니 한동안 의탁할 수 있을 게야."

"……."

"그럼 고향으로 갈 테냐?"

"……."

"어찌 가타부타 대답이 없어?"

세엽이 아버지의 눈을 응시했다. 아버지와 마주 선 것은 의금부 옥사에서 헤어진 뒤 처음이었다.

"그래, 어디로 갈 테냐?"

"아버지."

세엽이 주먹을 쥐었다.

"아버지께서 양 내관을 독살하셨지요?"

"그게 무슨 소리냐?"

"양 내관의 시신이 발견되기 전날 밤, 아버지께서 양 내관의 집에서 나오는 걸 보았사옵니다."

"그날 밤이라면 나는 국문을 앞두고 내의원에 감금되다시피 있었다. 내가 무슨 수로 양 내관의 집으로 갔으며 무엇 때문에 양 내관을 죽이겠느냐?"

"선대왕께서 제 시침 때문에 승하하셨으니까요. 아니, 그전에 소갈을 앓으시던 선대왕께 시침한 아버지부터 잘못하셨지요."

"내 시침엔 문제가 없었대도."

"그럼 제 시침이 문제이군요. 제 시침 때문에 선대왕께서 승하하셨고, 아버지께서는 그 사실을 숨기고자 양 내관을 독살하셨지요."

"무슨 헛소리를 하는 게야? 설사 네 말이 맞다 치자. 그렇더라도 이 아비가 사람을 죽이겠느냐?"

"그럼 제가 양 내관을 죽였습니다. 아버지가 아니면 제가 양 내관을 죽였다고요."

"그건 또 무슨 소리냐?"

"제가 그날 밤 양 내관을 시침했습니다. 제 침 때문에 양 내관이 죽었습니다. 제가 또 침을 잘못 놓았습니다."

아버지의 목소리에 세엽이 생각을 멈추고, 정신을 차렸다. 아버지가 세엽을 바라보고 있었다.

"어디로 가겠느냐 물었다."

세엽이 마른침을 삼켰다. 결국 아버지에게 묻고 싶은 말도, 하고 싶은 말도 하지 못했다.

"이제 어디로 가야 할지 소자도 모르겠습니다."

"……."

"소자가 알아서 하겠습니다. 강녕하시기 바랍니다."

세엽이 허리를 굽혀 인사를 하고 아버지에게서 등을 돌렸다. 아버지의 시선을 받아낼 수 없었다.

세엽은 소락으로 가라는 아버지의 말을 외면했다. 아니, 아버지의 존재 자체를 외면했다. 아버지도, 선대왕도, 제 시침도, 양 내관도 생각하고 싶지 않았다. 세엽은 모두 잊은 채, 도성 밖에서 한 해를 떠돌았다.

세엽은 청계산 자락에 있는 한 사찰에서 여름을 맞았다. 도성에 간 만복이 호들갑을 떨며 돌아왔다.

"서방님! 우리 이제 집으로 돌아가요."

세엽이 멀뚱히 만복을 보았다.

"영감마님께서 그 뭐냐, 해배되셨답니다."

아버지가 해배되었다면 자신도 방송되었으리라. 세엽은 짐작했다.

"짐을 챙기거라."

세엽은 만복을 데리고 사찰을 나섰다.

만복은 신이 나서 어깨를 들썩거렸다. 꿈만 같다, 상감마마의 은혜가 하해와 같다, 영감마님은 다시 수의 영감이 되시고, 서방님은 다시 봉사 나리가 되시냐, 돌아가면 제일 먼저 무얼 하시겠느냐, 고깃국에 쌀밥 한 그릇 말아서 먹으면 소원이 없겠다, 끊임없이 중얼거렸다.

세엽은 숭례문 앞에서 걸음을 멈추었다. 만복에게서 제 짐 보따리를 받았다.

"너는 집으로 가거라."

"서방님은요?"

세엽은 만복의 어깨를 두드리고 동쪽으로 방향을 틀었다. 짐 보따리를 어깨에 둘러메고 걸음을 뗐다.

"서방님은 안 가세요? 집으로 가셔야지요."

만복이 쫓아와 세엽의 앞길을 막았다. 세엽이 걸음을 멈추고 만복을 보았다.

"나는 가지 않는다."

"아니, 왜요? 이제야 고생길이 끝났는데……. 고향으로 돌아가자고 해도 안 가시고, 일 년 동안 사서 고생을 하시더니 팔자에도 없는 역마살이라도 맞으셨어요? 저 문 안으로 들어가기만 하면 등 따시고 배부르게 살 수 있는데 왜 마다하세요?"

"너는 그리하거라. 그동안 고생이 많았다. 고향에 가도 좋고, 한양에 있어도 좋고. 너 가고 싶은 데로 가거라."

세엽은 다시 걸음을 뗐다.

만복은 아쉬운 듯 숭례문을 잠시 보고서는 세엽을 따랐다.

"집으로 가래도."

"약방에 감초가 빠지면 되겠어요?"

만복이가 세엽의 짐을 빼앗았다.

"서방님 가시는 곳에 이 만복이가 가야지요. 저는 서방님의 부적, 서방님의 만복이니까요."

만복이 그 이름처럼 복스럽게 웃었다.

계수 의원

1

고개를 또 하나 오르자 소락성이 눈에 들어왔다. 성 북쪽에는 산봉우리가 산신처럼 서서 소락성을 내려다보았다. 들과 강 사이에는 초가가 모여 마을을 이루고 있었다. 성 남쪽에는 들이 펼쳐지고, 들 너머로 강이 흘렀다. 성 동쪽에도 들과 강이 사이좋게 어깨를 대고 나란히 움직이는 듯하여 보기 좋았다. 성 주변에는 해자가 허리끈처럼 소락성을 두르고 있었다. 소락성 북쪽과 동쪽 군데군데에 마을이 보였다.

날이 더웠다. 세엽은 옷소매로 땀을 훔쳤다. 만복이 무명 수건으로 세엽의 땀을 닦아 주었다.

"내가 하마."

세엽이 무명 수건으로 땀을 닦고 다시 걸음을 뗐다.

고개를 내려오고, 갈참나무 숲을 지나자 소락성 성벽이 훌쩍 다가왔다. 꼭대기에 보이는 깃발들이 복날 앞둔 개인 양 늘어져 성벽 꼭대기를 지키고 있었다.

만복이 앞으로 달려 나갔다. 성을 지키는 장군처럼 우뚝 선 느티나무 앞에 멈추어 서서 두 손을 모았다.

"우리 서방님 무탈 강녕하시고, 출세 양명하시고, 현부인을 만나 백년해로하시고, 자손도 번성하게 해주세요."

만복의 시선 끝에 성황당이 있었다. 세엽은 만복에게 다가갔다.

"네가 날 위해 기도를 많이 했지. 한데 너는 왜 내가 훌륭한 의원이 되라고는 빌지 않느냐?"

"서방님은 이미 훌륭한 의원이시잖아요."

만복이 확신에 찬 얼굴로 말했다.

세엽은 말문을 열지 못했다. 자기는 훌륭한 의원이 아니라 사람을 죽인 의원이었다. 세엽은 지난 일 년간 저를 괴롭힌 생각을 떨쳐버리기 위해 고개를 저었다.

아무것도 모르는 만복은 무엇이 좋은지, 벙실벙실 웃기만 했다. 통통한 그의 얼굴이 푹 익은 호박 같았다. 세엽이 성황당을 향해 몸을 낮추었다.

"비나이다. 비나이다. 우리 호박 그만 좀 익게 해주세요."

"그 호박 저지유?"

"아니."

"그럼 누구예유?"

"호박이 호박이지. 누구라니?"

"여기 호박이 저밖에 더 있어유?"

"보자. 호박이 없느냐?"

세엽이 주변을 둘러보았다. 푸른 봉우리와 들밖에 보이지 않았다.

"호박은 없구나. 가자."

세엽이 걸음을 뗐다.

"하여튼 역마살 맞고 사람이 좀 이상해졌어."

만복이 중얼댔다.

"뭐라?"

"아니요. 서방님은 귀가 밝아서 참 좋겠어요."

세엽은 성문으로 가지 않고 해자 앞에서 방향을 틀었다. 만복이 성문을 잠시 보다가 세엽을 쫓아왔다.

"성안 구경은 안 하세요?"

"볼 거 없다."

"보신 적 있으세요?"

"꼭 보아야 아느냐?"

"그래도 소락에 왔으면 소락성 안은 구경을 해야지요. 들길보다는 볼거리가 많을 텐데⋯⋯."

만복이 소락성 서문을 힐끔대며 말을 이었다. 세엽이 발길을 돌리고 서문으로 향했다. 만복의 얼굴에 웃음이 가득 번졌다.

세엽과 만복은 서문 앞에서 동문까지 이어지는 큰길을 따라 걸었다. 대로 양쪽으로 각종 시전이 들어서 있고, 사람들이 시전 안팎을 분주하게 오고 갔다. 만복이 시전과 사람들을 두리번대며 어깨를 들썩거렸다.

"저기가 관아인가 봐요."

세엽은 만복의 검지를 따라 북쪽으로 시선을 옮겼다. '태안루'라는 현판이 걸린 아문이 눈에 들어왔다. 아문 너머로 낡은 기와지붕이 보였다. 낡은 기와지붕 위로 성벽과 깔끔한 기와집 마을과 소락산 봉우리가 이어졌다.

"죄지은 사람 잡아가는 데지요? 우리 한양으로 치면 포청 같은 곳이요."

세엽은 가슴이 서늘해졌다. 관아에서 얼른 시선을 거두고 남쪽으로 시선을 옮겼다. 걸음을 서둘러 남문으로 소락성을 빠져나왔다.

"어라, 그쪽이 아닌데……. 저놈의 역마살 또 도졌어, 저놈의 역마살은 어떻게 나을 수 없나……."

만복이 구시렁대며 쫓아왔다.

남문을 나오자 넓은 들이 펼쳐지고, 들 너머로 강이 보였다. 세엽은 들길을 따라 걸었다. 서쪽으로 방향을 틀어 계 의원이 산다는 계수마을로 향했다.

"혹 계수마을이 어디인지 아서요?"

만복이 행인에게 물었다. 물어보는 사람들마다 고개를 갸웃거리다가 계 의원을 찾는다는 말에 고개를 끄덕이며 활짝 웃었다.

"우리 의원님 사는 데는 계수마을이 아니고 개말이야."

"아니, 개 마을이 아니고, 계수마을, 계 의원님이요."

"응. 개말 사는 개 의원님이 우리 의원님이야."

"멍멍 개말 말고 계수마을이요."

"의원님 찾는다면서?"

"예. 계 의원님."

"그래. 소락에는 의원님이 우리 개 의원님 한 분밖에 없어."

물어보는 사람마다 대답이 한결같았다. 소락의 유일한 의원, 개말 사는 개 의원, 우리 의원님 잘 찾아왔다, 못 고치는 병이 없다, 이 일대에서, 아니 조선 팔도에서 가장 용한 의원이시다…….

"진짜 훌륭한 의원인가 봐요."

"진짜 훌륭한 의원이라면 내의원에 있지 왜 이런 시골에 있겠느냐?"

"하긴. 시골 사람들이 언제 훌륭한 의원을 만나 봤겠어요?"

세엽과 만복은 사람들이 알려 주는 대로 동쪽으로, 북쪽으로 걸음을 옮겼다. 계 의원이 있다는, 소락산 자락 마을을 향하여 오르막길을 걸었다. 언덕길을 오르니 들과 강이 다시 보였다. 소락성 동쪽에서 흐르는 강이 남쪽으로 굽이쳐 흐른다고 행인 하나가 알려 주었다.

개말 어귀 성황당이 보였다. 색동저고리에 붉은 치마를 입은 여인과 흰 바지저고리를 입은 사내가 펄쩍펄쩍 뛰고 있었다. 무당과 박수로 보였다.

"굿하나 봐요. 서방님 역마살도 굿으로다가……."

"어허."

"알지요. 알지요. 서방님은 공맹을 따르는 유학자이시지요."

세엽은 굿판을 보면서 걸음을 늦추었다. 그냥 지나갈지, 굿판이 끝나고 지나갈지 고민하는 찰나, 무당이 털썩 쓰러졌다. 세엽은 굿판으로 달려갔다. 무당의 맥을 짚고 코끝에서 숨결을 확인했다.

박수가 팔짱을 끼고 세엽이 하는 양을 지켜보다가 무당의 귀에 입을 가까이 대고 말했다.

"할망. 안 일어나면 똥구녕에 대침 놓는다."

얼굴이 가무잡잡하고 몸이 마른, 오십 대로 보이는 박수가 침통을 꺼냈다.

"하는 수 없지. 우리 할망 살리려면 똥구녕에 사 촌짜리 대침을 찔러 넣을 수밖에."

박수가 침을 꺼내는데 세엽이 그의 손목을 잡았다.

"무슨 짓인가? 침은 병자를 사진四診하여 기의 실허를 따지고 병증을 판단한 다음, 기를 사할지 보할지를 정하고 놓으며, 그리하더라도 땀을 많이 흘린 뒤에는 놓아서는 아니 되는데……."

"젊은 양반, 의서 좀 읽었나 본데 잘난 척은 무식한 양반들 앞에서나 하시고, 염불은 절에서나 읊으시고."

박수가 다시 침을 꺼내 들었다. 세엽은 박수의 팔을 잡았다.

"침 하나로 사람을 살릴 수도, 죽일 수도 있다는 사실을 모르는가?"

"그럼 봐. 내가 사람을 살리는지, 죽이는지."

박수가 사 촌짜리 피침을 잡았다. 세엽이 선대왕의 종기를 찢은 그 침이었다. 세엽은 눈을 내리감았다.

"자, 하나 둘 셋 하고 놓는다."

"이 돌팔이, 누굴 죽일래?"

무당의 목소리에 세엽이 눈을 떴다. 무당이 벌떡 일어나 윗마을로 내뺐다.

박수가 엉덩이를 탈탈 털며 일어났다. 세엽의 눈앞에서 부연 흙먼지가 날아다녔다.

"살았네."

박수가 비웃듯이 세엽을 한번 흘기고서는 자리를 떴다.

"박수 저거 너무 방자하지 않아요? 잡아 올까요?"

"되었다."

세엽은 지금 양반 대접을 받을 몰골이 아니었다. 무질서하게 덥수룩한 수염, 낡은 갓과 도포……. 더구나 백색 도포는 구겨진 채 때가 꼬질꼬질 묻어 있었다.

"에이, 늙은 영감탱이라 봐준다."

만복이 구시렁대며 세엽을 일으켰다. 하지만 세엽은 다시 주저앉았다.

"좀 쉬었다 가자."

이상한 일이었다. 세엽은 이제 침을 잡지도, 보지도 못했다.

문외출송 당하고 이 마을 저 마을을 유랑할 때 병자를 고쳐 주고 숙식을 해결하려 했다. 마침 관격이 난 병자가 있어 침을 놓으려 했으나 순간, 손이 떨리고, 땀이 나고, 숨이 막혔다. 세엽은 양 내관을 시침한 이후 단 한 명의 병자에게도 침을 놓지 못했다. 이 제는 침을 보는 것마저 힘겨웠다.

세엽은 한 식경을 쉬었다가 일어났다.

계 의원의 집은 쉽게 찾았다. 골목에 들어서자마자 약 달이는 냄새가 은근히 풍겨 왔다. 세엽은 냄새의 근원지를 찾아서 걸음 을 멈추었다. 이 마을에서 유일하게 돌담과 나무 대문을 갖춘 집 이었다. 활짝 열린 대문간에는 '계수 의원'이라는 깃발이 꽂혀 있 었다.

세엽은 갓끈을 고쳐 묶었다.

"이리 오너라."

만복이 소리쳤다.

세엽은 사람을 기다리지 않고 대문 안으로 들어섰다. 만복이 얼른 세엽을 따랐다.

"밖은 기와집 모양새인데 안은 초가구먼요."

만복이 집채를 보자마자 말했다.

세엽은 안을 둘러보았다. 대문간 정면에 널찍한 마당 너머 좌 우가 바뀐 'ㄱ'자 모양의 초가집채가 눈에 들어왔다. 왼쪽부터 큰 방, 대청, 건넌방, 끝방이 나란히 있고, 큰방 아래로 부엌, 아랫방 이 붙어 있었다. 동편에는 한일자 모양의 헛간채가 있었는데 약재 창고와 곳간으로 보였다.

세엽은 마당 깊숙이 걸음을 옮겼다. 들마루에 앉아 있는 병자들이 세엽을 흘끔거렸다. 세엽은 댓돌 아래에 섰다.

대청에는 시골 의원답지 않게 제법 큰 약장이 있었다. 그 앞에서 젊은 사내가 약을 조제하였고, 사내보다 조금 더 어려 보이는 처녀 아이가 큰방과 건넌방을 분주히 오고 갔다. 둘 다 세엽에게는 눈길 한번 주지 않았다.

"이리 오너라."

만복이 소리쳤다. 들마루에 있던 병자들이 눈살을 찌푸렸다.

"이놈이 어디서 고함질이래?"

어디선가 노파가 나타나 싸리 빗자루로 만복의 엉덩이를 갈겼다. 만복이 짜증을 내며 돌아보다가 입을 쩍 벌렸다. 오는 길에 본 무당이었다. 자세히 보니 머리가 허옇고 얼굴 군데군데 주름이 진 노인이었다.

"어, 좀 괜찮으세요?"

무당이 세엽을 보더니 붉은 연지 바른 입술을 벌리고 웃었다.

부엌에서 키가 크고 광대가 불거진 아낙이 앞치마에 손을 훔치며 나왔다.

"계지한 의원을 찾아왔네만……."

아낙이 세엽을 위아래로 훑어보았다.

"저 앉아서 기다려요."

아낙은 턱으로 들마루를 가리키면서 억센 억양으로 말했다. 경상부 쪽에서 온 사람에게서 들어본 말투였다.

"나는 병자가 아니라 계 의원을 만나려고……."

"계 의원한테 한양서 유, '후' 자 '명' 자 어의 영감마님의 아드님, 유, '세' 자 '엽' 자 나리께서 오셨다고 전하세요."

아낙이 눈을 치뜨고 만복을 위아래로 훑어보았다.

"계, 의, 원?"

아낙의 눈매가 사나워 만복이 움찔했다.

"님."

만복이 고개를 낮추며 미소를 지었다.

아낙이 안방으로 들어갔다가 나왔다. 세엽에게 방으로 들어가라고 하였다. 세엽은 디딤돌에 신을 벗어놓고 대청으로 올라섰다. 만복이 세엽의 신을 정리하였다. 세엽이 대청에서 머뭇거리는데 가무잡잡하고 마른 얼굴이 방문 밖으로 고개를 내밀었다.

"아, 뭐 하고 있어?"

"박수 영감탱이?"

만복이 계 의원을 알아보고 소리쳤다. 아낙이 만복을 노려보았다.

"저분이 계 의원님이세요?"

만복이 아낙의 시선에 기가 죽어 억지 미소를 지으며 물었다.

"바쁘니까 얘기는 나중에 풀고, 어서 들어와서 병자 좀 봐."

세엽은 방으로 들어섰다. 병자가 윗도리를 벗고 엎드려 있었다.

"뭐해? 앉아야 병자를 보지."

세엽은 계 의원의 옆에 앉았다.

"천정, 대추, 유부, 명문, 신유, 지실, 양관."

계 의원이 어깨와 허리 부위의 경혈을 빠르게 말했다. 세엽은 병자와 계 의원을 번갈아 보았다.

"시침 안 해?"

계 의원이 쟁반에 놓인 침을 가리켰다. 하지만 세엽은 일그러진 얼굴로 고개를 돌렸다. 속이 거북했다. 방바닥에 놓인 타구를 찾아들고 헛구역질을 했다.

"뭐야? 유가 놈이 나 엿 먹이려고 병자를 보낸 거야?"

계 의원이 혀를 차며 침을 들었다.

2

날이 저물고 병자들이 물러갔다. 세엽은 계 의원과 큰방에 마주 앉았다. 큰방은 윗방과 아랫방으로 나뉘어 있었다. 윗방에는 시골 의원답지 않게 의서가 제법 많이 꽂혀 있었고, 열린 창 너머로는 뒤뜰과 소락산이 보였다. 계 의원이 입을 열자 세엽이 윗방에서 시선을 거두고 계 의원을 보았다.

"유가 놈, 그러니까 자네 아버지와 동문수학했어."

세엽은 실망하며 고개를 숙였다. 마땅히 갈 데가 없어 들렀지만 아버지의 벗 곁에서는 오래 머물고 싶지 않았다. 아버지를 피할 수 있는 곳을 찾아야 했다.

"한데 원수지간이야."

세엽은 고개를 들었다.

"이 원수가 이십여 년 만에 달랑 서신 한 장을 보내서 거짓부렁을 쳤어. 내의원 출신 의원을 보내 준다더니 일 년이 넘어서 보내질 않나, 유능한 침의라더니 침도 못 잡는 병자를 보내지 않나, 이 원수 놈이 끝까지 나한테 엿을 주겠다는 거지."

세엽은 이마를 찡그렸다.

"왜? 아버지 흉보니 듣그러우냐?"

"……."

보고 싶지 않은 아버지였지만 남들이 아버지를 비난하는 것은 싫었다. 아버지의 원수라서 아버지를 피할 수 있겠다는 생각이 들면서도, 아버지의 원수가 아버지를 비난하는 건 탐탁지 않았다. 이상한 감정이었다.

"그럼 시골 의원 나부랭이가 문과에 급제하신 양반 나으리께 반말하니 꼽냐?"

"아닙니다, 의원님."

계 의원이 잠시 세엽을 보았다.

"병자호란 이 년 전에 태어났으니까 올해 스물일곱?"

어찌 아는지 궁금해하며 세엽이 고개를 끄덕였다.

"너 태어날 때 네 아버지하고 청주 내려가서 봤어. 해쓱하고 비리비리한 게 여전히 몸은 약해 보인다만 예의는 아는 모양이군."

계 의원의 음성이 잠시 부드러워졌다가 우레처럼 소리를 질렀다.

"다 들어와!"

어디에서 나타났는지, 사람들이 하나둘씩 방 안으로 들어와 자리를 잡았다.

"우리 식구들이야. 남해에서 온 남해댁, 우리 계수 의원 살림을 책임지고 있어. 밥 얻어먹으려면 잘 보여야 돼."

마당에서 만난, 키도 골격도 목소리도 큰 아낙이었다. 얼굴이 길고, 광대뼈가 튀어나온 편이었다. 혈색이 좋고 몸태가 커서 건강해 보였다. 만복이 남해댁을 향해 은근한 미소를 지었다.

"열여덟. 싸움 싫어하는 장군. 계수 의원 약재를 도맡고 있어."

얼굴이 보얗고 눈썹이 짙고 눈이 큰 청년이었다. 아무하고도 시선을 맞추지 않고 손가락만 꼼지락거렸다.

"한번 본 글자와 약재는 절대 잊지 않지. 그리고 안 예쁜 안입분이, 쓸데없는 애."

"아버지!"

장군이보다 한두 살 어려 보이는 입분이가 팩 하고 소리를 질렀다. 계 의원과 용모보다는 성질머리가 닮아 보였다.

"내 딸. 그리고 하나 더 있는데…… 할망은 어디 갔어?"

의원 식구들이 주변을 두리번거렸다. 무당인 줄 알았던 노파가 방문 앞에 붙어 서서 세엽을 향해 헤실거렸다.

"무당, 님 아닌가 봐요."

만복이 남해댁에게 미소를 지었다.

"이 식구들 말고 우리 의원 일 봐주는 사람이 더 있어. 내일 새

벽부터 올 거야. 그때그때 만나서 인사하고. 자, 이제 밥 먹자!"

식구들이 밖으로 나가 남해댁의 지휘 아래 밥상을 차렸다. 세엽은 마당에 서서 사람들의 모습을 멀뚱히 지켜보았다. 할망이 곁에 와 섰다.

"난 화냥년이야. 네 이름은 뭐래?"

"유……. 아니, 그냥 유 의원이오."

"의원 맞네? 침도 못 놓잖아?"

"그러게. 이제 의원도 아닌 것 같네."

세엽은 계수 의원의 침 못 놓는 의원이 되었다. 계 의원이 왕진을 갔을 때는 병자를 맥진하고 약 처방도 하였지만 평소에는 조는 일이 더 많았다. 건넌방 한 칸을 차지하고 병자처럼 누워 잤다. 병자가 많을 때에는 뒤뜰 고욤나무 그늘에서 졸았다. 계 의원은 여섯 달을 지켜만 보다가 세엽을 불렀다. 된바람이 부는 겨울날이었다.

"쌀 스무 가마니."

세엽은 배부른 붕어처럼 눈을 멀뚱거렸다.

"그동안 너 먹이고 재워 준 값."

"그렇게 많습니까?"

"만복이 저놈이 좀 많이 처먹냐? 그래도 에누리한 거야. 만복이 일한 거, 네가 그동안 병자들 본 값은 뺐어."

"식구라면서요? 식구끼리는 먹여 주고, 재워 주지 않습니까?"

"그건 제 밥값 하는 식구한테 하는 소리고, 너처럼 빈둥대는 식충이한테는 아니지. 어떡할 거야? 당장 스무 가마니 낼 거야, 다른 '식구'들처럼 일할 거야?"

"합니다. 일."

세엽이 일어섰다. 계 의원이 다시 세엽을 잡았다.

"무슨 일 할 건데?"

"병자들 봐야죠. 시침은 어렵지만……."

"그건 의원이 당연히 하는 거고, 하나 더 해."

"뭘?"

세엽이 멀뚱거렸다.

"너한테 기막힌 자질이 있어서 시키는 거야. 나한테는 없는……."

"그게 뭡니까?"

"쌍판."

"아, 정말 그건 또 무슨 욕입니까?"

세엽이 이마를 찡그렸다. 세엽으로서는 머리에도, 입에도 담을 수 없는 말들을 계 의원은 아무렇지 않게 해댔다.

"쌍판대기. 그 쌍판이 잘났어. 그래서 계수 의원에 오는 아낙들이 너한테 자꾸 관심을 보이잖아."

사실이었다. 아낙들은 세엽을 흘깃거리며 입분이나 남해댁을 붙잡고 물었다.

"한데 저이는 누구야?"

"유 의원님이요."

"의원인데 만날 잠만 자? 침도 못 놓는다며?"

"침만 못 놓고 다 해요."

세엽은 양손을 들어 제 뺨을 가렸다.

"그래서요?"

"별건 아니야. 앞으로 아낙들이 오면 곁에 가서 얘기만 해. 서방 헐뜯는 거, 시어머니, 시누이, 마님들 흉보는 거 다 들어 주고, 같이 맞장구쳐 줘."

"남녀칠세부동석 아닙니까?"

"의원이 병자를 보는 데 남녀가 어디 있어? 그리고 그딴 거 따지는 양반네 마님들은 오지도 않아."

"그래도……."

세엽은 대답을 할 수 없었다. 의원이 하기에는 너무 이상하고 괴이한 일이었다.

"그거 하면 스무 가마니 다 까줄 테고, 앞으로도 먹여 주고 재워 줄 테니까. 만복이 밥 세 그릇 먹는 것도 암말 안 할 거야."

세엽이 머뭇거렸다.

"못 하겠으면 침을 잡고 돈을 벌어 오든가. 어느 거 할래?"

다음 날부터 세엽은 계수 의원을 찾는 아낙들과 수다를 떨기 시작했다. 우선 아낙들의 말을 주의 깊게 들었다. 세엽이 하는 대답은 네, 네, 그렇군요, 속상하겠군요, 그럴 수도 있지요, 이 정도가 다였다. 그러나 아낙들은 세엽과 이야기하는 것을 좋아했다.

계 의원을 보지 않고, 세엽과 수다만 떨다가 가는 일도 잦았다.

3

한겨울 댑바람이 물러가고, 봄철 솔바람이 떠나고, 찔레꽃이 머리를 드는 계절이 찾아왔다. 세엽이 계수 의원에 온 지 한 해가 지났고, 아낙들과 이야기를 나눈 지 여섯 달이 넘었다.

세엽은 여전히 침을 잡지는 못했지만 여태 병자에게 해가 되지는 않았다. 하지만 오늘은 달랐다. 세엽은 여인이 누워 있는 방으로 고개를 돌렸다. 강에 빠진 여인을 제 손으로 건져냈으나 의식을 잃은 여인을 제 손으로 구하지는 못했다. 하마터면 제 침 때문에 물에 빠진 여인을 죽일 뻔했다. 이번에는 침을 놓아서가 아니라 못 놓아서 죽일 뻔했다. 죽어가는 병자 앞에서 아무것도 하지 못했다.

세엽은 제 손을 들여다보았다. 손을 적신 검붉은 핏물은 사라졌지만 여전히 침을 잡지 못하는 손이었다. 의원의 손이 아니었다. 아무짝에도 쓸모없는 손이었다.

"제가 잘못했습니다. 제가 잘못했습니다."

장군의 목소리가 세엽의 오랜 상념을 깨웠다. 세엽이 일어나 큰 방으로 갔다.

"안 먹겠다잖아!"

세엽이 방 안으로 들어서는 순간, 여인의 목소리에 이어 약사발이 날아들었다. 약사발이 세엽의 이마에 맞고 떨어졌다. 얼얼했다. 좀 전에 강가에서 뺨을 맞던 기억까지 되살아났다. 검은 탕약이 뺨을 타고 내려와 세엽의 입술 안으로 흘러들었다. 녹용, 산삼, 사향…… . 값비싼 약재였다.

여인은 방울새처럼 작은 어깨를 떨며 장군을 노려보았다. 장군이 고개를 숙이고 두 손을 모으며 몸을 떨었다. 세엽이 장군의 어깨에 살짝 손을 대었다.

"괜찮아, 괜찮아."

아이를 어르듯이 장군을 달랬다.

"괜찮아. 다시 가져오면 돼."

세엽은 만복을 불렀다.

만복이 탕약을 가져와 여인의 앞에 내밀었다. 여인이 약사발을 쳐냈다. 사발이 흔들리면서 검은 약이 바닥을 적셨다.

"안 먹겠다고!"

여인이 소리쳤다.

"제가 잘못했습니다. 제가 잘못했습니다."

장군이 눈을 깜빡이며 몸을 떨었다. 입분이 들어와 장군을 데리고 방을 나갔다.

"뭐 하는 짓입니까? 목숨을 구해 준 사람들한테."

세엽의 음성이 차가워졌다.

"살려 달라고 한 적 없습니다."

여인이 세엽을 노려보았다. 세엽은 여인을 마주 보다가 먼저 시선을 피했다. 여인의 시선이 애처로웠다. 온 힘을 다해 세엽을 노려보았지만 실은 약하디약하고, 여리디여린 눈빛이었다. 슬픔만 한가득 담고 있는 눈이었다. 그 슬픔에 세엽은 전의를 잃어버렸다.

"단희야!"

여인의 몸종이 들어왔다. 여인이 몸종인 단희의 부축을 받아 자리에서 일어나 방을 나갔다.

세엽은 방을 나가는 여인의 뒷모습을 보았다. 감사하다는 한마디 말은커녕, 저를 치한 보듯이 보는 여인의 무례한 언행에 기분이 다시 언짢아졌다. 세엽은 예를 다하는 사람이었다. 예를 지키지 않는 이를 보면 불편하였다.

세엽은 여인을 쫓아 대청으로 나왔다. 여인은 몸종과 함께 대문을 나가고 있었다.

"압록강 너머 북풍보다 더 쌩하네."

남해댁이 여인의 차가운 등을 보며 말했다.

"살려 줬으면 고맙다고 하는 거 아닌가? 성질이 못돼 처먹었네."

입분의 말에 계 의원이 이마를 찡그렸다.

"어른한테 못돼 처먹었다가 뭐야?"

"처드셨네. 됐지?"

계 의원이 입분을 향해 눈을 흘겼다.

"한데 왜 저 병자한테는 욕을 안 해? 욕하는 거 아버지 장기잖아."

계 의원은 대답이 없었다.

"풍이 색시 곱다."

어느새 할망이 세엽의 곁으로 바투 다가왔다. 그런데 풍이라니? 누굴 가리키는 거지? 세엽은 잠깐 생각했다.

"색시가 화가 많이 났어. 어서 가 달래 줘."

할망이 여인이 두고 간 하얀 쓰개치마를 세엽의 어깨 위에 걸쳐 주었다.

"내가 왜……?"

세엽은 남해댁과 입분을 바라보았으나 두 사람은 세엽의 시선을 외면하였다. 만복을 쳐다보는데 계 의원이 말했다.

"유 의원, 네가 가. 어서."

세엽이 계수 의원을 나섰다.

여인은 단희의 부축을 받으며 의원 골목을 벗어났다. 세엽은 여인을 쫓아갔다. 몇 번을 부르려다 말고, 부르려다 말고 하다가 개말 어귀까지 따라왔다.

여인은 소락성으로 향했다. 소락성 동문 앞에 서서 성안을 한참 바라보다가 북쪽으로 방향을 틀었다. 세엽은 다시 여인을 쫓았다.

여인은 산 아래 새말로 가는 듯하였다. 아니, 고개 넘어 초생말로 가는지도 몰랐다. 세엽은 여인과 열 걸음쯤 떨어진 채 여인을 쫓았다.

문득 여인이 멈추어 섰다. 세엽도 걸음을 멈추었다. 여인이 재빠르게 뒤로 돌아봤다. 순간, 세엽은 당황하여 어깨에 걸친 하얀 쓰개치마를 뒤집어쓰고 고개를 돌렸다.

여인이 세엽을 향해 다가왔다. 세엽은 아둔한 제 행동을 탓하며 고개를 돌리지도 못하고, 쓰개치마를 벗지도 못했다. 무례를 범한 사람은 여인인데, 큰 소리를 칠 사람은 자기인데, 자기 꼴이 도리어 민망하게 되었다.

여인의 발이 성큼성큼 다가왔다. 세엽은 쓰개치마로 얼굴을 가린 채 몸을 움츠렸다. 여인의 발이 세엽의 앞에서 멈추었다. 세엽은 고개를 돌려 쓰개치마 사이로 얼굴을 내밀고 어색한 미소를 지었다. 여인은 세엽을 노려보다가 쓰개치마를 거칠게 벗겨 손에 쥐고는 돌아섰다.

"저, 그게 아니라……."

여인이 다시 돌아보는 바람에 세엽은 말을 멈추었다. 여인은 돌아서서 걸음을 옮겼다.

세엽은 여인의 뒷모습을 망연히 바라보았다. 여인의 앞길에 우뚝 솟은 선녀봉이 세엽을 비웃고 있었다.

어디로 가려나……. 세엽은 여인에게서 시선을 거두고 고개를 저었다. 내가 상관할 바가 아니지. 세엽은 개말 쪽으로 몸을 돌렸다.

"미친 거 아니시지유?"

언제 따라왔는지 만복이 곁으로 다가왔다.

"다 봤어요."

"뭐, 내가 뭐?"

세엽은 헛기침을 하고 정신을 가다듬었다. 저도 모르게 혼이 나갔지, 싶어 부끄러웠다.

"무엇을 보았다는 말이냐?"

세엽은 아무 일도 없었다는 듯이 점잖게 말했다.

"아무리 외로워도 그렇지, 왜 여인네 치마는 덮어쓰시고 그런대요? 정 힘들면 장가를 가시든가, 하다못해 기방이라도 가시든가, 아님 색주가라도…… 가시면 안 되겠지요."

"너 혹시?"

"아니유, 아니유. 그런 데 가면 염병보다 무서운 병 들어서 평생 고자 된다고 했잖아유. 지는 절대 안 가유."

"미친놈."

세엽이 콧김을 내뿜고서는 걸음을 뗐다.

"미치겠네. 저런 말은 언제 배우셨대? 서방님, 같이 가요."

만복이 무거운 몸을 흔들며 세엽을 쫓았다.

세엽은 계수 의원으로 돌아왔다. 할망이 툇마루에 얌전히 앉아 있었다. 웬일인지 세엽을 보고도 뛰어나오지 않았다. 큰방에는 계 의원이 세엽 또래의 낯선 병자를 보고 있었다. 소락 고을 사람은 아닌 듯하였다.

세엽은 제 방으로 가 누웠다. 계수 의원에 온 지 어언 일 년, 가장 유별난 날이 오늘이었다. 햇빛 쨍쨍한 날 소나기가 쏟아지더니, 물에 빠진 여인을 구하고, 여인에게 치한으로 오해를 받고, 뺨을 맞고, 다시 손끝에 침을 쥐고, 바보 천치 같은 일을 저지르고, 여인에게 망신을 당했다. 길조야, 하던 할망의 말이 떠올랐다.

'길조는 무슨, 청천벽력이었는데…….'

세엽은 한숨을 쉬며 모로 누워 잠을 청했다.

피곤한 날이었다. 세엽은 곧 잠이 들었다. 소락현과 계수 의원도 잠든 한밤중이었다.

"오랑캐가 쳐들어왔다. 오랑캐가 쳐들어왔다."

전란을 알리는 외침이 세엽과 계수 의원과 계수마을 골목을 깨우기 시작했다.

화냥년의 발작

1

"오랑캐가 쳐들어왔다!"

할망의 고함에 세엽이 눈을 떴다. 모두 단잠에 빠진 한밤중이었다. 오랑캐를 외치는 목소리가 점점 더 커졌다.

오랑캐라면 전쟁! 어릴 때라 기억이 나지 않지만 세엽은 세 살이 되던 해, 청군의 침략으로 전란이 났다고 들었다. 세엽은 벌떡 일어났다. 동시에 할망이 세엽의 방으로 뛰어들어 왔다.

"풍아, 어서 가야 돼. 어서 도망가야 돼."

할망이 또 세엽에게 풍이라고 했다.

"할망, 진짜 오랑캐가 쳐들어왔습니까?"

"풍아, 무서운 오랑캐들이 왔어."

"어딥니까? 왜군입니까? 청군입니까?"

할망이 접신하는 무당처럼 눈을 부릅떴다.

"걱정하지 마. 엄마가 너를 꼭꼭 숨겨 줄 거야. 엄마가 너를 꼭 지킬 거야."

할망은 이불로 세엽의 몸을 꽁꽁 감싸고 방을 나갔다. 세엽은 할망을 쫓아 나갔다.

"오랑캐가 쳐들어왔다!"

할망은 소리를 지르고, 헛간채 앞, 약탕관이 끓고 있는 화톳불로 달려가 맨손을 집어넣었다. 장작개비 하나를 꺼내서 들었다. 세엽은 옷소매를 손바닥까지 끌어내리고 할망에게 다가갔다. 장작개비를 빼앗아 마당으로 던져 버렸다. 너무 뜨거워서 잡고 있을 수 없었다. 제 손도, 할망의 손도 벌겋게 달아올랐다.

"오랑캐가 쳐들어왔다고요?"

남해댁이 속곳 차림으로 방을 나왔다.

"잘 모르겠습니다. 일단 식구들을 좀 깨워 주십시오."

세엽은 부엌으로 향했다.

"입분아, 돈 될 만한 것 좀 챙기라."

남해댁이 입분을 깨우고, 장군과 만복이 자는 방문을 열고 소리를 질렀다.

"야들아, 오랑캐가 쳐들어왔단다. 어서 귀한 약재부터 챙기라."

세엽은 부엌에서 바가지에 찬물을 떠서 밖으로 나왔다. 할망은 보이지 않았다. 대신 만복이 배를 긁으며 방에서 나왔다.

"할망 좀 찾거라."

세엽이 계 의원의 방으로 들어갔다. 찬물 바가지를 내려놓고, 불을 밝혔다.

"의원님, 황단고랑 무명천 어디 있습니까?"

계 의원은 코만 골 뿐 답이 없었다. 세엽은 불을 밝히고, 방을
뒤지기 시작했다. 남해댁도 따라 들어와 계 의원을 깨웠다.

"의원님, 오랑캐가 쳐들어왔다는데 일어나 보세요."

"지랄이 똥 싸서 비루빡에 처바르는 소리 하지 말고, 가서 잠이
나 자요."

계 의원이 남해댁을 피해 모로 누웠다. 오랑캐가 쳐들어왔다니
까요, 남해댁이 소리치며 방바닥에 있는 찬물 바가지를 계 의원에
게 퍼부었다. 계 의원이 괴상한 소리를 내며 일어났다.

"아닌 밤중에 왜 홍두깨를 내밀어?"

계 의원이 남해댁 대신에 세엽을 보면서 말했다.

"오랑캐가 쳐들어왔다는데…… 아니라니요?"

"남해댁은 옷부터 제대로 입어요."

계 의원은 여전히 남해댁에 시선을 두지 않고 말했다.

"의원님도 속곳 차림이구만, 식구끼리 내외해요?"

남해댁이 방을 나갔다.

"황단고는 어디 있습니까?"

세엽이 무명 수건을 찾아들고 물었다. 계 의원이 세엽의 손을
슬쩍 보았다. 손이 벌겋다.

"그 정도로는 안 죽어."

"저 말고, 할망이 손을 많이 다쳤습니다."

계 의원이 일어나 윗방으로 갔다. 문갑에서 황단고가 든 사기그
릇을 찾아 건네주었다. 세엽이 황단고와 무명 수건을 챙겨서 방을

나왔다.

세엽이 계수 의원을 나섰다.

할망은 발악하듯 목청을 돋우었다.

"오랑캐가 쳐들어왔다."

할망이 지나간 자리에는 집집마다 불이 들어왔다.

사람들은 이미 임진년(1592년), 정유년(1597년), 정묘년(1627년), 병자년(1636년)에 오랑캐의 침입을 겪어낸 터였다. 이들에게 오랑캐가 침입했다는 말은 아직 낯설지 않았다.

불을 밝히는 집들이 늘어갔다. 부모는 아이를 깨우고, 아이는 부모의 부모를 깨우고, 부모의 부모는 아이를 깨웠다. 모두 짐을 챙기고, 피란을 준비했다. 한숨 소리, 울먹이는 소리가 골목으로 새어 나왔다.

준비가 끝난 사람들은 집밖으로 나와 오랑캐가 쳐들어왔다고 소리치며 이웃을 깨웠다. 곧 계수마을 전체가 깨어났다.

계수마을 가장 윗자락에 자리 잡은 계수 의원에서 서쪽으로 내려가면 실개천이 있었다. 소락산 물줄기를 끌어다 계수마을과 실개천 건너 새말 사람들의 생활용수로 쓰는 물이었다. 이 개천은 소락성 해자로 흘러갔고, 소락성 남쪽 논으로도 흘러들었다.

세엽은 실개천 위에서 할망을 찾았다. 만복은 보이지 않았다. 할망은 세엽이 내던진 장작개비를 횃불처럼 높이 쳐들고 실개천 돌다리를 건너고 있었다.

조선 정신과 의사 유세풍

"아……."

세엽은 괴로운 듯 신음을 토했다.

다리를 건너면 새말이었다. 새말은 양반이라는 신분이 있어도, 재물이라는 기반이 있어도 아무나 자리 잡을 수 없는 곳이었다. 양반과 부자라는 두 가지 조건을 모두 충족시킨 자들이 그곳에 뿌리를 내리고, 대대손손 부와 권세를 누리면서 소락을 쥐락펴락하는 곳이었다. 소락 현령도 눈치를 보는 자들이었다.

소락 땅의 구 할을 새말 향반들이 소유하였고, 소락 백성의 구 할이 새말 향반들 밑에서 빌어먹었다. 새말은 계 의원이 계수 의원 병자들을 내팽개치고 왕진을 가는 곳이었고, '화객님'이라며 굽신대는 자들이 사는 곳이었다. 그들은 할망의 소동을 그냥 넘어가진 않으리라.

세엽은 온 힘을 다해 달렸다. 할망이 새말로 들어가는 것만은 막아야 했다. 세엽이 실개천으로 내려가는데 우악스러운 손아귀가 세엽의 발목을 낚아챘다. 아래를 내려다보니 풀섶 위에 만복이 누워 있었다.

"할망이 밀었어유. 힘이 지보다 더 장사여유."

"괜찮으냐?"

세엽이 몸을 낮추어 만복을 살폈다.

"아니유. 허리가 삐긋했나 봐유. 못 일어나겠구먼유. 그래도 괜찮아유. 어서 할망 잡으세유."

세엽은 만복의 어깨를 한번 두드리고 일어났다. 할망을 찾았다. 새말 어귀에 할망이 쳐든 횃불이 보였다. 세엽은 다시 달리기 시작했다.

"오랑캐가 쳐들어왔다. 오랑캐가 쳐들어왔다."

할망이 온 마을을 돌아다니며 소리쳤다. 세엽이 할망을 붙들었다.

"풍아, 오랑캐가 쳐들어왔어."

"알았어요. 우선 그것부터 놔요."

세엽이 젖은 무명 수건으로 장작개비를 든 할망의 손을 감싼 다음 장작개비를 조심스레 빼냈다.

"싫어!"

할망이 세엽을 밀쳤다. 세엽이 바닥으로 나자빠졌다. 만복의 말대로 정말 힘이 장사 같았다. 할망은 다시 소리를 지르며 도망갔다. 입분과 장군이 달려와 세엽을 일으켰다.

"할망 지금 제정신 아니야. 어서 잡아야 돼."

세엽이 할망을 향해 달렸다.

"언제는 제정신이었나?"

입분이 세엽을 따랐다. 장군도 입분을 쫓았다.

2

은우의 머릿속에 불이 들어왔다. 오늘 밤도 잠 못 들리라, 생각했는데 잠이 든 모양이었다. 눈을 감고 있어도 바깥 어둠을 밝히는 횃불의 붉은 불꽃이 은우의 예민한 감각에 포착되었다. 밖이 소란스러웠다. 은우는 여전히 눈을 뜨지 않았다.

"아씨, 일어나셔요. 아씨, 아씨, 난리가 났대요."

단희가 들어와 은우를 깨웠다. 은우가 눈을 떴다.

"난리가 났대요. 오랑캐가 또 쳐들어왔대요."

"어서 도망가렴."

은우가 다시 눈을 감았다.

"아씨, 같이 가요. 우리 마님께 가요."

단희가 은우를 흔들었다. '우리 마님'이라는 소리에 은우가 다시 눈을 떴다.

"우리 집으로 가요."

단희가 은우를 일으키며 울먹였다. 은우가 단희의 손을 잡았다.

"단희야, 너 혼자 가."

"아씨 안 가시면 저도 안 가요."

은우가 천천히 일어났다. 단희를 따라 방을 나왔다.

안뜰에서는 시어머니 심 씨가 아랫것들에게 이것저것 지시하고 있었다. 노복들이 곳간에서 곡식, 면포, 말린 생선 등을 실어다 나르고 종비들이 마당에서 짐들을 꾸리고 있었다.

은우가 뜰로 내려섰다. 심 씨가 은우를 보았다.

"왜? 너도 살고 싶으냐?"

"……"

"양심도 없지. 제깐년이 어떻게 살려고 기어 나와? 기어 나오길?"

심 씨가 은우를 흘겨보며 사당으로 시선을 옮겼다. 노복 하나를 붙잡고 위패와 제기를 잘 챙기라고 당부하였다.

은우가 힘없이 바닥에 주저앉았다.

"아씨."

단희가 은우의 곁에 무릎을 꿇고 앉아 은우를 재촉했다.

"어서 가렴."

"아씨부터 어서 일어나셔요."

"난 안 가. 혼자 가렴."

"아씨."

단희가 은우를 붙잡고 눈물을 흘렸다.

"오랑캐가 쳐들어왔다. 오랑캐가 쳐들어왔다."

노파의 목소리가 들렸다. 은우가 고개를 들어 담 너머를 응시하였다. 은우는 일어나 담장 쪽으로 갔다. 노파가 횃불을 높이 들고 오랑캐가 침입하였다고 알리고 있었다. 한 청년이 달려와 노파를 뒤에서 덥석 안았다. 노파가 빠져나가려 몸부림쳤으나 청년은 꿈쩍도 하지 않았다.

"놔라, 이놈아."

노파가 악을 쓰며 몸부림쳤다. 청년이 무릎을 꿇으며 양팔로 할멈을 안았다.

잠시 후, 사내 하나와 처녀 아이 하나도 숨을 헐떡이며 달려왔다. 사내가 노파의 손에 든 횃불을 빼앗아 바닥에 내동댕이쳤다. 처녀 아이가 발로 밟아 횃불을 껐다.

"오랑캐가 쳐들어왔다니까."

노파가 소리쳤다.

"응. 물러갔대."

사내가 노파의 손을 살피며 손바닥에 수건을 대었다.

"물러갔대?"

"응. 할망 목소리 듣고 놀라서 물러갔대."

"나 잘했어?"

"응. 잘했어."

사내가 노파와 말을 주고받으며 노파의 손에 고약을 바르고, 수건을 감았다.

사내가 고개를 들어 은우가 있는 쪽을 쳐다보았다.

은우는 미처 피하지 못하고, 사내와 눈을 마주쳤다. 낯익은 얼굴이었다. 계수 의원 사람이었다. 쓰개치마를 쓰고 저를 쫓아오던 얼굴이었다. 그러고 보니 청년도 계수 의원에서 본 얼굴이었다. 사내가 제 쪽으로 고개를 숙여 인사를 건넸다. 사내도 자기를 알아본 듯하였다. 은우는 눈 한번 꿈쩍거리지도 않고, 사내의 시선을 외면했다. 몸을 돌려 자리를 떴다.

여인이 또 차갑게 등을 돌렸다. 세엽도 고개를 돌렸다. 반가의 여인이니 내외를 하리라, 이해한다고 하여도 기분이 언짢은 건 어쩔 수 없었다. 그래도 안면이 있는데, 제 생명을 구해 준 은인인데 인사말 한마디쯤은 건네야 하지 않은가 생각했다. 아니, 제가 건넨 인사 정도는 받아 줘야 하지 않은가 싶었다.

"할망 왜 울어?"

입분의 목소리에 세엽이 바닥에 주저앉은 할망을 내려다보았다. 할망의 앙상한 얼굴이 일그러졌다. 굵고 가는 주름이 가문 논바닥처럼 검은 살가죽을 갈랐다.

"할망."

세엽이 할망과 눈높이를 맞추고 앉았다.

"아파요?"

"슬퍼."

"뭐가요?"

"몰라. 그냥 슬퍼."

세엽은 할망의 등을 토닥이면서 집에 가자고 했다. 할망은 고개를 얌전히 끄덕였다.

입분이 장군에게 할망을 업으라고 했다. 장군은 아무것도 못 들은 것처럼 반응하지 않았다. 그저 손가락만 꿈쩍댈 뿐이었다.

입분이 할망에게 장군의 등을 가리키며 업히라고 했다.

"싫어. 우리 풍이랑 갈 거야."

할망이 고개를 돌렸다.

"유 의원님 힘들어. 그냥 장군 오라비한테 업혀."

"싫어. 우리 풍이랑 갈 거야."

할망이 세엽을 쳐다보았다.

"우리 풍이 나랑 같이 우리 집으로 갈거래?"

세엽이 할망을 업었다. 할망은 세엽의 등에 얼굴을 묻었다.

실개천 건너편, 만복이 쓰러진 자리에 계 의원이 와 있었다. 장군과 입분과 같이 할망을 찾으러 나온 남해댁이 만복을 발견하고 의원으로 돌아가 계 의원을 보냈다고 하였다.

계 의원은 만복의 허리에 시침을 하고 있었다. 오른손 엄지와 검지 사이에 침을 끼운 채, 중지와 약지로 살을 더듬어 경혈을 찾은 다음 바로 침을 꽂아 넣었다. 빛이라곤 계 의원의 안광과 월광밖에 없었다.

세엽은 시침이 정확한지 의문이 들었으나 잠자코 있었다. 지금은 계 의원과 실랑이를 할 기운이 없었다.

"내 손끝에 눈이 달려 있으니까 걱정하지 말고 가. 너희 만복이 꼭 살려서 갈 테니까."

"네, 서방님 저 살았어요. 아까는 움직이지도 못했는데 지금은 이렇게 엎드려서 침도 맞잖아요."

그러고 보니 만복은 분명 밤하늘을 보며 널브러져 있었는데 지금은 엎드려 있었다.

세엽은 장군과 입분을 남겨 두고, 걸음을 뗐다. 할망을 업은 몸이라 걸음이 더디었다. 할망은 세엽의 등에서 콧김을 내뿜으며 잠에 빠져 있었다.

달빛이 좋았다. 곧 보름이지 싶었다.

3

이십오 년 전, 인심의 둥근 얼굴은 보름날 달빛처럼 보얗고 복스럽게 살이 올라 있었다. 인심은 태기가 있는 몸을 이끌고 한양에 올라왔다. 과거에 급제한 남편을 따라 상경하였다. 새 살림을 정리하고 나면 고향에 남아 있는 두 딸도 데려올 참이었다.

인심은 콧노래를 흥얼대며 장독을 닦았다. 윤이 나도록 아니, 빛이 나도록 닦고 또 닦아도 힘든 줄 몰랐다. 요사이 인심은 하루하루 행복했다. 남편이 급제하여 좋았지만, 무엇보다 시댁 어른들의 눈을 벗어나 사는 게 좋았다.

남편은 아이들을 데려오기 전에 친정에도 다녀오자고 하였다. 혼례 후 첫 친정 나들이와 제 식구끼리의 오붓한 삶, 그리고 태어날 아들 풍이를 생각하면 인심의 마음은 제 배처럼 그득히 부풀어 올랐다.

인심은 불러오는 배를 보며 풍이가 아들이라고 확신했다. 남편은 딸이어도 상관없다고 했지만 인심은 꼭 아들을 바랐다. 아들이어야만 했다. 손자를 바라는 시어른들의 눈초리는 오뉴월 땡볕보다 더 뜨거웠다.

해가 중천을 넘어가고 있었다. 해 뜨기 직전에 등청한다고 나간 남편이 돌아왔다. 인심이 걸레를 놓고, 놀란 얼굴로 남편을 바라보았다. 남편의 얼굴이 심상치 않았다.

조선 정신과 의사 유세풍

"난리가 터졌소."

남편이 인심의 젖은 손을 마주 잡았다.

"성상께서 강화로 몽진을 가신다고 하오. 고향에 가서 부모님과 아이들을 데려오겠소. 다 같이 강화로 갑시다."

"저도요. 같이 가요."

"홑몸도 아닌데 무리하면 안 되오. 내 얼른 다녀오리다."

인심은 배를 쓰다듬으며 남편을 보았다.

"너무 걱정하지 마시오. 오랑캐들이 이제 압록강을 건넜다고 하니 며칠은 무사할 거요. 내일 꼭 돌아오리다."

남편이 인심의 손을 잡았다. 인심은 불안을 떨쳐내려는 듯 애써 웃었다.

인심은 마을 초입까지 남편을 배웅했다. 들어가라는 남편의 재촉에도 그 자리에 서서 남편의 뒷모습을 바라보았다. 남편이 몇 번씩 뒤를 돌아보았다. 인심은 고개를 끄덕이며 어서 가라고 손짓했다.

다음 날, 인심은 짐을 싸놓고 남편을 기다렸다. 그러나 남편은 그날도, 다음 날도, 그다음 날도 돌아오지 않았다. 그사이 청군 기마병은 평양과 개경을 지나 홍제원까지 진격해 왔고, 임금은 세자와 백관을 거느리고 남한산성으로 떠났다.

남한산성 너머에 우리 고향이 있는데……. 인심은 줄줄이 도성을 빠져나가는 사람들을 보며 한숨을 토했다. 강릉에 있는 친정 부모님과 오라비 내외, 조카들도 걱정이 되었다.

인심은 짐을 풀었다 쌌다 하면서 남편을 기다렸다. 그러나 남편은 오지 않고, 눈이 많이 내려 도성으로 오는 길이 막혔다는 소문만 왔다. 산이며 언덕이며 길이며 다 얼어붙어 강화로 떠나려던 임금도 포기하고 남한산성으로 돌아갔다고 했다. 필시 고향에 발이 묶인 게야. 인심은 남편과 아이들을 떠올리며 발을 동동 굴렀다.

오랑캐가 돈의문을 넘었다는 소식이 들렸다. 이웃은 다 떠나간 뒤였다. 인심도 이제 도성에 남아 있을 수 없었다. 인심은 고향으로 간다는 서신을 남겨 놓고 집을 나섰다. 하지만 인심은 한양 지리를 잘 몰랐다. 남편을 따라 구경한 대궐과 육조거리, 운종가가 다였다.

남쪽으로 가려면 숭례문으로 가야 하는데……. 숭례문은 육조거리에서 남쪽으로 내려가면 돼. 인심은 남편과 외출한 길을 떠올리며 골목을 굽이굽이 돌아 육조거리를 찾아 나섰다. 그러나 인심은 집에서 북으로 거슬러 올라가고 있었다. 골목을 벗어나 대로로 나왔을 때 청군의 포로가 되었다.

이듬해 봄, 인심은 청나라 심양으로 끌려와 포로 시장에서 유곽으로 팔려 갔다.

"조선 것들은 옷이 왜 저 모양이야? 겉태만 보고 배가 부른지 꺼진지 어찌 알아?"

포주는 인심의 부푼 배를 보며 욕을 해댔다. 인심은 손님을 받는 대신 허드렛일을 했다. 자라나는 아이의 태동을 느끼며 밤새 울었다.

어느 날, 인심은 조선인 포로에게 전쟁이 벌써 끝났다는 소식을 들었다.

"그럼, 이제 우리 집으로 돌아갈 수 있겠네요."

인심이 아랫배를 쓸면서 안도했다.

"아니. 속환금을 내야 돌아갈 수 있대."

"그게 얼마인데요?"

"이백 냥."

"우리가 그런 돈이 어디 있어요?"

"조선에 있는 가족들이 내주는 거지."

인심은 속환금을 갖고 올 남편을 기다리며 유곽에서 몸을 풀었다. 시부모님이 바라던 아들이었다. 서방님, 제가 드디어 아들을 낳았어요. 어머님, 아버님, 제가 드디어 장씨 집안 장손을 낳았어요. 인심은 붉은 탯덩이를 안고 목이 막힐 때까지 울었다. 울면서 다짐하듯 말했다.

"아버지 곧 오실 거야. 조금만 참자."

그러나 여름이, 가을이, 겨울이 지나도 남편은 오지 않았다.

"풍아, 아버지 곧 오실 거야. 조금만 참자."

인심은 나오지 않는 젖을 짜내며 아들을 달랬다.

한 해가 지났다. 인심은 희망을 놓지 않았다. 두 해, 세 해가 지나도 인심은 남편이 저와 풍이를 데리러 오리라, 믿었다.

네 해가 지났을 때 인심은 뜻밖의 소식을 들었다. 유곽 주인이 풍이를 황궁 내시로 팔겠다고 하였다.

인심은 풍이를 꼭 껴안았다.

"풍아, 아무도 널 못 데려가게 엄마가 지켜 줄게. 아버지 대신 엄마가 널 지켜 줄게."

인심은 심양관에 계시는 세자와 세자빈이 조선 포로들을 속환해 준다는 소식을 들었다. 장을 보러 나갈 때마다 심양관의 위치를 파악해 두었다. 두 번 다시 실수하지 않으리라, 다짐했다.

어둠이 내렸다. 유곽의 휘황한 불빛과 시끌벅적한 흥성을 뒤로하고, 인심은 풍이를 업고서 유곽을 빠져나왔다. 온 마음과 힘을 다하여 심양관으로 달렸다.

장정들이 저년 잡으라며 소리쳤다. 개들이 인심을 쫓았다. 인심에게 꼬리를 흔들며 밥을 받아먹던 것들이 누런 이빨을 드러내고 인심의 발뒤축을 물었다. 인심은 신을 벗고 달렸다. 개가 치맛자락을 물었다. 인심은 치맛자락을 벗어던지고 달렸다. 인심은 심양관 대문 앞에 넘어지듯 쓰러졌다. 팔을 뻗어 주먹을 쥐고 심양관 대문을 두드렸다.

"살려 주세요! 살려 주세요!"

눈물과 콧물을 쏟으며 소리쳤다. 풍이가 울어댔다. 개가 달려와 짖어댔다. 풍이의 우는 소리와 개가 짖는 소리에 인심의 목소리가 묻혔다.

장정들이 개 짖는 소리를 듣고 달려왔다.

4

남해댁이 이부자리를 폈다. 세엽이 할망을 눕히고 맥을 짚었다.

"아이고, 이 할매야. 옆에서 멀쩡하게 자는 줄 알았는데 언제 또 일어나서 우리 유 의원님 고생을 시키는데?"

남해댁이 할망을 나무라고 세엽을 보았다.

"괜찮습니다."

할망을 눕히고 세엽은 들마루에 주저앉았다. 계 의원과 입분의 목소리가 들렸다. 세엽은 대문간으로 시선을 돌렸다. 만복이 멀쩡하게 걸어서 들어오고 있었다. 인정하고 싶지는 않았지만 계 의원의 침술은 참으로 용했다.

세엽은 만복의 상태를 확인하고 건넌방으로 들어왔다. 방문을 닫고 쓰러지듯 누웠다. 눈을 감고 잠을 청했으나 잠이 쉬이 오지 않았다. 풍아, 어서 가야 돼. 도망가야 돼. 엄마가 지켜 줄게. 엄마가 아버지 대신 널 지켜 줄게. 자기를 깨우며 울부짖던 할망의 모습이 떠올랐다. 눈빛은 결연했고 목소리는 단호했다. 그 순간 할망의 모습은 진짜였다. 매병 병자의 발작이라기에는 너무 진지했다.

밖이 소란스러웠다. 할망이 또? 세엽은 무거운 몸을 일으키고 밖으로 나갔다.

대문간이 북적댔다. 마을 사람들이 몰려와 웅성대고 있었다.

사람들은 할망이 일으킨 한밤의 소동에 대해 목소리를 높였다. 진짜인 줄 알고 얼마나 마음을 졸였는지 모른다며 불평하고, 진짜가 아니라서 얼마나 다행인지 모른다며 안도했다.

"미안들 해. 우리 할망 한번씩 지랄이 발광 나서 용트림 하다가 똥간에 처박히는 소리하잖아."

"그럼 개지랄 의원님이 똥침 주고, 똥뜸 떠서 고쳐야죠."

계 의원이 몰려든 사람들과 농담을 주고받으며 웃었다.

세엽은 눈살을 찌푸렸다. 계 의원의 입에서는 걸핏하면 '지' 자 '랄' 자라든지 '변'에 관한 말이 나왔다. 얼핏 잡아 하루 열 번, 삼백 일 삼천 번을 들었다 쳐도, 세엽은 그 말에 여전히 익숙하지 않았고 들을 때마다 여전히 편하지 않았다. 계 의원은 침을 놓는 그 순간만 멀쩡한 인사였다.

마을 사람들이 물러간 후, 계 의원은 할망이 잠든 방 안으로 들어갔다. 세엽은 열린 문 틈으로 방 안을 살폈다.

"할망, 또 사람들 귀찮게 하면 아주 아픈 침 준다, 했지."

할망은 미동도 없이 잠에 빠져 있었다. 계 의원이 침을 높이 들어 보였다.

"보자. 어떤 침을 놓아야 우리 할망이 정신줄을 잡을꼬? 대침을 줄까, 장침을 줄까, 그래 똥침을 줘야겠다. 대똥침을 줘야겠다."

세엽은 방 앞 툇마루에 앉았다. 계 의원이 두 손을 마주 잡고 검지를 세워 침 모양을 만들었다. 할망의 눈앞에서 흔들어 보였다.

"그만하십시오. 주무시지 않습니까?"

"농이잖아."

계 의원이 뚱한 얼굴로 세엽을 보았다.

"지금 농을 할 때입니까?"

"넌 다른 때도 싫어하잖아. 샌님. 하여튼 지 아버지를 꼭 닮았어."

세엽은 한숨을 뱉었다.

"밤새 용을 쓰느라 기력이 다한 듯합니다."

"그러세요, 유 의원님? 이 돌팔이가 보기에는 미쳐서 지랄 발광하다가 뒷감당이 무서워서 자는 척하는 것 같은데요?"

"지, 지, 지, 지…… '지' 자, '랄' 자, 발광이라니요?"

"이봐 샌님. 왜 지랄을 지랄이라 못 해? 지지지지 랄랄 발광, 지랄 발광, 이게 안 되냐?"

세엽은 화를 참으며 숨을 길게 내쉬었다.

"매병 병자입니다."

"네가 어찌 알아?"

"보면 모릅니까?"

"보면 다 안다? 화타가 살아 오셨구먼. 우리 계수 의원에 신의께서 납셨어. 얼씨구, 지화자, 좋다."

"맥진을 해도 그렇고요."

"맥진? 네가 언제부터 할망 맥진을 했을까?"

"좀!"

남해댁이 마당에서 소리를 질렀다. 세엽과 계 의원이 동시에 남해댁을 보았다. 남해댁 주변에서 입분과 만복이 걱정스러운 얼굴로 세엽과 계 의원을 지켜보고 있었다.

"잡시다!"

남해댁이 방 가까이 와서 계 의원을 향해 눈을 부라렸다.

"그럼, 잘나신 유 의원님이 한번 고쳐 보시든가."

계 의원이 세엽의 눈앞에 얼굴을 들이밀었다가 일어나서 방을 나갔다.

"고치라면 못 고칠까 봐?"

세엽 대신, 남해댁이 계 의원의 등에 대고 소리쳤다.

"개지랄은 나갔어?"

할망이 눈을 떴다.

"할망!"

할망이 세엽을 보며 아이처럼 웃었다.

다음 날 아침, 세엽은 일어나자마자 할망이 머무는 방으로 왔다.

할망은 지난날에 대한 기억이 없었다. 저를 '풍이'라고 부르며 집착하긴 했으나 지금까지는 얌전한 병자였다.

세엽은 할망의 맥을 짚었다. 삽맥이었다. 가늘면서 느린 맥이 힘겹게 오가다가 흩어졌다. 정지실조. 억울하고 노한 것이 저도 모르게 쌓여 풀리지 않거나 오랫동안 근심이 쌓이고 크게 놀라고 두려워하여 정지가 손상되고 기기가 울결되어 있었다. 할망의 매병은 단순히 연로하고 몸이 허약해져서가 아니었다.

세엽은 할망의 손에 감긴 무명천을 풀고 상처를 살펴보았다. 마른 나무줄기처럼 꺼칠한 손에는 화상 자국이 잡혀 있었다. 세엽은 할망의 손을 닦아내고 황단고를 바른 다음 새 천을 감았다.

"고마워."

할망이 화상 입은 손을 들어 보였다.

"할망, 이름이 뭐예요?"

"화냥년."

"풍이가 누구예요?"

"똥강아지."

"아들 이름이 풍이에요?"

"배고파. 밥 줘."

할망은 밥을 한 그릇 다 먹고 다시 잠이 들었다.

할망을 바라보는 세엽의 뒷덜미가 서늘했다. 마당에서 계 의원이 자기를 보다가 먼 산으로 시선을 옮겼다. 세엽도 계 의원에게 시선을 두지 않고 말했다.

"어제와 같은 발작은 처음이었습니다."

"……."

"할망이 갑자기 발작한 이유가 있을 텐데…… 말입니다."

"잘난 네가 모르는데 못난 내가 어찌 알까?"

계 의원은 허리를 비틀며 자리를 떴다.

세엽은 할망을 내려다보았다. 할망은 꿈속이 어지러운 듯 얼굴을 일그러뜨렸다.

5

심양관 대문이 열리고 사내 둘이 모습을 드러냈다. 사내들은 인심을 내려다보며 조선말을 했다. 인심이 일어나 풍이를 대문 안쪽으로 던지듯이 밀어 넣었다. 풍이가 엄마를 부르며 시뻘건 울음을 놓았다. 사내들은 곤란한 표정으로 인심과 풍이를 번갈아 보았다.

"어서 문 닫아요, 어서!"

인심이 대문을 닫고 돌아섰다.

유곽으로 끌려온 인심은 죽기 직전까지 매를 맞았다. 죽겠구나 싶으면 매질이 멎었고, 살았구나 싶으면 매질이 다시 날아들었다. 누런 살이 찢기고 붉은 피가 맺히고 푸른 멍이 들었다. 상처는 곪고 몸은 썩어 갔다.

'괜찮아, 우리 풍이는 꼭 고향으로 돌아갈 거야. 아버지한테 갈 수 있을 거야.'

인심은 눈을 감았다. 한 줄기 빛이 컴컴한 어둠을 뚫고 길을 열었다. 그 길 위로 풍이와 딸들의 얼굴이 스쳐갔다. 고향 땅의 산야와 개울과 꽃들과 나무들도 흘러갔다. 남편의 얼굴도 있었다.

"너무 늦어서 미안하오, 부인."

인심이 눈을 떴다. 정말 남편이었다. 남편이 인심의 얼굴을 쓰다듬으며 눈물을 흘렸다.

"지난 일은 다 잊으시오. 이제 우리에겐 좋은 일만 있을 게요."

남편은 인심을 안고 위로해 주었다. 풍이, 아니 유성이를 잘 키워 줘서 고맙다고도 했다. 인심은 터진 입술 사이로 하얀 이를 드러내고 눈을 감았다.

인심은 남편과 풍이와 함께 고향집으로 돌아왔다. 딸들을 다시 만나 헤아릴 수 없을 만큼 기뻤으나 난리통에 친정 부모님이 돌아가셨다는 말에 눈물만 쏟아졌다.

남편은 다시 인심을 위로했다. 몸을 추스르면 한양으로 올라가서 정답게 살자고 하였다. 친정 부모님 기일에는 강릉으로 가서 제사도 지내자고 하였다.

집으로 돌아온 다음 날, 시어머니가 인심을 안채로 불렀다.

"속환금을 마련한 건 너 때문이 아니라 유성이 때문이니라. 유성이만 데려오려 했으나 네 서방이 극구 너까지 고집하는 바람에 우리 집안의 기둥뿌리를 뽑아서 널 살려 왔으니 보답을 하거라."

"예. 어머님 앞으로……."

"자진해라."

시어머니가 인심의 앞에 은장도를 던졌다.

"유성이는 장씨 집안 핏줄이니 염려 말거라."

"……어머님, 잘못했습니다. 용서해 주세요. 제가 앞으로 더 잘하겠습니다. 한번만, 한번만 용서해 주세요."

인심이 눈물, 콧물을 쏟으며 머리를 조아렸다.

"네 자진하면 너를 가엾게 여기겠다. 유성이가 네 제사도 받들게 하겠다."

"전 죽을 수 없어요. 제가 어찌 살아서 돌아왔는데요?"

"차라리 살아서 돌아오지 말지 그랬느냐? 그럼, 널 화냥년이 아니라 열녀로 기억했을 텐데…… 자자손손 너를 명예롭게 여겼을 텐데……. 우리 가문과 이 고장을 빛냈을 텐데……."

남편이 들어와 시어머니를 말렸다. 시어머니는 인심을 죽게 하고 싶지 않으면 이이離異(이혼)를 하라고 했다. 남편은 그럴 수 없다며 인심을 데리고 안방을 나갔다. 시어머니는 장씨 가문에 화냥년은 발붙일 수 없다며 소리를 높였다.

세상은 호란 중에 포로로 끌려갔다가 청에서 살아 돌아온 환향 여인에게 '화냥년'이라는 자자刺字를 새겨 넣었다. 여인들의 이마에, 가슴에 보이지 않는 자자를 파 놓고, 정절을 잃었다며 손가락질을 해댔다.

반가에서는 청에서 환향한 여인들을 향한 이이 청구가 끊이지 않았다. 골치를 앓던 조정에서는 환향 여인들이 회절강에서 몸을 씻으면 정절을 회복한 것으로 간주하겠다고 포고했다. 각 지역마다 회절강이 정해졌고, 환향 여인들의 목욕 행렬이 이어졌다.

인심도 강에 나아가 종일 몸을 씻었다. 거친 돌로 온몸을 박박 문질렀다. 살갗이 벗겨지면 살갗을 씻고 피가 나면 피를 씻었다. 온몸의 살점이 뜯겨도, 피가 말라도 씻어낼 수 있는 건 다 씻어내

조선 정신과 의사 유세풍

고 싶었다. 인심은 멈추지 않았다.

어느덧 붉은 노을이 인심의 얼굴을 적셨다. 마음에도 붉은 물이 들었다. 붉은 눈물이 쉬지 않고 흘러나왔다. 몸으로, 마음으로 붉은 눈물을 쏟아냈다. 남편이 인심을 강가로 끌고 나왔다.

"미안해요."

"내가 미안하오."

인심과 남편이 끌어안고 함께 울었다.

회절 행사가 끝나도 환향 여인들을 보는 세간의 시선은 달라지지 않았다. 시어머니는 물론 문중 어른들까지 남편을 압박했다.

시어머니는 머리를 싸매고 누웠다. 인심이 이 집 안에 있는 한, 물 한 모금 들지 않겠다고 선언했다.

인심은 딸들을 보며, 풍이를 보며, 남편을 보며 인내했다. 처음엔 거리를 두던 딸들도 인심의 치맛자락을 잡고 따라다녔다.

'여긴 우리 조선이고, 우리 집이야. 나는 우리 조선 사람들과 함께 있어. 청에서 겪은 설움과 고생에 비하면 이건 아무것도 아니야.'

인심은 스스로를 다독였다.

언제부터인가 남편을 보기가 힘들어졌다. 별채엔 발걸음조차 하지 않았다. 사랑에도 머물지 않았다. 남편을 찾으면 출타했다는 소식만 들려왔다. 남편이 집에 오지 않은 날이 늘어갔다. 돌아왔다는 소식을 듣고 사랑으로 나가 보면 어느새 남편은 사라지고 없었다. 남편은 밖으로만 돌았다.

어느 날 남편은 술에 취해 비틀거리며 인심의 방 장지문을 열었다. 남편은 인심의 앞에 무릎을 꿇었다. 인심의 시선을 피하며 고개를 숙였다.

"이 집에서 나가 주시오."

"서방님……."

"부탁이오. 나가 주시오."

인심이 남편의 손을 잡았다.

"제가 잘못한 게 아니잖아요. 전란이 나버렸고, 저는 포로가 되었고, 살았고, 돌아왔어요. 살아서 돌아온 게 그리 큰 잘못인가요?"

남편이 제 손을 잡은 인심의 손을 잡았다가 제게서 떼 놓았다.

"날 원망하여도 좋소. 제발, 이 집에서 나가만 주시오."

남편이 일어섰다.

"잘못했어요. 서방님, 제 잘못 맞아요. 제가 잘못했어요. 제가 다 잘못했어요."

인심이 남편의 발목을 잡고 빌었다. 남편은 인심을 외면하고 방을 나갔다.

6

의원 식구들이 큰방에 한데 모여 앉았다. 계 의원이 정성을 다하라고 잔소리를 해댔다. 세엽은 약장을 뒤지면서 방 안을 흘깃거렸다.

"장군. 공진단이 어디 있지?"

물론, 어디 있는지는 세엽도 알고 있었다. 윗방 문갑 안에 있었
다.

"여기, 여기."

장군이 방바닥에 앉은 채 공진단을 들어 보였다.

"많다, 많다."

"이건 안 돼."

계 의원이 공진단을 낚아챘다.

"왜 안 됩니까?"

"쓸 데가 있어."

"지금 당장, 다 쓰는 건 아니지 않습니까? 저도 쓸 데가 있으니
하나만 가져가겠습니다."

"다 써야 돼. 지금 당장."

"저도 지금 할망 약을 짓는 데 써야 합니다."

"다시 조제하라고 했으니까 기다려."

세엽이 방 안으로 성큼성큼 들어갔다.

"도대체 그 많은 걸 한꺼번에 어디다 쓰시려고요?"

세엽은 아래쪽으로 시선을 옮겼다. 장군, 남해댁, 입분, 만복이
공진단을 약갑에 넣었다. 경옥고와 청심환도 보였다. 의원에 있는
것들은 모조리 다 쓸어 담고 있었다.

"새말 양반님들한테 가요."

남해댁이 대답했다.

"지금 지체 높은 어르신들한테 아첨하느라 병자한테 쓸 약을 못 준다는 말입니까?"

세엽이 계 의원을 바로 보았다.

"아첨이 아니라 사과를 해야지. 어젯밤 일에 대해서."

"하여 의원이 병자는 나 몰라라 하시려고요?"

"할망이 당장 공진단 없으면 죽냐?"

"그 사람들은 지금 공진단 없으면 죽습니까?"

"우리가 죽겠지. 사과를 안 하면."

"사과하는 데 꼭 비싼 약을 뇌물로 갖다 바쳐야 합니까?"

"송구합니다, 말로 몇 번 하면 그 양반들이 오냐, 받아 줄 것 같으냐?"

세엽과 계 의원의 목소리가 날카로워졌다. 의원 식구들이 두 사람의 눈치를 살피며 서로 눈짓을 했다. 손놀림이 빨라졌다. 빨리 싸고 자리를 피하자는 뜻이었다. 세엽은 의원 식구들을 보면서 음성을 누그러뜨렸다.

"어젯밤에 소란스럽게 했으니 사과는 해야겠지요. 진심으로 마음을 전하면 되지 꼭 병자들에게 쓰는 귀한 약까지 가져갈 필요가 있습니까?"

"진심? 진심은 흘러간 전설에나 나오는 거고. 그 양반들은 내가 잘 알아. 그 양반들한테는 선물, 그래 네 말대로 뇌물이 마음이고, 아첨이 진짜야. 너도 이참에 뇌물 싸들고 가서 아첨 좀 하시지. 소락에 발붙이고 살려면 그 양반들한테 잘 보여야 돼."

"싫습니다."

"샌님. 부전자전이지. 유가 놈 아들 아니랄까 봐 앞뒤가 꽉꽉 막혔어."

"의원님!"

"뭐!"

둘 다 소리를 빽 질렀다. 만복이 세엽의 다리를 잡았다. 남해댁이 일어났다.

"다 썼어요. 계 의원님은 얼른 가세요."

남해댁이 계 의원의 손에 약 보따리를 쥐어 주고 등을 떠밀었다. 세엽은 먼저 방을 나와 제 방으로 건너왔다. 자리에 앉지도, 서지도 못한 채 숨을 가다듬었다. 만복이 방문을 열고 얼굴을 빼꼼히 내밀었다.

"서방님, 제가 공진단을 싸고 싶어서 싼 건 아니고요. 어쩌겠어요? 밥이라도 얻어먹으려면 계 의원님이 시키는 대로 해야지요."

만복이 세엽의 눈치를 살폈다.

"우리 한양으로 돌아갈까요?"

"……"

"청주로 갈까요?"

"……"

"둘 다 싫지요? 그럼, 이기지 못할 싸움에 힘 빼지 마시고 앉아서 쉬세요. 어차피 서방님은 계 의원님한테 상대가 안 돼요."

세엽은 만복을 향해 눈을 치떴다.

"개말 개지랄이잖아요. 점잖으신 우리 서방님 상대가 못 되지요."

만복이 세엽의 노기를 가라앉히고 자리를 떴다.

"유 의원님."

남해댁이 세엽의 방 앞 툇마루에 와 앉았다.

"유 의원님 말씀이 다 맞아요. 한데 새말 나으리들한테 잘못 보이면 우리 의원 문 닫아요. 어쩌겠어요? 더러운 건 피해야지요."

"……."

"저 양반들 비위 맞추려고 계 의원님도 고생 많이 하셨어요. 그나마 임 생원이라는 작자가 없어서 요새는 좀 편해졌어요."

"임 생원이요? 그 사람이 누구인데요?"

만복이 끼어들었다.

"있어. 계 의원님 사랑의 연적. 나쁜 놈. 아주 못돼 처먹은 놈."

"임 생원이면 우리 서방님처럼 소과에 급제했겠네요?"

"아니. 이십 년을 넘게 공부했다는데 과거를 보는 족족 떨어졌다네. 그래도 시골서는 조상 중에 생원 하나 있으면 그 후손들도 다 생원이라고 불러."

"지금은 어디에 있는데요?"

"몰라. 어디 틀어박혀서 공부를 하는지, 과거를 보는지, 계집질을 하는지…… 몇 년 전에 낙방하고는 안 돌아왔어. 사실 개말, 개지랄도 다 그 작자 때문에 붙은 별명이야."

"예?"

만복은 남해댁 가까이 당겨 앉았다.

"여기 마을 이름이 개말이 아니었어요?"

"니 같으면 마을 이름을 개말이라고 짓겠나? 니 이름을 개복이라고 하면 좋아?"

"아니요."

만복이 정색하고 고개를 저었다. 남해댁이 '개말'과 '개지랄'에 관한 사연을 풀었다. 세엽은 방 안에서 남해댁의 이야기에 귀를 기울였다.

개말의 원래 이름은 '계말'이었고, 계말의 역사는 계수 의원의 역사와 함께 시작되었다. 사람들은 소락산 자락 구릉지를 '눈썹산'이라고 불렀다. 눈썹처럼 경사가 완만한 탓에 생긴 별명이었다.

눈썹산 끝자락, 지금의 계수 의원 자리는 원래 풀만 무성한 곳이었다. 이웃에 천인들이 사는 봉말이 있었고, 산골짜기에는 빈민들이 사는 골말이 있었다. 아무도 그 마을 가까이에는 집을 지으려고 하지 않았다.

계 의원은 헐값에 빈 터를 사들여 삼간초가를 지었다. '계 의원'이라는 깃발을 달고 의원을 열었다. 계 의원이 용하다는 소문이 나면서 병자들이 몰려들었다. 약초꾼과 허드렛일을 하는 일꾼도 고용하였다. 그들이 계 의원 곁에 집을 짓고 살기 시작했고, 다른 이들도 이주해 오면서 마을이 형성되었다.

처음엔 계 의원이 있는 마을이라 하여 '계말'이라 불렸다. 한데 계 의원에 드나드는 이들은 빈민이나 천인이 더 많았다. 그들은 한 자도, 한글도 몰랐다. 계 의원을 '개 의원'으로, 계말을 '개말'로 알 아들었다.

계 의원은 '계 의원'이라는 깃발을 내리고 '계수 의원'이라는 깃 발을 올렸다. '계수나무 계' 자를 쓰는 의원이 주인이라는 뜻이었 다. 계수 의원이 있는 마을이라는 뜻으로 사람들은 '계말' 대신에 '계수말'이라고 부르기 시작했다. 계수 의원이 유명세를 떨치면서 의원으로 자리 잡고, 계수말이 사람들의 귀에 익숙해져 갈 때쯤, 한양에 공부하러 간 임순만이 돌아왔다.

"그게 임 생원이야. 그놈이 우리 계수 의원 망하게 하려고 계 의 원님 하는 일에 사사건건 시비를 걸다가 시비 걸 게 없어지니까 계수말은 개 같은 의원이 주인인 개 의원이 있는 개말이다, 하고 소문을 내버렸지."

"사람들이 그 말을 믿어요?"

"뭐, 계 의원님이 실제로 개 같은 데가 있기는 있지. 의원을 하 기 전에는 만날 술을 처드시고 개지랄을 떨었지. 한 오 년 전까지 만 해도 밤이면 계수 의원에 자주 술판을 처 벌려 놓고, 역시 개지 랄도 떨어 주시고……. 요새는 뭐, 늙어서 체력이 딸리니까 술판 은 자제하시지. 원래 유명한 술꾼이었어."

"그래도 안 망했잖아요."

계수 의원을 찾는 사람들은 개말, 개 의원을 다르게 받아들였 다. 사람들은 처음 그 이름들을 듣고 고개를 갸웃거렸다.

"한데 계 의원님, 어디가 개 같은감?"

"글쎄. 개처럼 소리를 잘 지르시고, 욕도 잘 하시고……."

"그래도 우리한테는 제일 좋은 의원인데?"

"원래 개가 우리랑 제일 친한 동물 아닌감? 몸에도 좋은 음식이고."

"그래. 개같이 친근하고 개같이 몸에 좋다고 개를 닮았다고 하는구먼."

임순만의 의도는 완전히 빗나갔다. 사람들은 개말, 개 의원을 더 정답게 받아들였다. 십오 년 남짓 시간 동안 계수말의 이름은 개말로 정착되었고, 계 의원의 이름도 계지한에서 개지랄로 자리 잡혔다. 늘 입에 달고 사는 '지랄' 소리 때문이었다.

계 의원이 돌아왔다. 병자들도 몰려들었다. 건넌방을 비워 주어야 했다. 세엽은 방을 나왔다. 아낙들이 세엽을 반겼지만 세엽은 인사만 하고 자리를 피했다. 지금은 수다를 떨 기분이 아니었다.

뒷마당은 작은 숲이었다. 계 의원은 의원을 열고 나서 약재로 쓸 만한 나무들을 뒤뜰에 한 그루씩 심었다. 고욤나무, 뽕나무, 모과나무, 매실나무, 배롱나무, 살구나무, 돌배나무 잎들이 뜨거운 볕을 받아 짙어지고 있었다.

세엽은 뒤뜰 고욤나무 그늘 아래로 갔다. 비죽한 잎들 사이로 불그스름한 꽃부리가 노란 접시에 담겨 옹기종기 피어 있었다.

언제 왔는지 만복이 짚방석을 놓고 사라졌다. 세엽은 짚방석 위에 앉았다. 세엽은 깊게 숨을 들이마셨다가 길게 내뱉었다. 침통을 꺼내 뚜껑을 열었다. 침끝이 제 눈을 찌를 것만 같았다.

세엽은 눈을 감았다. 숨을 고르고 다시 눈을 떴다. 손을 떨며 침 하나를 잡고 천천히 뺐다. 왼손 합곡혈에 시선을 고정하고 침을 옮겼다. 손이 떨리고 식은땀이 났다. 숨이 막혔다. 결국 침을 놓쳐 버렸다.

세엽은 한숨을 토했다. 나는 이제…… 다시는 내의원으로 돌아갈 수 없으리라. 내의원은커녕 동리 의원조차 될 수 없으리라. 계수 의원 같은 시골구석 의원 노릇도 못 하리라. 한양으로 가서 대과를 준비해야 하나, 고향으로 가서 서당이라도 열어야 하나…….

세엽은 고개를 저었다. 지금 이 모습으로는 한양으로도, 고향으로도 돌아갈 수 없었다. 입신양명과 금환의 꿈은 영원히 물 건너갔다. 평생 계수 의원에 숨어 계 의원과 입씨름을 하고 아낙들의 수다를 들어야 했다.

"나도 침 줘."

할망이 다가와 땅에 떨어진 침을 주워 내밀었다.

"할망…… 나 이제 침 못 놔요."

"아니야. 우리 풍이는 침 잘 놓는 의원이야. 나도 침 줘."

"할망, 나 이제 의원이 아니에요. 아무것도 아니에요."

세엽의 눈이 붉어졌다.

조선 정신과 의사 유세풍

"아니야. 우리 풍이는 대궐에서 임금님 모시는 훌륭한 의원이었어."

"갑시다. 진짜 의원한테 침 맞으러 갑시다."

세엽은 일어났다. 할망이 세엽을 졸졸 따라오면서 침을 달라고 졸랐다. 세엽은 계 의원을 가리키며 침을 놓아 줄 거라고 하였다. 계 의원은 어제도 왔던, 낯선 병자를 보고 있었다. 병자는 세엽 또래였다. 병증이 심한지 이틀째 오고 있었다. 아니, 그러고 보니 병 문진을 하고 있다기보다는 대화를 나누고 있는 듯도 했다.

"싫어!"

할망이 갑자기 계 의원 쪽을 보고 소리를 질렀다.

"싫어. 싫어. 개지랄 영감탱이 싫어!"

할망은 마당에 주저앉아 널어놓은 약재들을 던지며 악을 썼다. 입분과 만복이 달려와 할망을 말렸다.

"이 메밀눈 못난이 치워."

할망이 소리치며 입분에게서 고개를 돌렸다.

"이 깍짓동 돼지도 치워."

할망이 만복의 얼굴을 제 머리로 들이받았다. 병자들의 시선이 할망에게 모였다. 낯선 병자도 밖을 내다보았다.

"병증입니다. 가슴에 한이 박혀서 저렇습니다."

계 의원이 놀란 병자들에게 상황을 설명했다.

"알았어. 알았어. 일단 방으로 들어가자."

세엽은 할망을 달래며 방으로 들어갔다. 세엽은 등 뒤로 계 의원과 병자의 시선을 느꼈다.

날이 저물어갔다. 계수 의원은 문을 열고 닫는 시간이 없었다. 해가 뜨면 문을 열고, 해가 지면 문을 닫기는 하였지만 병자에게는 언제든지 열려 있었다.

특히 오늘은 오전에 계 의원이 새말에 가느라 계수 의원을 비웠던 탓에 계 의원은 해가 지고서도 여전히 병자를 보고 있었다.

장군과 만복, 입분이 대청에서 약장을 샅샅이 뒤지고 있었다. 나삼이 없어졌다고 했다. 집 한 채 값과 맞먹는 약재였다. 세엽이 다가갔다.

"여긴 내 찾아볼 테니 창고로 가봐."

세 사람은 약재 창고로 달려갔다.

남해댁도 부엌에서 나왔다. 남해댁은 약재 창고로 가려다 말고 들마루에 앉아 있는 할망을 쳐다보았다. 할망이 간식 보따리를 둘러멘 채 감초를 씹고 있었다. 남해댁은 눈을 가늘게 뜨고 할망에게 다가갔다.

"할매. 그 보따리 내놔 봐."

"내 니 할매 아니래."

할망이 보따리를 앞으로 돌려 꼭 안았다.

"할매. 그 보따리 좀 보자."

"싫어."

"할매. 나삼 알지? 인삼처럼 생긴 거."

"몰라."

　　　　　　　　　조선 정신과 의사 유세풍

"그거 할매 그 보따리 안에 있지?"

"없어."

"할매가 가져갔잖아."

"나 화냥년이지 도둑년은 아니다, 이년아."

할망은 댓돌로 내려서서는 세엽에게 쪼르르 달려가 세엽의 등 뒤로 몸을 숨겼다.

"풍아, 저년이 자꾸 날 도둑년이라고 손가락질한다."

"아주머니, 할망 도둑 아닙니다."

세엽이 남해댁에게 눈을 찡긋했다.

"맞는데…… 딱 보이 할매 저 보따리 안에 있는데……."

"풍아, 저년이 저게 미친년이래. 날더러 자꾸 할매라 안 하나? 내가 지 할매면 저 매주 같은 년이 풍이, 니 딸인데 그거이 말이 되나? 저게 정신이 나가서 날 도둑년으로 모는 거래."

"할매, 아니 그래, 할망. 떳떳하면 그 보따리 보여 줘 봐."

할망이 보따리를 꼭 껴안고 세엽에게 매달렸다.

"남해댁 아주머니, 할망이 안 훔쳤답니다. 할망이 훔쳤으면 제가 책임지겠습니다."

"아무리 유 의원님이라도…… 나삼 그게 너무 비싼 기라……."

"할망은 아닙니다. 할망이 나삼을 무에다 쓰겠습니까? 같이 찾아봅시다."

"……그래요, 유 의원님 말씀을 믿어야지요."

남해댁이 약재 창고로 가면서 중얼거렸다.

"유 의원님 좀 달라지셨는데……."

세엽은 할망을 들마루에 앉히고 약재 창고로 걸음을 뗐다. 할망이 세엽의 옷자락을 잡았다.

"풍아, 엄마 화냥년이지 도둑년은 아니야."

"할망, 화냥년도 아니야."

"아니야. 화냥년 맞아. 엄마 화냥년이야. 엄마가 화냥년이라서 미안해. 엄마가 미안해. 우리 풍이 엄마 때문에 대궐에서 쫓겨난 거래. 미안해. 엄마가 화냥년이라서 미안해."

세엽은 할망의 옆에 앉았다. 감초를 집어 할망에게 건네주었다. 할망의 왼뺨을 덮은 흉터가 저녁노을에 붉게 타올랐다.

7

"풍아, 미안해. 엄마가 화냥년이라서 미안해."

인심은 잠든 풍이의 얼굴을 쓸었다. 눈물과 콧물이 범벅이 되어 흘러내렸다.

새벽닭이 울었다. 인심은 풍이의 작은 손을 잡았다. 손에 입을 맞추고 일어섰다.

뜰로 나왔다. 시어머니가 머무는 큰방을 향해 큰절을 했다. 사랑채로 걸음을 옮겼다. 남편의 방, 창 앞에서 걸음을 멈추었다. 저 창 너머 설렘과 기쁨이 있었는데 지금은 쓸쓸함과 외로움만 남아 있었다.

인심은 조용히 집을 나와 친정으로 왔다. 친정 부모님 대신에 오라비와 올케, 조카들이 집을 지키고 있었다.

"왔구나."

오라비의 말이 허공을 맴돌았다. 복잡한 감정이 담긴 말이었다. 인심은 잘못 왔구나, 한숨을 토했다. 그러나 달리 갈 곳이 없었다.

이곳에서도 인심을 보는 시선은 냉담했다. 집 안에서도 집 밖에서도 사람들은 인심을 보며 '화냥년'이라고 수군거렸다. 인심은 식구도 하인도 아닌 채 행랑방 한 칸에 몸을 비비고 삼 년의 세월을 견뎠다.

남편이 죽었다는 소식이 들려왔다. 오라비는 남편 마지막 가는 길, 배웅은 해야 하지 않겠냐고 하였다. 인심도 남편 가는 길에 인사는 제대로 하고 싶었다.

인심은 올케가 새로 해준, 흰 저고리와 치마를 입고 시집으로 갔다. 그러나 문상객을 위해 활짝 열어 놓은 대문 앞에서 인심은 문전박대를 당했다. 인심은 대문 앞에서 두 번, 절을 하고 돌아섰다.

"어머니!"

인심이 걸음을 멈추었다. 눈물이 왈칵 쏟아졌다. 보지 않아도 알 수 있었다. 풍이의 목소리였다.

인심은 뒤돌아보았다. 달려가서 풍이를 꼭 끌어안았다. 엉엉 소리 내며 통곡했다. 풍이도 울었다. 모자는 사람들이 나와서 떼어 놓을 때까지 서로를 꼭 붙들고 울었다.

인심은 사흘 동안 대문간 앞에 서 있었다. 그러나 풍이는 다시 나오지 않았다. 딸들도 보이지 않았다.

"아씨, 그만 돌아가세요. 아씨께서 여기 계시는 한 마님이 도련 님도, 아기씨들도 내보내지 않으실 거예요."

늙은 여종이 나와서 인심의 손을 붙잡고는 눈물을 훔쳤다.

인심은 어쩔 수 없이 친정으로 돌아왔다. 그러나 친정에서도 문을 열어 주지 않았다. 남편마저 죽었으니 인심이 돌아갈 길은 영영 없다고 생각한 올케는 인심을 대문 안으로 들여놓지 않았 다.

인심은 결국 환향녀들이 모여 산다는 한양 서대문 밖으로 갔 다. 사내들이 낮이면 뒤에서 인심을 훔쳐보고, 밤이면 앞에 나타 나 인심을 바로 보고자 했다.

그날도 인심의 앞에 한 사내가 나타났다. 어디서 굴러먹다 온 지도 모를 거지깽깽이 같은 것이, 평생 인심에게는 눈길 한번 건네 지 못하고 말 한 마디 섞어 보지도 못할 것이 인심을 원했다. 인심 이 피식 웃었다. 피식 웃다가 크게 소리 내어 웃었다.

"그리 좋은가."

사내가 썩은 이를 드러내고 웃었다. 인심은 눈을 치뜨고 사내 를 노려보았다. 화로로 시선을 옮겼다. 화로에 달군 시뻘건 인두 를 쳐들고 사내의 면상에 들이밀었다. 사내가 흠칫거리며 얼굴을 뒤로 뺐다.

"겁나?"

"이년이……."

사내가 인두를 뺏으려고 팔을 뻗쳤다. 인심이 인두로 제 얼굴을 지졌다. 인심의 왼쪽 뺨에서 하얀 연기가 피어올랐다. 살을 지지는 냄새가 방 안에 퍼졌다. 인심은 이를 악물고 한 줌 신음도 토하지 않았다.

"뭐 이리 독한 년이 다 있어?"

사내는 질겁하여 꽁지 빠진 수탉처럼 내뺐다.

세엽은 뒤뜰 고욤나무 그늘 아래에 앉아 할망을 생각했다. 풍이라는 아들에게 집착하는 할망. 할망이 발작하여 온 마을을 휘젓고 다니던 밤, 세엽은 풍이를 지키려는 할망의 의지를 똑똑히 보았다. 할망은 풍이를 지키지 못하였을까.

풍아, 미안해. 엄마가 화냥년이라서 미안해. 할망의 말도 마음에 걸렸다. 그 말대로라면 할망은 호란 중에 청군에게 포로로 끌려갔다가 돌아온 환향還鄉 여인이지 화냥년이 아니었다. 할망은 사과와 위로를 받아야 할 사람이지 죄책감을 느끼고 사과를 해야 할 사람이 아니었다.

세엽은 일어섰다. 할망의 심병 가운데에는 풍이라는 아들이 있었다. 그 아들이 할망의 병을 낫게 해줄 수는 없지만 할망의 아픈 마음을 위로해 줄 수는 있었다.

세엽은 계 의원을 찾았다. 계 의원은 약상을 만나고 있었다. 소락의 산야에서 구할 수 없는 약재들은 약상을 통해 구입하였다. 세엽은 마당을 서성대며 계 의원이 약상과 볼일을 끝내기를 기다렸다.

약상이 방에서 나왔다. 세엽은 병자에게 양해를 구하고 계 의원의 방으로 들어갔다.

"할망 아들 풍이, 살아 있습니까?"

"……응."

"어디 삽니까?"

"정확하지는 않아. 나도 짐작만 할 뿐이야."

계 의원이 장군에게 의안醫案 책을 가져오라고 했다.

"의안은 왜……."

계 의원은 세엽의 말에 대꾸하지 않고, 장군이 주고 간 의안 책을 뒤적거렸다. 의안 하나를 찾은 다음, 종이에 뭔가를 베껴 써서 세엽에게 내밀었다.

"장유성……."

8

세엽은 오랜만에 도포를 차려입고, 갓을 썼다. 세조대도 잊지 않았다. 계 의원이 준 종이를 쥐고 혼자 집을 나섰다. 오늘이 단오라 만복은 씨름판에 꼭 나가야 된다고 하였다.

언덕을 내려가 북녘강 둑길을 따라 걸었다. 북녘강과 남강이 만나는 호수 앞, 소락 나루터에 도착했다. 배를 타고 호수와 남강을 건넜다. 나루터에서 반 시진을 걸어 남한산성 아랫마을에 도착했다. 마을은 단오를 맞아 시끌벅적했다.

세엽은 종이에 쓰인 대로 장유성의 집을 수소문했다. 마을 사람들은 장유성이라는 이름을 낯설어 했다. 장 봉사 댁을 아느냐는 질문에 잘 안다고 고개를 끄덕였다. 장 봉사는 작고하였고, 그 외아들이 집을 지키고 있다고 했다.

장 봉사는 할망의 죽은 남편이고, 장유성은 할망의 아들인 듯하였다. 세엽은 마을 사람들이 가르쳐 주는 대로 한 기와집에 도착했다.

세엽은 젊은 노복의 안내를 받아 사랑채 마당에서 장유성을 기다렸다. 곧 집주인, 장유성이 방에서 나와 대청에 섰다. 세엽 또래의 젊은 사내, 바로 할망이 처음 발작하던 날부터 이틀간 계수 의원을 찾은 낯선 손님이었다. 세엽과 장유성이 눈을 마주쳤다. 세엽도 장유성도 서로를 알아보고 잠시 침묵했다.

세엽과 장유성이 사랑에 마주 앉았다. 영창 밖에서 매미가 시끄럽게 울다가 그치고, 울다가 그치기를 반복하였다. 장유성이 수리취 떡과 앵두화채를 건넸다.

"이곳에도 의원이 있을 터인데 어찌 소락까지 오셨습니까?"

"계수 의원의 명성이 하도 자자하여……."

"어머님을 보셨지요?"

"……."

세엽은 장유성이 할망을 보았을 뿐만 아니라 할망도 아들을 보았으리라고 짐작했다.

"온전한 기억도 사라지고 정신도 잃었지만 아드님을 그리고 계십니다. 한번 만나 주십시오."

"……."

"아명이 '풍이'였지요? 자당께서는 여전히 풍이와 함께한 과거 속에 계십니다. 아드님을 지키지 못했다는 죄책감, 환향 여인이라는 죄책감에 고통 받고 계십니다."

"이미 과거지사입니다."

장유성은 대문까지 나와 세엽을 정중하게 배웅했지만 세엽이 원하는 답은 주지 않았다. 세엽은 장유성이 다시 나오지 않을까 기대하고 한동안 그를 기다리다가 무거운 발걸음을 뗐다.

소년 유성은 알고 있었다. 어미가 가끔씩 학당 앞에서 자기를 지켜본다는 사실을. 하루는 유성이 학당에 들어가다 말고, 어미의 앞에 섰다. 어미는 왼쪽 뺨을 가리며 고개를 돌렸다.

"이제 오지 마세요."

"……."

"이제 학당이고 학문이고 다 때려치울 겁니다."

유성은 책 보따리를 바닥으로 내팽개쳤다. 보따리 안에서 서책 몇 권이 흘러나왔다. 어미가 몸을 낮추고 책을 주워 보따리 안에 넣었다. 보따리를 내밀었다.

"공부를 해야⋯⋯."

유성이 보따리를 밀쳤다. 어미가 고개를 숙였다.

"모르세요? 정절을 잃은 부녀자의 자손은 대대로 문과에 응시하거나 요직에 등용될 수 없는 것이 조선의 법입니다."

어미는 여전히 고개를 숙인 채 눈물을 삼켰다.

"호로자식 소리 듣는 것도 지긋지긋합니다. 오지 마세요, 이제."

유성은 어미를 비켜 걸음을 뗐다. 어미가 제 뒷모습을 바라보는 걸 알았지만 이를 앙다물고 돌아보지 않았다.

세엽이 남강을 건너 소락 나루터로 돌아왔을 때는 이미 저물녘이었다. 황금빛 노을이 소락 하늘을 태우고, 부드러운 바람이 소락 땅을 놀리고 지나갔다. 강 건너 주막에서 한 모금 얻어 마신 약주 탓인지 세엽의 어깨가 강물처럼 넘실거렸다.

만복이 나루터에서 세엽을 맞았다. 세엽은 북녘강을 따라 둑길을 걸었다. 만복이 쉴새없이 조잘대면서 세엽을 따라왔다. 세엽이 문득 멈추어 섰다.

"오늘이 단오라고?"

"네. 의원 일이 하도 많아서 씨름판에도 못 나갔어요."

"할망은?"

"오늘은 얌전히 잘 놀았어요."

세엽은 강둑을 내려가 갈대밭으로 들어섰다. 북녘강가에는 그네가 매달려 있었다. 성안에서 그네를 탈 수 없는 노비들과 아녀자들이 타는 그네였다. 그네 위에는 쪽을 진 여인이 두록색 치마를 펄럭이며 그네를 타고 있었다.

"잉, 그네 구경하시게요?"

만복이 물었다. 세엽은 말없이 갈대밭 한가운데에 멈추어 섰다. 하얀 소복을 입은 여인이 세엽의 앞에서 그네를 바라보고 있었다. 두 번 만난 적이 있는 여인이었다. 둘 다 좋은 기억은 아니었지만 저도 모르게 발걸음이 이리로 움직였다.

"그네가 아니었어요?"

세엽이 만복을 앞세우고 여인과 좀 떨어져 섰다. 세엽이 헛기침을 했다. 여인 대신 만복이 돌아보았다.

"몸은 좀 어떠신지 여쭈어라."

여인이 고개를 돌려 세엽과 만복을 보았다. 표정도 대답도 없었다.

"그렇답니다. 들으셨지요?"

만복이 여인의 차가운 눈빛에서 시선을 비키고 답했다. 여인이 다시 그네를 향해 고개를 돌렸다. 낯이 익은 처녀 아이 하나가 그네에 올랐다. 여인의 몸종인 단희였다.

"그렇답니다. 보셨지요?"

만복이 눈을 찡긋거리며 검지로 세엽의 얼굴을 가리켰다. 네 얼굴이 술 한 독을 들이부은 사람처럼 벌겋다는 뜻이었다.

"아. 단오라…… 약주를 딱 한 모금만 마셨을 뿐인데……."

세엽이 양손으로 제 얼굴을 감쌌다.

"저 이상한 사람 아닙니다. 의원입니다. 계수 의원에 있는…….
기억하시지요? 아직 몸이 완쾌되지 않았을 터인데 이리 나와 계
시는 걸 보니 걱정이 되어 잠시 안부를 여쭈었습니다."

만복이 헛기침을 했다. 세엽이 말을 멈추었다.

"송구합니다."

세엽은 반응 없는 여인에게 고개를 숙였다.

"그럼, 조리 잘하십시오."

세엽이 여인에게 인사를 하고 고개를 들었다. 세엽의 눈에 여인
의 작은 어깨가 들어왔다. 여인이 어깨를 떨고 있었다. 세엽이 여
인의 등 뒤로 걸음을 옮기면서 여인의 옆얼굴을 바라보았다.

여인이 울고 있었다. 맑고 굵은 눈물이 여인의 창백한 뺨을 타
고 흘러내렸다. 세엽은 당황하여 걸음을 멈추었다. 뒤따르던 만복
도 얼굴을 찌푸리며 걸음을 멈추었다. 그 바람에 여인은 세엽과
만복 사이에 갇힌 꼴이 되고 말았다. 여인이 몸을 움츠렸다.

"송구합니다."

세엽의 손짓에 만복이 뒤로 물러났다.

"소생이 괜히 언짢게 해드렸나 봅니다."

"……."

"송구합니다."

"아, 의원이 병자에게 괜찮은지 묻는 게 뭐 그리 송구한 일이라
고 그러세요?"

만복이 세엽을 나무라듯 말했다. 여인이 고개를 돌려 만복을 쳐다보았다. 만복이 몸을 움찔하며 먼 산을 살폈다.

"남녀가 유별한데 더는 아녀자를 희롱하시지 말라 아뢰게."

만복이 세엽을 보았다.

"들으셨지요?"

"희롱하는 것이 아니오라……."

만복이 헛기침을 했다.

"송구합니다."

세엽이 다시 여인에게 인사를 하고 돌아섰다. 세엽은 갈대밭 사이를 걸었다.

"뭐가 그리 송구하신 게 많아요?"

세엽은 말없이 걸었다.

"제 말 안 들리세요?"

"……."

"안 들리는 가비어. 송구합니다. 송구합니다. 너무 비굴한 거 아니어?"

"들린다."

"들려유? 이쪽이에유."

만복이 갈대밭에 갇힌 세엽을 둑길로 안내했다.

세엽은 멈추고 가기를 반복했다. 자꾸만 누군가가 제 걸음을 잡는 것 같았다. 뒤를 돌아보면 저를 재촉하는 만복이밖에 없었다.

세엽은 날이 까맣게 저물고서야 계수 의원에 도착했다.

9

별빛이 할망의 하얀 머리 위로 부서졌다. 할망은 잠들지 않고 들마루에 앉아 있었다. 세엽은 할망의 곁에 나란히 앉았다. 할망이 보따리에서 수리떡을 꺼내 세엽에게 건네주고, 자기도 하나를 꺼내 씹었다.

"풍이 어디 갔다 왔네?"

"친구 만나러, 멀리."

"친구 잘 만났네?"

"응."

"친구가 호로자식이라고 싫어하지 않네?"

"내가 왜 호로자식이야?"

"화냥년 아들이니까."

세엽은 목이 멨다. 떡을 억지로 삼키고는 할망을 보며 웃었다.

"나 없는 동안, 많이 보고 싶어 했어?"

"응."

세엽은 할망을 끌어안았다.

"엄마 화냥년도 아니고, 엄마 아들 풍이도 호로자식 아니야. 그러니까 엄마 이제 울지 마. 엄마 잘못이 아니야. 엄마가 잘못한 건 하나도 없어."

"풍이 이제 엄마 안 미워하네?"

"내가 엄마를 왜 미워해?"

"엄마 안 창피하네?"

"엄마가 뭐가 창피해? 하나도 안 창피해. 나는 우리 엄마가 세상에서 제일 고맙고 곱다."

"그럼, 나한테 장가올 거래?"

세엽이 몸을 떼고 할망을 바라보았다.

"아들이라며? 아들한테 시집오는 엄마도 있어?"

"아니, 너 내 아들 아니래. 우리 아들은 한양서 높은 의원이었다. 침 잘 놓는 의원."

"그래, 나 할망 아들 아니야. 이제 우리 할망 다 나았네."

세엽은 할망의 등을 두드렸다. 할망이 말했다.

"그래서 나한테 장가올 거래?"

"나 한번 갔는데 괜찮아?"

"괜찮아. 나도 한번 갔다 왔다. 한데 나 아들은 못 낳는다. 아들은 낳으면 안 된다. 화냥년 아들은 손가락질 당하고 무시당한다. 벼슬도 못하고 대궐로도 못 돌아간다."

세엽은 다시 할망을 안았다.

"엄마, 괜찮아. 다 괜찮아. 한번 갔다 와도 괜찮고, 아들 못 낳아도 괜찮아. 고마워. 다 고마워. 나를 낳아 줘서, 길러 줘서, 살려 줘서 고마워. 살아 있어 줘서 고맙고, 상처투성이 마음으로 나를 보듬어 줘서 고마워."

세엽은 오랫동안 할망을 꼭 껴안고 등을 토닥거렸다.

인기척에 세엽이 고개를 들었다. 계 의원이 대청에서 저와 할망을 보다가 방 안으로 들어갔다.

세엽은 계 의원을 따라 큰방으로 들어갔다.

"의원님."

"왜?"

"할망 시침은 의원님이 해주십시오."

"잘난 유 의원님께서 하시지."

"저 못난 거 알고 있습니다. 하니 잘났다 소리 그만하십시오."

남해댁이 손에 꾸러미를 들고 들어왔다.

"약상이 다녀갔어요. 꼭 구해 달라고 하셨다면서요? 온실서만 자라는 약초라서 구하기 힘들었다네요."

"쟤 줘."

계 의원이 고갯짓으로 세엽을 가리켰다. 남해댁이 세엽에게 꾸러미를 내밀었다.

"처바르든가 말든가."

계 의원이 구시렁댔다. 세엽은 꾸러미를 열었다. 화상을 치료하는 노회였다. 세엽이 제 손바닥을 보며 중얼거렸다.

"이미 물집 다 잡혔는데……."

"그럼, 말든가."

"아닙니다."

"이거 계 의원님 마음인데 아까워서 바르시겠나? 제가 깎아서

방에 갖다 놓을게요."

남해댁이 노회를 들고 밖으로 나갔다.

"감사합니다."

"뭐?"

"노회."

"그것만?"

"또……."

자기의 화상을 기억하고 노회를 주문해 준 계 의원의 마음이 고마웠다. 하지만 그 마음을 입 밖에 내기는 쑥스러웠다.

"그게 시작이야."

"예?"

"관심. 병자에게 관심을 두는 게 심의心醫의 출발이야."

"심의요? 세조의 『의약론』에 나오는 그 심의 말입니까?"

세조는 직접 저술한 의학서인 『의약론』에서 의원을 심의, 식의, 약의, 혼의, 광의, 망의, 사의, 살의 여덟 가지로 분류했다. 심의는 병자의 마음을 편안하게 하고 그 마음을 움직이게 하는 의원으로, 세조는 이를 일등으로 쳤다.

"그래, 그 심의. 병자의 마음을 고치는 의원. 의원이 병자를 돌보는 데 가장 우선시할 건 병자의 마음이고, 병을 낫게 하는 데 가장 중요한 건 병자의 마음을 고치는 거지."

"『동의보감』에서도 병을 다스리고자 할 때 먼저 그 마음을 다스리라고 하였지요."

『동의보감』에서는 병자로 하여금 모든 마음속의 의심이나 걱정, 생각, 불편을 제거해야 한다고 하였다. 『황제내경』에서는 양과 음, 덕과 기로 인하여 생이 생기고, 그 바탕은 정이며, 정에 의해 혼과 백이 생기는데 인체에서 이를 주재하는 것이 심이라 하였다.

"아무리 좋은 약을 써도 마음의 문제를 해결하지 못하면 완쾌되지는 않지. 하나 심의가 세상에 얼마나 되겠냐?"

"병자의 마음까지 살피기엔 시간이 없질 않겠습니까?"

"의원이 그럴 마음이 없기도 하고, 또 마음을 치료할 방법을 모르기도 하고……"

"마음을 낫게 하는 의술은 배운 적이 없으니까요."

"해서…… 그 시작이 관심이라고."

"예……"

"침술이나 진맥, 약 처방은 기술이야. 배우면 누구나 할 수 있지. 하나 심의가 되는 길은 배울 수도 없을뿐더러 배운다고 되는 게 아니야. 병자의 마음에 관심을 두고 돌보려는 마음이 있어야 해. 하여 어떤 면에서는 내의원에 입격하는 것보다, 이름난 침의가 되는 일보다 더 어려울 게야. 병자를 대면하는 일도 쉽지 않을 게야. 병자가 손목은 내밀어도 마음은 잘 보여 주지 않으니까."

"예……"

"우리 같은 마을 의원들이야 맥진도 하고 경혈도 찾고 침도 놓고 한꺼번에 다 하지만, 내의원 의원들은 맥진하는 의원, 경혈 찾는 의원, 시침하는 의원으로 세분되어 있지. 이제는 심병을 전문으로 다스리는 의원도 있어야 할 것 같아."

"예⋯⋯."

계 의원이 세엽을 보며 눈동자를 굴렸다.

"너는 할 말이 '예'밖에 없냐?"

"아닙니다."

계 의원이 할망을 부르며 일어났다. 침 맞자. 소리에 할망이 도망쳤다. 계 의원은 방을 나가려다 말고 세엽을 보았다.

"할망은 네 병자야. 나는 침만 놓는 거야. 다른 건 네가 다 해."

"예, 아니⋯⋯ 알겠습니다."

계 의원이 설핏 웃고는 방을 나갔다.

10

햇살이 좋은 아침이었다.

세엽은 갓을 쓰고 마당에서 할망을 기다렸다. 할망은 방 안에 얌전히 앉아 있었다. 입분이 새로 산 빗으로 할망의 머리를 빗겼다. 남해댁이 남빛 치마를 다리고 있었다.

"이 할마시⋯⋯."

할망이 남해댁을 쳐다보았다.

"할매 오늘은 얌전하네."

남해댁이 미소를 지었다. 할망은 입술을 샐쭉하니 내밀었다. 입

　　　　　　　　　　조선 정신과 의사 유세풍

분이 할망의 머리를 양 갈래로 땋아서 정수리에 틀어 감았다. 붉은 댕기를 달았다.

"안 돼. 뻘건색은."

남해댁이 남색 댕기를 내밀었다. 할망은 붉은색을 고집했다.

"시뻘건 댕기에 치마에 입술까지. 그러고 다니면 사람들이 미친 년이라고 흉본다."

"내 미친년 맞다."

"오늘은 말짱해야 된다. 할매야. 오늘은 고상하게 하고 가야 돼."

할망은 고집을 멈추고 옥색 저고리에 남빛 치마로 갈아입고 방을 나왔다. 등에는 봇짐을 메고 있었다. 할망이 늘 가지고 다니는 간식 보따리였다.

"이거는 죽어도 포기 못 한대요."

남해댁은 할망이 멘 봇짐을 가리켰다. 의원 식구들이 할망에 게 예쁘다고 한마디씩 했다.

세엽은 할망의 손을 잡고 집을 나섰다. 만복이 뒤따랐다. 할망은 기분이 좋은 듯 발걸음을 가뿐가뿐 놀렸다.

세엽 일행은 소락 나루터에서 배를 타고 강을 건너 남한산성 아랫마을에 도착했다.

세 사람은 마을 뒤쪽 언덕에 올랐다. 누군가 기다리고 있었다. 장유성이었다. 그는 세엽과 할망을 향해 허리를 굽혔다.

할망은 아들을 알아보지 못하고 풀들 사이를 뛰어다녔다. 만복이 술래였다. 잡는 술래가 아니라 잡는 척만 해야 하는 술래. 이미 할망을 한번 잡았다가 "이 돼지. 한 번만 더 잡았다가는 네 멱을 따 버릴 거래."라는 말을 듣고, 놀이의 법을 파악했다.

장유성은 세엽을 벼랑, 큰 바위 옆으로 안내했다. 눈은 할망과 만복을 바라보았다.

"여긴 바우골이에요. 저 바위 때문이지요. 선친께서는 이 바위 곁에서 돌아가셨습니다."

세엽은 연유가 궁금하였지만 묻지 않았다. 장유성이 잠시 있다가 말을 이었다.

"어머님이 집을 떠나신 후, 아버님은 매일 이 바위 곁에서 외가가 있는 북쪽 땅을 바라보셨지요. 비바람이 불고, 눈보라가 쳐도 이곳을 떠나지 않으셨습니다. 그리고……."

장유성이 괴로운 듯 긴 숨을 토했다.

"함박눈이 오는 날, 이곳에서 눈을 감으셨습니다. 아버님은 죽는 순간까지 어머님을 사랑하셨습니다."

장유성의 눈에서 한 줄기 눈물이 흘러내렸다. 세엽의 눈도 붉어졌다.

할망이 꽃을 한아름 꺾어 왔다. 장유성이 할망의 앞에 섰다.

"어머니."

유성이 무릎을 꿇었다.

"소자가 잘못했습니다."

할망이 울적한 얼굴로 세엽을 쳐다보았다.

"이 사람 누구래?"

조선 정신과 의사 유세풍

"풍이잖아."

"이 사람 풍이 아니야. 한데 왜 울어?"

"어머니…… 용서해 주십시오."

할망이 고개를 움직여가며 이리저리 장유성을 뜯어보았다.

"어머니, 고맙습니다. 어머니께서 절 지켜 주신 덕분에 제가 오늘 살아 있습니다."

장유성은 고개를 숙이고 몸을 낮추었다.

한참을 엎드려 흐느끼던 장유성은 할망에게 큰절을 하고 언덕을 내려갔다.

장유성의 뒷모습을 물끄러미 보던 할망이 그를 뒤쫓아 달려갔다. 장유성은 걸음을 멈추고 할망을 보았다. 할망이 등에 메고 있는 보따리를 풀었다. 보따리를 뒤져서 무언가를 꺼내 장유성에게 내밀었다.

"이거 먹고 울지 말아요."

나삼이었다. 세엽은 입을 벌렸다. 잠깐 눈앞이 캄캄해진 것도 같고, 가슴이 두근거리는 것도 같았다.

"이 귀한 것을 제가 받아도 될지……."

장유성이 세엽을 바라보며 말했다.

"……가져가세요. 어머님의 마음입니다."

세엽은 장유성을 보며 어색하게 웃었다. 장유성은 나삼을 받고 언덕을 내려갔다. 할망이 손을 흔들었다.

"할망……."

세엽이 울상을 지었다.

"메주한테 말하지 마. 말하면 내 너한테 장가 안 간다."

"……시집이겠지."

세엽이 한숨을 쉬었다.

저녁때 계수 의원에 또 한바탕 난리가 났다. 침통이 모두 사라졌다. 세엽은 할망을 데리고 조용히 뒷마당으로 갔다.

"할망…… 혹시……."

"내가 침통 다 숨겼어. 이제 우리 풍이 침 안 놓아도 된다. 침 때문에 속상해하지 않아도 된다. 개지랄 유세 떠는 꼴 안 봐도 된다."

할망이 해맑게 웃었다. 세엽이 한숨을 쉬며 얼굴을 찌푸렸다.

"할망, 도둑질은 안 한다며?"

"우리 아들 위해서 내가 못할 게 뭐가 있네?"

할망이 보따리를 뒤져 무언가를 꺼냈다. 나무를 깎아 만든 녹용 장식품이었다. 계 의원의 방, 사방탁자 한구석에 놓여 있던 물건이었다.

"이건 색시 갖다 줘."

할망이 녹용 장식품을 세엽의 손에 쥐어 주었다.

"내가 색시가 어딨어?"

"그지, 도망갔지. 지난번에 풍이 니가 화나게 해서. 그러니까 이거 갖다 주고 화해해서 색시 찾아와."

세엽은 웃지도 못하고 울지도 못한 채 한숨만 쉬었다.

그날 밤, 세엽은 남해댁에게 은동곳을 내밀었다.

"뭐예요?"

"나삼 값입니다. 많이 부족합니다. 차차 갚겠습니다."

"아이고, 이 귀한 걸 받아도 되나……."

세엽이 남해댁을 보았다. 남해댁은 세엽의 손에서 은동곳을 낚
아챘다.

"한 입 갖고 두말하는 분이 아니시니, 제가 기꺼이 받아야 마음
이 편하시겠죠. 나머지도 차차 갚아 주세요."

남해댁은 웃으며 자리를 떴다.

세엽은 침통을 제자리에 갖다 놓았다.

세엽은 계 의원의 방으로 갔다. 사방탁자 앞에서 잠시 녹용 장
식품을 만지작거렸다. 녹용 장식품을 사방탁자 위에 놓았다가 다
시 집어 들었다. 손에 쥔 채 방을 나왔다.

세엽은 부엌 아랫방 쪽을 바라보았다. 할망이 툇마루에 앉아
고개를 꾸벅이며 졸고 있었다. 세엽은 할망을 안고 방 안에 눕혔
다.

할망은 행복한 꿈을 꾸는지 미소를 지었다.

아씨의 우울

1

조반을 들던 계 의원이 벌떡 일어나 밖으로 나갔다.

어서 오시게, 하는 그의 음성이 간드러졌다.

계 의원과 큰방에서 식사를 하던 세엽은 눈썹 사이로 내 천 자를 누비고 감잣국을 한술 떴다. 계 의원의 얼굴에 한가득 화색이 돌았으리라. 보지 않아도 알 수 있었다.

세엽은 식사를 끝내고 일어섰다. 계 의원은 여전히 손님과 이야기를 나누고 있었다.

세엽은 방을 나오면서 아침 일찍 찾아온 손의 얼굴을 슬쩍 보았다. 처음 보는 이였으나 누군지는 알 만했다. 계 의원이 늘 강조하는 빛날 '화華', 손 '객客' 자를 쓰는 '화객님'의 심부름꾼, 어느 부잣집 청지기일 터였다.

아니나 다를까 계 의원은 손을 보내고 방 안으로 들어와 택진 준비를 했다.

"이번은 어느 댁입니까?"

"현령 댁 마님께서 병증이 심하다고 하신다."

"의원님!"

세엽의 음성이 다소 높아졌다. 건넌방에서 장군과 식사 중이던 만복이 숟가락을 놓고 세엽을 바라보았다.

세엽은 계 의원이 마음에 들지 않았다. 그중에서도 병자를 대하는 이중적인 태도를 경멸했다. 새말 양반들이나 양반이 아니더라도 부유한 상인들에게는 '화객'이라고 굽신댔다. 계수 의원에 병자들이 있든 말든, 그들이 부르면 언제 어디든지 달려갔다. 그들이 치르는 약값 때문이었다. 그들을 방문하고 오고 나면 계수 의원 곳간은 쌀과 면포 때로는 비단으로 넉넉해졌다.

반면 계수 의원을 찾는 평민들이나 천인들, 가난한 병자들에게는 세 살배기 어린아이부터 머리와 눈썹이 하얀 노인들에까지 반말이었다. 반말만 해도 다행이었다. 지랄이 어쩌고 하는 말과 듣고 나면 귀를 씻고 싶은 욕지거리를 해대기 일쑤였다.

세엽은 계수 의원에 온 다음 날부터 떠나야지, 떠나야지 마음먹었으면서도 그리하지 못했다. 갈 데가 딱히 없다. 아버지를 피할 수 있다는 이유 때문이겠거니 생각했지만 여기에 남아 있는 이유를 세엽도 정확히 알지 못했다.

"밖에서 기다리는 병자들이 안 보이십니까?"

세엽이 마당을 가리켰다. 병자 예닐곱 명이 들마루에 앉아 제 차례를 기다리고 있었다. 계 의원이 방을 나가 대청에 선 채, 병자들을 살펴보고 말했다.

"어쩌나. 지랄이 똥 싸서 비루빡에 처바를 때까지 살겠구먼."

그런 말을 듣고도 병자들이 소리 내어 웃었다.

세엽은 맥진도 없이 한번 보고 병자의 상태를 짐작하는 계 의원이 못 미더웠지만 병자들의 반응을 보니 틀린 말도 아닌 것 같았다.

"지금은 왕진을 가야 하니 이따가 와."

병자들은 걱정하지 마시고 어서 다녀오시라며 돌아갔다. 계 의원이 방 안으로 들어와 세엽을 향해 눈을 흘겼다.

"이제 됐나?"

"다른 병자들은 안 보실 겁니까?"

"또 누구?"

계 의원이 인상을 썼다.

"구급한 병자들이 오면 어떡합니까?"

"그전에 돌아올 게야."

"그전에 오면요?"

"급한 병자가 오면 누구든 나를 부르러 올 테니 괜찮아."

꼭 현령 부인을 보러 동헌에 가겠다는 뜻이었다.

"현령은 은자라도 준답니까?"

"그거야 우리 하기에 달렸지. 해서 오늘은 너도 가야겠다."

계 의원이 방을 나가서 약장 앞에 섰다. 계 의원이 부르는 대로 장군이 약재를 챙겨 주었다. 반하, 적복령, 후박, 자소엽이었다.

"의원님!"

세엽이 대청으로 나와 목청을 높였다. 세엽의 목소리를 듣고 제 방에서 조반을 들던 남해댁과 입분이 밖으로 나왔다. 만복이 막 세 그릇째 밥을 먹으려다가 숟가락을 놓았다. 고개를 돌려 밥상을 외면했다.

"그래서 지금 언제 닥칠지도 모르는 병자들을 두고 그깟 떡고물 좀 챙기겠다고 택진을 가자는 말씀입니까?"

"그깟 떡고물이라니?"

"제가 모를 줄 아십니까? 의원님 매일 부자들 택진 다니시면서 챙길 건 다 챙기는 사실 다 압니다."

"유 의원님, 왜 이러세요?"

남해댁이 세엽에게 말했다.

"곧 있으면 병자들이 더 몰려올 텐데 의원 둘 다 자리를 비우자고요?"

"그래."

"지체 높으신 현령 댁 마님 수발을 들어야 하니까. 돈이 많이 생기니까."

"잘 알고 있구나."

"우리가 의원이지 장사치인 줄 아십니까!"

"유 의원님, 이러지 마세요."

남해댁이 대청으로 올라와 세엽을 말렸다.

"그럼 너는 의원이기는 하냐?"

"계 의원님은 가만히 좀 계세요."

남해댁이 계 의원과 세엽 사이에 끼어들었다.

"네 맘대로 해. 따라와서 떡고물이라도 챙기든지 남아서 병자를 돌보든지. 침 하나도 못 잡으면서 병자를 볼 수 있을지는 모르겠다만, 그도 여의치 않으면 아예 여길 나가든지."

남해댁이 계 의원에게 눈을 부라렸다. 계 의원은 말을 삼키고 방 안으로 들어가 짐을 챙겨 나왔다.

"아버지, 우리 유 의원님한테 왜 그래?"

계 의원이 댓돌로 내려서자 입분이 입을 비죽 내밀었다.

"너도 이년아, 애비보다 저 샌님이 더 좋으면 같이 나가."

"아버지가 그러니까 개지랄 소리를 듣잖아."

입분이 구시렁대다가 계 의원이 대문을 나서자 절을 했다.

"아버지, 잘 다녀오십시오."

"안 돌아올 거야."

계 의원이 부루퉁한 얼굴로 의원을 나섰다.

남해댁의 표정과 음성이 부드러워졌다.

"유 의원님, 물론 병자를 긍휼히 여기며 재물을 탐하지 않고 의를 좇으시는 유 의원님의 마음으로는 도저히 계 의원님의 행동이 용납이 안 되시겠지만 계 의원님도 어쩔 수 없어요. 다 사정이 있어요. 아까 돌려보낸 병자들은 미뤄도 되는 병자들이고, 진짜 급한 병자가 있으면 계 의원님도 안 가세요. 급한 병자가 오면 금방 돌아오시고요."

세엽은 잠자코 있었다. 하루 이틀 본 일도 아니었는데 오늘따

　　　　　　　　　조선 정신과 의사 유세풍

라 언성을 높이고 말았다. 언젠가는 해야 할 말이었어, 할 말을 했을 뿐이야, 라고 넘어가기에는 개운치 않았다. 삼키다 만 음식이 목에 걸려 있는 것만 같았다.

"어서 쫓아가 보세요. 유 의원님도 마음이 안 편하시잖아요."

남해댁이 만복에게 채비하라고 눈짓을 했다. 만복이 방에서 세엽의 갓과 도포, 세조대를 챙겨 나왔다. 남해댁이 만복에게서 그것들을 받아들었다. 만복이 댓돌로 내려와서 세엽의 신을 챙겼다.

"어서요."

남해댁이 갓과 도포를 내밀며 세엽을 재촉했다. 만복과 입분까지 거들었다. 세엽이 도포를 입고, 갓을 썼다. 세조대도 맸다. 남해댁이 과장된 목소리로 말했다.

"참, 미남이시다. 우리 소락에 이만한 인물이 없는 기라. 마님이 유 의원님 얼굴만 봐도 병이 싹 달아나시겠네."

"우리 서방님은 소락에서뿐만 아니라 한양에서도 인물 좋은 의원으로 유명하셨어요."

만복이 맞장구를 쳤다.

의원 식구들의 재촉에 세엽이 집을 나섰다. 멀리 계 의원의 뒷모습이 보였다. 세엽은 불편한 얼굴로 계 의원을 쫓았다.

관아는 소락성 한가운데에서 북편에 있었다. 관아 입구 홍살문 앞에서 청지기가 계 의원을 기다리고 있었다. 홍살문 너머 동쪽에는 객사와 향청이, 서쪽에는 동헌이 자리 잡고 있었다. 계 의원과 세엽, 만복은 청지기를 따라 군관청, 훈련청, 사령청 등 몇 개의 관청을 지나 외삼문에 다다랐다. 외삼문은 이층 누각이었고 '태안루'라는 현판이 달려 있었다. 세엽 일행은 외삼문과 내삼문을 지나 동헌 서쪽에 딸린 내아로 들어섰다.

내아는 조용했다. 현령 부부만 거주한다고 하였다. 계 의원과 세엽은 내아 뜰에서 현령을 기다렸다. 곧 계 의원 또래로 보이는 현령이 내아로 들어섰다. 현령은 계 의원과 인사를 나누고 안방으로 계 의원과 세엽을 안내했다.

"들어가겠소."

현령이 방문 앞에서 말했다. 노복이 방문을 열었다. 부인의 팔다리를 주무르던 여종이 일어나 발을 내렸다. 부인은 여종의 부축을 받아 일어나 앉았다.

계 의원과 세엽은 현령을 따라 안방으로 들어갔다. 계 의원은 발 너머 부인을 향해 정중히 인사했다. 세엽에게는 낯선 모습이었다. 여종이 방석을 깔았다. 계 의원과 세엽은 아랫방에 앉았다.

"병증이 어떠하시옵니까?"

계 의원이 현령 부인의 병증을 묻고, 현령이 답하였다. 부인은 목에 무언가가 붙어 있는데 삼키려 해도 넘어가지 않고 뱉으려고 해도 나오지 않는다고 하였다. 며칠 전부터는 증상이 더욱 심해져서 물조차 넘기기가 어렵다고 하였다.

"혹 목에 매실 열매나 솜뭉치가 걸려 있는 듯하십니까?"

현령 부인이 고개를 끄덕이고 현령이 대답했다.

"그렇소."

"목에 걸린 채 뱉을 수도 삼킬 수도 없어 음식물을 넘기기가 어렵고, 가슴이 답답하고 두근거려 때로는 숨을 쉬기도 곤란하시겠지요."

"그러하오."

현령이 걱정스러운 표정으로 대답했다.

"기분이 울적하고, 속이 메스껍기도 하고 간혹 딸꾹질도 하시지요?"

현령과 부인이 동시에 고개를 끄덕였다.

"정확한 진단을 위해 맥진을 해보겠습니다."

계 의원이 허락을 구하듯 현령을 보았다. 현령이 고개를 끄덕였으나 현령 부인은 손을 내저었다. 반가에서는 흔한 일이었다. 내외법이 갈수록 엄격하게 지켜지고 있었다. 반가의 부인들은 외간 사내와 신체 접촉을 할 수 없다며 맥진도, 침도 거부하는 일이 잦았다.

"그럼, 소인이 아니라 젊은 의원이 맥진을 할 것이옵니다. 마님, 겨우 아들뻘이니 보게 하소서."

현령이 계 의원의 눈길을 따라 세엽을 보았다.

"젊은 의원이 뭘 알겠소?"

현령의 시선이 세엽의 푸른 세조대에 머물렀다.

"우리 유 의원으로 말씀 드릴 것 같으면 일찍이 생원시에 급제하여 성균관에서 수학했사오나 의술을 탐구하려는 뜨거운 열망과 병자들에 대한 깊은 긍휼을 뿌리치지 못하고 전의감에서 의학생도로 수련한 후, 의과에 장원 급제하여 내의원에서 의관 생활을 하였사옵니다."

계 의원은 세엽도 잊은 과거를 약장수처럼 술술 읊었다.

"또 그 아버지는 내의원 어의이옵니다. 소인과 동문수학하였지요. 조부께서는 문과에 급제하시어 조정에 계셨다가 낙향하셨습니다."

세엽을 보는 현령의 눈빛이 달라졌다.

"유의儒醫 집안이시구먼."

"예."

계 의원은 과장된 표정으로 세엽을 보았다. 세엽은 괜히 부끄러워져서 고개를 돌렸다.

"유 의원은 맥진을 하시지요."

내 집에서 먹고 자는 한, 양반 대접 받을 생각은 꿈에도 하지 말라던 계 의원이었다. 그 계 의원이 처음 보고 듣는 표정과 말투로 세엽에게 말을 건넸다. 세엽은 계 의원의 낯선 모습에 잠시 머뭇댔다. 미소 띤 얼굴 위로 부릅뜬 눈초리를 감지하고서야 부인에게 다가갔다.

발 아래로 부인이 손목을 내밀었다.

세엽은 명주 천을 부인의 손목 위에 올리고 맥을 짚었다. 칠기증에 따르는 매핵기. 칠정으로 기가 목에 몰리고 맺혀서 담이 생기고, 담이 성하면 기결이 더 심해져 목 안에 이물감을 느끼는 증상. 하지만 실제 목에는 아무것도 걸려 있지 않은 정지내상의 병. 지나치게 노하거나 슬퍼하거나 두려워하거나 근심하였을 때 몸이 이를 견디지 못하여 생긴 마음의 병이었다.

"혹 근래에 지나치게 마음 쓰신 일이 있사옵니까?"

"그런 일이 무에 있겠소?"

현령이 등을 바로 세우고 답했다. 세엽은 계 의원을 보았다. 계 의원은 현령과 부인의 가운데에 시선을 두고 말했다.

"기 순행에 이상이 생겨 잠시 목에 담이 뭉쳤사옵니다."

"심각한 병이오?"

현령이 물었다.

"아니옵니다. 수침하고, 탕약을 드시면 곧 좋아지겠으니 마음을 편히 가지소서."

"수침은 아니 되오."

부인이 말했다.

"침으로 뭉치고 막힌 기를 뚫을 것이옵니다."

"시간이 걸리더라도 탕약만 들겠소."

계 의원이 현령을 쳐다보았다. 현령이 부인에게 수침을 권유하였으나 부인은 끝내 시침을 거부하였다.

2

세엽은 계 의원과 현령을 따라 밖으로 나왔다. 계 의원은 잠시 아뢸 말씀이 있다고 현령을 붙잡았다. 둘은 건넌방으로 들어갔다. 계 의원의 목소리가 들렸다.

"마님의 마음에 맺힌 응어리를 다 토해내셔야 병이 완전히 나을 것이옵니다. 유 의원을 두고 가겠습니다. 마님의 마음을 잘 돌볼 것이옵니다."

계 의원과 현령이 방을 나왔다. 현령은 세엽에게 부인을 부탁하고 동헌으로 돌아갔다. 계 의원이 세엽에게 다가왔다.

"넌 여기 남아."

"제가 말입니까?"

세엽은 뜻밖이라는 듯이 물었다.

"그럼 내가 있으랴? 유 의원께서 긍휼히 여기시는 병자들을 내버려 두고?"

"제가 예서 뭘 합니까?"

"밥값 해야지. 마님 약 수발 잘 들고, 약값 많이 벌어 와."

계 의원은 챙겨 온 약재 보따리를 세엽에게 던지듯이 맡기고서 내아를 나갔다. 세엽은 멍하니 서 있었다. 제가 왜 여기에 남았는지 모를 일이었다. 만복이 약재 보따리를 풀었다. 부인의 처방에 필요한 사칠탕 약재들이 정확하게 들어 있었다.

세엽은 툇마루에 앉아 있었다. 만복이 뜰에서 약을 달였다. 뭉근하게 타오르는 불을 보고 있자니 세엽은 노곤해졌다. 내아는 너무나 조용했다. 부엌에서 노비들이 음식을 만들고, 마당에서 노복들이 풀을 뺐지만 모두 말없이 일에만 집중했다. 세엽은 하품을 하고 습관처럼 눈을 감으려고 하다가 정신을 차렸다. 왕진 온 의원이 남의 집 툇마루에서 졸 수는 없는 노릇이었다.

"제가 잘 지켜보고 있을 테니 들어가서 좀 쉬세요."

만복이 세엽이 머무를 방을 가리키며 낮은 목소리로 말했다.

"아니다. 달리 할 일도 없지 않느냐?"

"몸을 좀 움직이시든가요. 관아 구경이라도 하세요."

세엽은 양팔을 위로 뻗으며 일어났다. 안채를 돌아 뒤뜰로 갔다. 뒤뜰은 규모가 아담하였지만 연못과 과실수와 꽃으로 멋들어지게 꾸며져 있었다. 연못 너머로 세 칸짜리 별당이 서 있고, 별당 뒤로 사당이 보였다.

"의원님."

세엽이 사당으로 걸음을 옮길 때였다. 젊은 여인의 목소리가 들렸다. 세엽이 뒤를 돌아보았으나 아무도 없었다. 잘못 들은 겐가. 세엽은 다시 사당 쪽으로 돌아섰다.

"의원님."

세엽은 걸음을 멈추었다.

"이쪽입니다."

세엽은 목소리를 따라 시선을 옮겼다. 별당의 열린 창틈으로 한 여인이 고개를 내밀었다. 세엽의 눈이 동그래졌다. 안면이 있는 여인이었다. 현령 내외만 거주한다고 들었는데 새말에 사는 여인이 왜 이곳에 있는지 모를 일이었다. 더구나 저 여인이 왜 살가운 표정으로 자기를 부르고 있는지는 더 모를 일이었다.

오늘은 네 번째 만남이었다. 여인이 북녘강에 빠졌을 때, 할망이 새말로 도망가서 소동을 피웠을 때, 할망의 아들 장유성을 만나고 돌아오는 길에 강변 그네터에서 우연히 만났을 때. 세 번의 만남 다 유쾌하지는 않았다. 여인은 매번 무표정하다 못해 늦가을 서리처럼 싸늘한 얼굴로 세엽을 대했다. 어쩌다 눈이 마주치면 주위를 얼어붙게 할 정도로 찬 시선이었다. 그런 여인이 오늘은 세엽을 다정히 불렀다.

"잠시 들어오십시오."

세엽은 주위를 두리번거리다가 손가락으로 제 얼굴을 가리켰다.

"네. 의원님이요."

여인이 고개를 끄덕였다.

"아니 됩니다."

"잠시면 됩니다."

세엽은 손까지 내저었다.

"아니 됩니다. 남녀가 유별하거늘 어찌하여 동석을 청하신단 말입니까?"

세엽의 입꼬리가 올라갔다. 남녀유별을 운운하며 저를 매몰차게 대하던 여인의 모습이 떠오르면서 묘한 만족감이 일었다.

"부탁드립니다. 의원님의 도움이 필요합니다."

여인이 간절해 보였다. 세엽은 입꼬리를 바로 내렸다.

"몸이 불편하십니까?"

조선 정신과 의사 유세풍

"네."

여인이 괴로운 얼굴을 하고 고개를 끄덕였다.

세엽은 방 안으로 들어갔다. 여인은 여느 때처럼 하얀 소복을 입었다. 오늘은 목에 하얀 천까지 둘렀다.

"이것 좀……."

세엽이 놀라 여인의 앞에 무릎을 꿇었다. 여인의 손과 발이 줄에 묶여 있었다. 죄인을 결박할 때나 묶는 포승이었다.

"풀어 주십시오."

여인이 큰 눈으로 세엽의 눈을 바라보며 애원하였다. 처음이었다. 여인의 눈동자는 맑고 깊은 연못 같았다. 세엽은 붉은 얼굴을 숙이고 얼른 줄을 풀었다. 여인이 손목과 발목을 이리저리 움직였다.

"괜찮으십니까?"

여인은 대답이 없었다.

"대체 무슨 일입니까?"

"더는 알려고 하지 마십시오."

여인의 얼굴에서 세엽을 부르던 간절함이 사라졌다.

"댁은 새말 아니었습니까? 왜 여기 이런 꼴로 계십니까?"

"그만 나가 주십시오."

"안색이 좋지 않으십니다. 몸은 괜찮으십니까?"

"다른 이들이 보면 저도, 의원님도 곤란해지지 않겠습니까?"

여인의 눈빛과 음성이 차가워졌다. 세엽은 다시 뺨을 맞은 기분이었다. 들어오라고 해서 들어왔고, 풀어 달라고 해서 풀어 주었을 뿐인데, 예의 그 냉담한 태도를 보니 야속했다. 세엽은 입을 열고 대꾸를 하려다가 옹송망송하여 아무 말도 못했다. 붕어처럼 입만 뻐끔거리다가 방을 나왔다.

세엽은 풀이 죽은 채 안채로 돌아왔다. 아랫방 앞, 툇마루에 앉았다. 여인을 생각했다. 죄인인가. 죄인이라면 옥사에 있어야 할 텐데……. 반가의 여인이라 별당에 가두어 두었나. 세엽은 주위를 살폈다. 부엌에서 나오는 어린 노비를 붙잡았다.

"저 별당에 계시는 아씨는 누구시냐?"

"쇤네는 모릅니다."

노비는 숨듯이 부엌으로 내뺐다. 다른 노비들도 마찬가지였다. 세엽은 내아를 나가 마당을 쓸고 있는 관노 하나를 붙잡고 물어보았다. 다들 모른다는 말뿐이었다. 이 집 전체에 여인에 대한 함구령이 내려진 듯하였다. 세엽은 다시 돌아와 툇마루에 앉았다.

"기운 좀 차리시라고 보내드렸는데 어째 기운이 더 없어지셨어요?"

세엽은 만복에게 가까이 오라고 손짓을 했다. 만복에게 여인을 풀어 준 일을 이야기했다. 만복이 눈을 크게 떴다.

"죄인이면 어떡하시게요?"

"죄인이면 옥사에 있겠지."

"새말 쪽으로 가는 걸 보셨다면서요. 현령께서도 함부로 다룰

수 없는 귀한 죄인이라면 방에 모셔 놨을 수도 있죠. 죄인이니 묶어 놓은 거고요."

세엽이 일어났다.

"어디 가시게요?"

"다시 묶어야겠다."

"지금쯤 도망쳤겠지요."

"그럼 현령께 가서 사실을 고해야겠다."

만복이 세엽을 붙잡았다.

"그냥 계세요. 서방님이 풀어 준 사실을 누가 알겠어요?"

"하늘이 알고 땅이 아느니라. 그 여인도 알고."

"설마 자기를 두 번이나 도와줬는데 서방님을 발고하겠어요?"

"그래도 사실을 말씀드려야 한다."

세엽은 만복의 손을 뿌리치고 걸음을 옮겼다. 내아를 막 나가려는데 여자의 비명이 들렸다. 별당에서 어린 여종이 뛰쳐나왔다. 여인을 따라다니던 몸종이었다. 몸종이 소리쳤다.

"아씨가 목을 맸어요!"

3

노비들이 별당으로 달렸다. 세엽도 만복과 함께 별당으로 달려갔다. 여인이 별당 대들보에 매달려 있었다.

여비들이 붙어 여인의 다리를 들어 올리고 대답 없는 아씨를 부르며 울먹였다. 남노들은 발만 구르며 지켜볼 뿐 여인의 몸에 손을 대지 않았다.

세엽은 대청으로 뛰어 올라갔다.

만복이 뜰에서 낫을 찾아 올라왔다. 만복이 낫을 쳐 줄을 끊고, 세엽이 여인을 받아 안았다. 방 안에 여인을 눕혔다. 여인의 콧구멍 아래로 손을 갖다 대었다. 숨이 붙어 있었다. 맥을 짚기 위해 흰 소매를 걷는 순간 세엽은 신음을 토하듯 숨을 뱉었다.

팔딱이는 여인의 가는 맥 위로 몇 개의 줄이 있었다. 칼로 그은 상흔이었다. 왼쪽 손목도 살펴보았다. 상흔이 있었다. 목을 살펴보았다. 이미 여러 번 줄을 맨 자국들이 있었다.

"처음이 아니지?"

세엽이 몸종을 보았다. 몸종은 여인의 몸을 주무르면서 울먹일 뿐 대답하지 않았다. 정신이 반쯤 나간 듯하였다. 세엽이 몸종의 팔을 두드리면서 시선을 끌었다.

"얘야, 아씨께서 자진하려 하신 게 처음이 아니지?"

몸종의 눈에서 굵은 눈물방울이 뚝뚝 떨어졌다.

"제가 아씨를 잘 지키지 못했어요."

몸종이 코를 훌쩍이며 울었다. 아씨를 불러댔다.

세엽은 여인이 물에 빠진 일을 떠올렸다. 안 먹겠다고 약사발을 내던지던 여인의 모습도, 살려 달라 한 적 없다며 쌩하게 일어서던 여인의 행동도 이해가 되었다. 무표정한 얼굴, 냉정한 눈빛, 싸늘한 태도. 성격이 아니라 병증이었다. 세엽은 착잡한 심경으로 여인을 내려다보았다.

밖이 시끄러웠다.

현령이 언성을 높이며 누가 별당에 출입했는지 물었다. 노비들은 몸종인 단희 외에 별당을 드나든 자는 없다고 했다.

"그럼, 대체 누가 줄을 풀었단 말이냐?"

"제가 풀었습니다."

세엽이 일어나 대답했다. 현령은 세엽을 한번 보고는 아무 말도 하지 않았다.

노비들을 내보내고 방으로 들어왔다.

세엽은 왜 줄을 묶었는지 묻고 싶었지만 현령은 틈을 주지 않았다. 곧장 단희라는 몸종을 나무랐다.

"아씨의 곁을 한시도 떠나지 말라고 하였거늘……."

"아씨께서 새말에 두고 온 책을 꼭 가져다 달라고 하시어 잠시 다녀왔사온데……."

단희가 다시 눈물을 흘렸다.

"아씨의 상태를 뻔히 아는 아이가 어찌 그리 생각이 없느냐?"

현령은 화를 참으려는 듯 큰 숨을 내쉬었다.

"아씨의 상태가 예사롭지 않은 걸 알고 계셨지요?"

세엽이 현령에게 물었다. 현령은 세엽을 잠시 보다가 입을 열었다.

"내 집안일이니 더는 신경 쓰지 말고, 자네는 내자의 병구완이나 잘해 주시게."

현령은 방문을 향해 손을 뻗었다. 나가달라는 뜻이었다. 현령의 모습이 단호했다. 세엽을 붕어로 만드는, 그 눈빛과 그 표정이었다. 세엽은 여인이 현령을 닮았다고 생각하며 방을 나왔다.

방을 나와서도 다시 한번 돌아보았다. 발걸음이 떨어지지 않았다. 만복이 세엽의 팔을 잡으며 가자고 재촉했다.

"은우야, 은우야."

현령 부인이 울부짖으며 별채로 건너오고 있었다.

사흘이 지났다. 현령 부인은 별 차도가 없었다. 현령 부인보다 더 위중해 보이는 별당 아씨를 다시 만날 일도 없었다. 이 집안 그 누구도 별당 아씨에 대해서는 말하지 않았다. 단희가 안채와 별채를 오고 가며 아씨의 시중을 들었다.

세엽은 단희가 별채에서 나오기를 기다렸다가 가까이 갔다.

"그날은 많이 놀랐지?"

단희가 말없이 고개를 살짝 숙였다. 풀이 많이 죽어 있었다.

"몇 살이냐?"

"열다섯 살입니다."

열다섯이면 다 자란 처자라 하여도 세엽의 눈엔 어린아이로 보였다. 만복이보다 한참 어렸다. 가장 가까이에서 모시는 아씨가 몇 번이나 자진을 시도하는 일을 보았으니 이 아이의 마음도 많이 상했으리라는 생각이 들었다.

"네 잘못이 아니니 상심하지 말거라."

단희가 눈물을 글썽였다.

조선 정신과 의사 유세풍

"네 덕분에 아씨가 살았다. 잘했다."

단희가 갑자기 울음을 터뜨렸다. 세엽은 당황하지 않고 단희를 가만히 바라보았다. 단희는 지금 슬프거나 화가 나서 우는 것이 아니었다. 세엽은 단희가 울도록 내버려 두었다. 단희가 울음을 그치고 세엽에게 고개를 숙였다. 단희의 얼굴이 후련해 보였다.

"고맙습니다."

"내게 고마워할 게 무어 있겠느냐?"

"그냥 고맙습니다."

단희는 말로 표현하지는 않았지만 세엽의 몇 마디에 큰 위로를 받은 것 같았다. 세엽에 대한 신뢰가 생긴 것 같았다. 단희는 아씨의 안부도 전해 주었다.

세엽은 별당 아씨에 대해 생각을 정리했다.

이름은 유은우, 스물 초중반쯤으로 보였다. 소복과 흰 쓰개치마로 보아 과부였다. 새말 집은 시가이고, 이곳은 친정이었다. 지난 몇 달간 몇 차례 자결을 시도하였고, 하여 아비인 현령이 손과 발을 묶어 놓은 것이었다. 세엽은 심병을 앓고 있는 현령 부인의 병도 딸과 무관하지 않으리라고 판단했다.

날이 저물어 세엽은 현령 부인에게 올릴 탕약을 준비했다. 여비가 약사발을 받겠다고 했으나 세엽은 제가 직접 갖고 가겠다고 했다.

세엽은 탕약을 들고 안방으로 들어갔다. 부인이 누워 있다가 일어나 앉았다. 부인은 세엽의 앞에서 더는 발을 내리지 않았다.

세엽이 탕약을 건네자 부인은 약을 마시고 내려놓았다. 얼굴에 그늘이 깊었다. 딸, 은우 때문이리라. 세엽은 자리를 뜨지 않고 잠시 부인을 보았다.

"마음이 많이 아프시지요. 얼마나 힘이 드십니까?"

부인의 눈에서 눈물이 주르륵 쏟아졌다.

"제게 말씀해 주십시오. 소생이 마님의 이야기를 다 들어드리겠습니다."

부인의 얼굴에서 눈물이 그치지 않았다. 부인은 눈물을 훔치며 흐느꼈다. 세엽이 준비해 온 무명 수건을 건넸다. 부인은 고개를 돌리고 눈물을 훔쳤다.

"몸이 아프면 의원에게 병증을 보이지 않습니까? 소생을 심중의 병을 고치는 의원이라 여기시고, 아픈 마음을 보여 주십시오. 홀로 담아두고 앓는 것보다는 한결 나을 것입니다."

부인이 다시 세엽을 바라보았다.

"예. 무엇이든 말씀해 주십시오."

세엽은 부인과 시선을 맞추며 고개를 끄덕였다. 부인이 한숨을 쉬고 이야기를 시작했다.

세엽이 오기 전날 야삼경, 모두가 잠든 때였다. 여자아이가 동헌이 떠나가도록 '마님'을 부르며 내아로 들어왔다. 은우가 새말에 시집갈 때 데려간, 은우의 몸종 단희였다.

부인은 순간 벼락을 맞고 가슴이 무너져 내리는 것 같았다고 했다. 단희를 통해서 은우의 상황을 어느 정도는 들은 터였다. 부인이 일어나 침의 차림으로 밖으로 나갔다. 현령은 이미 대청에 서 있었다.

"마님. 나으리. 아씨를 살려 주셔요."

단희가 뜰에 무릎을 꿇었다.

"아씨가 죽어가요. 아씨를 살려 주셔요."

단희가 울음을 터뜨렸다.

은우가 은장도로 제 손목을 그었다고 했다. 부인은 세상이 끝나는 듯, 정신이 아득해졌다. 쓰러지듯 주저앉아 바닥을 치며 울었다. 하지만 현령의 태도는 차분하고 단호했다.

"출가외인이다. 죽어도 그 댁 귀신이 되어야 하는 법. 어이 이 밤중에 소란을 떠는 게냐?"

현령은 단희를 꾸짖고 돌려보냈다.

부인은 현령의 바짓가랑이를 붙잡고 울부짖었다.

은우를 데려오지 않으면 나도 죽겠다. 하나밖에 없는 딸도 부인도 다 죽이고 혼자 잘 살아라. 식구들 다 죽이고 홀로 목민하면 무엇 하냐. 당신이 그러고도 아버지냐. 제 자식 하나도 못 돌보면서 무슨 백성을 돌보느냐. 부인은 악을 쓰다가 실신했다. 결국 현령은 은우를 별당에 데려다 놓고 가솔들에게 함구령을 내렸다.

"한데 데려다 놓고 보니 우리 딸. 은우가 아니었어요."

한 고을에 살면서도 두 해 만에 봤다고 하였다.

아씨의 우울

165

오랜만에 본 은우는 산송장이었다. 보기 좋게 살이 오르고 복숭아처럼 고운 빛을 띠던 얼굴은 핏기 하나 없이 창백하고 홀쭉해져 있었다. 몸은 말라 팔이며 다리며 뼈만 남아 있었다. 어찌 저 몸으로 살았을까 싶을 만큼 기력이 없었다.

"그토록 생기발랄하고 총명하던 우리 은우가 아니었어요."

은우의 눈빛. 그 눈빛이 부인의 가슴을 미어지게 했다. 뜨거운 기운이 울컥하고 목구멍으로 치밀어 올라오는 순간이었다. 따뜻하고 호기심 많던 은우의 눈빛이 해골처럼 텅 비어 있었다. 더 이상 아무것도 알려 하지 않고, 아무것도 알려 주지 않는 눈빛이었다.

"은우야……."

은우는 입술만 약간 움직일 뿐, 말없이 부인을 보기만 했다. 부인은 은우의 양 손목에 감긴, 핏물 든 명주 천을 보면서 숨이 막혔다.

"내 잘못이에요. 나 때문에 우리 은우가 저 꼴이 됐어요."

부인은 열일곱에 한 살 어린 현령과 혼례를 올렸다. 태기가 없다가 세 해 만에 아들을 얻었다. 하지만 아이는 태어난 지 닷새 만에 부인의 곁에서 싸늘하게 식어 갔다. 그날부터 부인은 '아들 잡아먹은 년'이라는 비난을 감당해야만 했다. 그 후에도 한동안 아이 소식이 없다가 세 해가 지나고 태기가 있었다. 그러나 낳고 보니 딸이었고, 그 아이가 은우였다.

"그때도 얼마나 구박을 받았던지요."

현령은 아들을 또 낳으면 된다고 위로해 주었지만 더 이상 아이는 찾아오지 않았다. 부인은 개의치 않았다. 은우만으로도 족했다. 부인은 은우를 아들처럼 귀하고 단단하게 키우리라 다짐했다. 은우에게 독선생을 붙여 글도 가르쳤다. 아들 못지않게 온갖 정성을 다하여 은우를 키웠다.

은우가 열일곱, 시집갈 나이가 찼다. 남편이 지방 현령으로 부임할 예정이라는 소식을 듣고 은우의 혼례를 미루었다. 은우가 노처녀 소리를 들어도 하는 수 없었다. 부인은 하나밖에 없는 딸, 은우와 떨어지기 싫어서 남편의 부임지 근처에 혼처를 구할 생각이었다.

그리고 일 년 후, 남편이 소락 현령으로 부임한 뒤에 매파를 통해 신랑감을 물색했다. 적당한 혼처가 몇 군데 나왔다. 부인은 가장 가까운 소락현 새말, 동갑내기 향반의 자제에게 은우를 시집보냈다.

그런데 새신랑은 초야 다음 날에 시신이 되어 있었다. 은우는 남편의 시신과 함께 시집으로 들어가 '새신랑 잡아먹은 년'이라는 손가락질을 받으며 장례를 치렀다. 뒤늦게 알고 보니 새신랑은 병약한 몸이라 하였다. 시집을 보내겠다는 댁이 아무도 없는 터에 은우와 맺어진 것이었다.

아들 하나만을 보고 산 청상과부 시어머니에게는 아들이 병약하다는 사실은 중요하지 않았다. 오로지 아들이 은우와 혼례를 올리고 죽었다는 사실만 중요하였다. 시어머니는 은우를 건넌방에 두고, 시시때때로 구박했다. 아들이 보고 싶을 때마다, 제 운명이 한스러울 때마다 은우를 탓했다. 급기야는 자결하여 열녀가 되라고 종용하였다.

"우리 은우는 지난 육 년 동안 홀로 모진 시간을 견디며 살았어요."

부인의 눈에서 다시 눈물이 쏟아졌다. 세엽도 가슴에 물이 찬 것처럼 마음이 먹먹해졌다.

"그동안 따님의 소식을 듣지 못하셨는지요?"

세엽이 조심스레 물었다.

"곁에 두고 자주 보려 했건만 사돈께서 은우의 친정 나들이를 허락하지 않으셨어요. 은우 아버지도 사돈의 뜻을 따르라고 하셨지요."

부인도 은우가 수절해야 하는 과부이니, 은우를 만날 수는 없겠다고 체념했다. 대신 닷새에 한 번 은우에게서 문안 서신이 왔다. 부모님의 안부를 묻고 제 안부를 전하는 내용이었다.

"늘 괜찮다, 잘 지낸다는 사연뿐이었어요."

그러다가 두 해 전, 보다 못한 단희가 부인을 찾아와서 은우의 사정을 알렸다. 부인은 당장 사돈댁으로 달려갔다.

"저 괜찮아요, 어머니."

은우는 부인을 위로하며 단희를 나무랐다. 하지만 부인은 딸의 모습이 마음에 걸렸다. 미소를 지으면서도 그 눈은 슬퍼 보였다.

"내 그때 우리 은우를 데려와야 했는데……. 나으리께서 허락하지 않으시는 바람에……."

그때부터 부인도 몸이 편치 않기 시작했다. 은우 생각에 잘 자지도, 잘 먹지도 못했다. 얼굴에 주름진 날이 많았고, 한숨이 늘어가기 시작했다. 가슴이 돌덩이가 얹힌 듯 답답했다.

"내 잘못이에요. 내가 죄인입니다. 우리 은우는 팔자 센 어미 만난 죄밖에 없어요. 내 팔자를 닮아 저리 된 거예요."

부인이 가슴을 치며 통곡했다. '아들 잡아먹은 년'이라는 굴레에 '그 에미에 그 딸년'이라는 굴레가 씌어 있었다.

"아니요. 마님은 아무런 잘못이 없으십니다."

세엽은 다시 손수건을 건네주었다. 부인의 통곡이 잦아들 때까지 기다렸다.

"마님의 잘못이 아닙니다. 마님은 단 한순간도 그들에게 일어난 불행을 원치 않으셨습니다. 어린 아들의 죽음도, 젊은 사위의 죽음도, 따님의 불행도 마님과 상관없이 벌어진 일들입니다. 마님 탓이 아닙니다. 자책하지 마십시오."

부인은 젖은 솜덩이처럼 무거운 울음을 토해냈다.

나달이 지나면서 부인의 목에 걸려 있던 솜뭉치가 사라졌다. 답답하던 가슴도, 꽉 막힌 목도 후련해졌다고 했다.

"아무도 의원님처럼 말해 주지 않았어요. 고마워요."

"이제부터 잘 드시고 기운 차리십시오."

"우리 은우가 저 지경인데 나 혼자 뭘 먹고 살겠다고……."

"하니 마님께서 더더욱 기운을 내어 따님을 돌보셔야지요."

부인은 세엽의 말을 들으며 고개를 끄덕였다.

세엽은 찬모에게 약을 달이는 법과 복용법을 알려 주고 의원으로 돌아갈 채비를 했다. 세엽이 거듭 사양하는데도 현령 부인은 면포 네 필을 내밀었다. 면포 네 필은 쌀 두 가마니 값이었다. 약값의 두 배가 넘었다.

"너무 많습니다."

"나으리 말씀으로는 계 의원이 면포 네 필이라고 했다는데요?"

"아······."

세엽이 난감한 듯 말을 잇지 못했다. 현령 부인은 만복을 불러 말린 명태 두 쾌, 술 두 병을 더 내주고도 떡이며 전이며 나물이며 음식을 싸 주었다. 계 의원님 입이 찢어지겠네. 세엽이 잠시 생각하다가 고개를 저었다. '입이 찢어진다'라는 표현에 저도 놀랐다. 세엽이 늘 상스럽다고 생각한 계 의원 식의 표현이었다.

세엽은 별채로 갔다. 연못을 보는 척하며 별당 앞을 서성거렸다. 인기척이 나자 세엽이 돌아보았다.

은우가 단희와 함께 방을 나오고 있었다. 은우의 손목과 단희의 손목이 동아줄로 연결되어 있었다.

세엽은 다시 고개를 돌리고 안채로 걸음을 옮겼다. 얼마 안 가 걸음을 멈추고 뒤를 돌아보았다. 은우의 모습이 보이지 않았다. 세엽은 저도 모르게 실망한 얼굴로 그 자리에 서 있었다.

세엽은 오늘 아침에 현령을 만난 일을 떠올렸다. 세엽은 현령에게 따님 또한 심병을 앓고 있는 듯하다고 말하였다.

"이미 상황을 봤으니 자네에게 더는 숨길 수 없겠지. 우리 딸아이가 안사돈의 냉대에 못 이겨 몇 번 자결을 시도하였다네. 하나 특별히 아픈 데는 없네."

현령은 세엽에게 부인을 낫게 해주어서 고맙다며 이제 그만 의원으로 돌아가라고 하였다.

잠시 후, 별당 뒤편에서 은우와 단희가 모습을 드러냈다.

세엽은 잠시 망설이다가 이내 성큼성큼 걸음을 놓아 은우에게 다가갔다.

은우가 고개를 들었다. 은우와 세엽의 시선이 맞닿았다. 세엽은 입을 떼려다가 허리에 찬 두루주머니를 꺼냈다. 주머니 속에서 작은 장식품을 하나 꺼내 은우의 손에 쥐어 주었다.

세엽이 몸을 낮추어 인사를 하고서는 돌아섰다.

은우는 멍하니 세엽의 뒷모습을 바라보았다.

단희가 물건을 살피며 물었다.

"뭐예요? 뿔 같기도 하고……. 달여 먹으라는 건가요?"

은우가 제 손에 쥔 물건을 내려다보았다. 나무로 만든 녹용이었다.

4

세엽은 계수 의원으로 돌아왔다. 계 의원은 세엽이 벌어온 약값을 보며 활짝 웃었다.

"이 많은 재물을 벌어서 어디다 쓰시려는 겝니까?"

"없어서 못 쓰지. 재물만 안겨 줘 봐라. 왜 쓸 데가 없어?"

계 의원이 반문했다.

세엽은 대답 대신 생각했다. 구두쇠 영감 같으니라고. 입는 것, 먹는 것, 자는 곳을 보면 재물을 쓰는 것 같지도 않았다. 곳간이나 비밀 장소에 감추어 두는 게 분명했다.

세엽은 다시 계수 의원의 침 못 놓는 의원이 되었다. 종종 은우를 생각하였다. 은우는 현령 부인보다 더 심각한 심병을 앓고 있었다. 은우의 지난 시간을 생각하니 그녀의 병을 충분히 헤아릴 수 있었다.

은우는 남편의 죽음에 대한 책임과 비난을 오롯이 떠안고 육년의 세월을 보냈다. 은우가 물에 빠져 죽으려 한 일도, 손목을 그은 일도, 목을 맨 일도 이해할 수 있었다. 은우의 냉담한 태도도 납득할 수 있었다. 조금이라도 남아 있는, 서운한 마음이 사라졌다. 그냥 두면 또 자결을 하려 들 터인데…… 세엽은 깊은 숨을 토하며 마당 한구석에 쪼그려 앉았다.

"우리 풍이, 색시랑 화해했네?"

할망이 다가와 곁에 앉았다. 거적때기를 들고 세엽의 머리 위에 씌워 주었다.

"볕이 뜨겁다."

세엽이 한 손으로 거적때기를 잡았다. 할망과 거적때기를 나란히 썼다.

"또 뭐 하는 짓이래요? 둘 다 그늘로 가면 되지요."

만복이 둘이 하는 양을 보고 주절거렸으나 세엽은 만복의 말도 햇볕도 중요하지 않았다.

"색시랑 화해했어?"

"아니."

세엽의 얼굴이 시무룩해졌다.

"왜?"

"어떻게 해야 할지 모르겠어."

"그래서 우리 풍이 내내 맘이 쓰이는구나."

"그건 아닌데……."

"거짓말 마. 엄마 눈엔 다 보여. 보고 싶으면 보고 싶다, 걱정하면 걱정한다 말해도 돼."

"내가 보고 싶어 하고 걱정한다고?"

세엽은 무릎을 세우고 무릎 위에 얼굴을 파묻었다. 난 그냥 의원으로서 병자를 걱정하고 돌보고 싶은 거야, 그뿐이야, 생각했다.

"자네, 유, 동헌에 한번 다녀와라."

계 의원의 목소리였다. 세엽은 고개를 들고 바로 답했다.

"안 보고 싶은데요."

계 의원이 큰방 창가에 서서 세엽을 보고 있었다.

"뭐래? 왜 똥구녕에 뜸뜨다가 똥통에 자빠지는 소리야?"

"우리 풍이 색시 보고 싶어서 정신이 나갔다."

할망이 계 의원에게 말했다.

"할망은 또 뭐래? 왜 돼지 똥구녕에 똥침 맞고 똥벼락 맞는 소리야? 동헌에 다녀오라니까."

"아무것도 아닙니다."

세엽이 눈매를 찡그리며 일어났다.

"현령 댁 마님 어떠신지 문안드리고, 다시 처방하고, 약값도 벌어 와라."

"예."

세엽이 고개를 끄덕이며 일어섰다. 계 의원이 말없이 세엽을 보았다. 웬일로 고분고분한가 묻는 표정이었다.

이레 만에 보는 현령 부인은 전보다 혈색이 좋았다. 목에 막힌 것이 없으니 음식을 들기도, 숨을 쉬기도 편하다고 하였다.

"유 의원님은 정말 마음의 병을 고치는 의원이었군요."

부인은 아들의 죽음과 은우가 제 팔자를 닮았다는 죄책감이 떠오를 때마다 세엽의 말을 떠올렸다고 했다. 나와 상관없이 아들도, 사위도 죽었다. 이제라도 내가 힘을 내어 마음에 병이 든 은우를 돌보아야 한다고.

"유 의원님, 우리 딸도 부탁해요. 은우의 병도 고쳐 주세요."

세엽은 선뜻 대답하지 못했다. 제가 정말 마음의 병을 고칠 수 있다고는 생각하지 않았다. 제가 부인에게 건넨 것은 위로이지 치료가 아니었다. 부인이 심중에 차곡차곡 쌓아둔 근심을 조금이라도 털어내면 부인의 마음이 편해지리라고 생각하였다. 부인의 심중 고통을 털어놓게 하기 위해 제가 마음의 병을 고치는 의원이라고 가정하였지, 진짜 마음의 병을 고치는 의원이라고는 생각하지 않았다.

더구나 은우의 심병은 할망의 가슴에 맺힌 한과 부인의 마음속에 쌓인 근심과는 달랐다. 은우는 삶이 너무 버겁고 기분이 우울하여 끊임없이 죽음을 생각하였다. 은우의 병은 고칠 자신이 없었다. 그런 은우의 심병을 고쳐 달라니……. 세엽은 자신이 없었다. 하지만 꼭 고치고 싶기도 하였다. 제가 못하면 계 의원에게 머리를 숙여서라도 은우의 병을 낫게 해주고 싶었다.

"저는 유 의원님을 믿어요. 유 의원님이라면 분명 우리 은우의 병을 고쳐 주실 거예요."

세엽의 마음을 눈치챈 듯이 부인이 말했다. 제 짧은 의원 생활 동안 이토록 저를 믿고 지지해 준 이가 몇 명이었는가. 세엽은 봄 강물을 품은 양 가슴이 뭉클해졌다. 병자로 인해 처음 느껴보는 감정이었다.

세엽은 현령 부인을 따라 별당으로 갔다. 일주일 사이 별채 나뭇잎은 더 무성해졌고, 과실수의 열매도 더 굵어졌다. 세엽은 별당을 바라보았다. 하늘은 햇빛을 뿌리고 있었지만 별당에 드리워진 어둠은 더 짙어 보였다. 세엽은 부인을 따라 마루에 올랐다. 부인이 밝은 목소리로 은우를 부르면서 문을 열었다. 세엽은 방문 앞에서 머뭇거렸다. 부인이 말했다.

"들어오세요. 의원이 병자를 제대로 봐야지요."

세엽은 방으로 들어갔다. 방 안이 너무 어두워서 눈이 침침해졌다. 몇 번 눈을 깜빡이고서는 방 안을 둘러보았다. 빛이 들어올 틈이 없었다. 창마다 비단 휘장을 둘러 햇빛을 가렸다. 어둠 가운데 은우가 있었다. 고사목처럼 소리도, 표정도, 움직임도 없었다. 숨도, 시간도 멈춘 듯했다. 은우는 '정지' 상태였다.

"은우야."

부인이 은우 곁에 앉았다. 벽에 등을 기댄 채 눈을 감고 있는 은우가 눈을 떴다.

세엽은 은우의 손목으로 시선을 옮겼다. 은우는 단희와 여전히 끈으로 묶여 있었다. 자결을 막으려는 방안일 터였다.

"이 줄을 풀어도 되겠습니까?"

부인이 고개를 끄덕였다.

"의원님께 맡길게요."

세엽은 줄을 풀었다. 은우의 가는 손목에 푸른 멍이 들어 있었다. 다행히 칼자국은 아물어 가고 있었다.

"아씨, 팔 한번 흔들어 보셔요."

단희가 손목을 이리저리 흔들어 보였지만 은우는 반응이 없었다.

세엽은 은우의 얼굴부터 망진했다. 병자를 보기만 하고도 병증을 판단하던 계 의원이 생각났다. 세엽은 은우를 볼 기회가 몇 번 있었지만 병증을 알아차리지 못했다. 계 의원이라면 좀 더 빨리

조선 정신과 의사 유세풍

짐작했을까. 어쩌면 계 의원은 처음부터 은우의 병을 알았을지도 모르겠다.

세엽이 은우를 제대로 보는 것은 처음이었다. 머리는 부녀자들이 많이 하는 얹은머리 대신에 검은 댕기와 흑목 비녀로 쪽을 졌다. 화려한 장식은 없었으나 잔머리 하나 없이 깔끔했다. 하얀 저고리는 옷깃, 소매 끝까지 깨끗했고, 치마도 구김 한 줄 없이 잘 다려져 있었다. 부인의 보살핌 덕분이리라.

하지만 몸은 앙상하고, 피부는 거칠고, 혈색은 창백하고, 입술은 메말라 있었다. 검은 눈동자는 슬픔과 무력을 동시에 담고 있었다. 무표정하고 무관심한 얼굴. 잠도 못 자고, 밥도 못 먹고, 말하지도 않고, 움직이지도 않는다. 좋은 일에도 반응하지 않는다. 이따금씩 눈물을 흘리고, 종일 침울하고, 죄책감에서 헤어 나올 수 없다. 죽음에 집착하는 병증, 기울. 칠정내상으로 간기가 정체되어 있었다.

"우수, 사려, 비탄으로 간기가 울결되었을 것입니다. 오랫동안 근심, 걱정으로 괴로움을 겪으셨다면 비와 심에도 이상이 생겼을 수도 있고요. 맥진을 해서 정확히 진단하겠습니다."

은우는 반응이 없었다. 세엽은 부인을 보았다.

"은우야, 널 낫게 해주실 의원이시다. 손목을 내밀어 보거라."

은우는 손목을 등 뒤로 감추고 아무 말도 하지 않았다.

"괜찮습니다. 맥진은 나중에 하겠습니다."

세엽이 일어섰다. 단희에게 따라 나오라는 눈치를 주었다. 단희가 세엽을 멀뚱히 바라보았다. 부인이 의원님께 물을 갖다드리라고 하자 그제야 단희가 일어섰다.

세엽과 단희가 밖으로 나왔다. 물을 뜨러 부엌으로 가는 단희를 세엽이 붙잡았다. 문진. 병자가 말을 안 하니 곁에 있는 이에게 물어볼 수밖에 없었다.

세엽의 예상대로 은우는 뒷간을 갈 때를 제외하고 종일 방 안에만 있다고 하였다. 음식도 거의 들지 않는다고 하였다. 마님이 손수 죽을 떠 넣어 주면 새 모이만큼 받아먹고 입을 다문다고 하였다. 밤에는 잠을 자지 않고, 낮에는 벽에 기대 앉아 있거나 모로 누워서 잠만 잔다고 하였다.

세엽은 만복에게 의원으로 돌아가 필요한 약재를 가져오라고 이르고, 다시 은우의 방 안으로 들어갔다. 은우는 세엽에게 시선 한번 건네지 않고 말했다.

"의원은 필요 없습니다."

"은우야."

부인이 은우의 손을 잡고 어린아이를 달래듯이 불렀다.

"어머니, 전 아픈 데가 없어요. 의원은 필요 없어요."

"은우 말이 맞소."

현령이 들어섰다. 현령이 자리에 앉고, 세엽도 앉았다.

"대체 이 아이가 어디가 아프단 말이오?"

"마음에 병이 들었다고요."

부인이 대답했다.

"심약하여 그런 게지."

현령은 세엽을 보았다.

"이 아이 마음이 약할 뿐 아프지는 않네. 자네는 그만 돌아가시게."

"아들 죽이고 딸까지 죽일 셈이에요?"

부인이 날카로운 목소리로 따지듯이 물었다. 현령이 입을 열다가 침만 삼켰다.

"우리 아들을 죽게 한 건 내 팔자가 아니라 우리 무지 때문이에요. 우리가 제때 의원에게만 보였어도 우리 아들은 죽지 않을 수도 있었다고요."

"그 아이 얘긴 왜……."

현령의 미간에 주름이 잡혔다.

"몸만 병이 드는 줄 알아요? 마음도 혹사하면 병이 든다고요. 병이 있으면 의원에게 보여야지요. 은우는 유 의원에게 맡길 터이니 그리 아세요."

현령은 헛기침을 하고 눈동자만 굴렸다. 부인의 단호한 태도에 당황한 듯하였다. 부인이 현령을 끌고 밖으로 나갔다.

방 안에는 세엽과 은우, 단둘이 남았다. 세엽은 자세를 고쳐 무릎을 꿇었다. 너무 비굴하지 않냐는 만복의 목소리가 들리는 듯하였다. 헛기침을 한번 하고 양반다리로 앉았다.

"전 병자가 아닙니다."

은우가 세엽에게 고개를 돌리고 먼 곳을 응시하며 말했다.

"자꾸 죽으려 하지 않습니까? 자꾸 죽고 싶지 않습니까? 죽고 싶은 마음, 그게 병입니다. 마음에 병이 들어서 그렇습니다."

"……."

"하나 이렇게 죽기에는 너무 억울하지 않습니까? 한 번쯤 행복하게, 아니 행복하지는 않더라도 평범하게는 살아봐야 하지 않겠습니까?"

은우의 입술이 살짝 올라갔다. 냉소였다.

"당신이 뭘 알아?"

은우는 차가운 것처럼 보이지만 차갑지도 않은, 온기 없는 얼굴을 돌려 세엽을 바라보았다.

"송구……."

가 아니라 세엽은 의원이었다.

"제가 병증에 대해 모르는 점이 있다면 직접 알려 주십시오."

"나가 주십시오. 쉬고 싶습니다."

은우가 고개를 돌렸다.

5

그날 저녁. 하늘에서는 노을이 익어가고, 별채 마당에서는 탕약이 익어갔다. 세엽은 불 앞을 오고 가며 약이 달여지는 것을 지켜보았다. 만복이 부채질을 하다가 콧등을 찡그리고 세엽을 보았다.

"비굴한 게 아니다. 저 병자의 병을 꼭 낫게 해주고 싶구나."

"제가 뭐라고 했어요?"

"표정으로 말하지 않았느냐?"

"낯설어서요. 서방님의 이런 모습이 낯설어서 쳐다봤어요."

"의원이 병자를 고치고 싶어 하는 게 뭐 그리 낯설단 말이냐?"

"그러게요. 낯선 모습으로 병자를 고치고 싶어 하시네요."

저녁에 세엽은 탕약을 들고 은우의 방 앞에 섰다. 헛기침을 한 번 했다. 단희가 약을 받아 방 안으로 들어갔다. 세엽은 방문 앞에 서 지켜보았다. 은우는 탕약에 눈길 한번 주지 않았다. 단희가 난 감한 표정으로 세엽을 바라보았다.

"그럴 줄 알았습니다. 괜찮습니다. 하하하."

세엽은 은우가 좋아했다는 잣죽을 쑤어 오게 했다.

"안 드실 텐데요."

그래도 단희 편에 죽을 들여 보냈다. 곧 단희가 죽 그릇을 그대 로 들고 나오면서 고개를 저었다.

"그럴 줄 알았습니다. 하하하. 괜찮습니다."

세엽이 방 안을 향해 소리를 높였다.

"뭐가 좋아서 하하거린대요?"

만복이 세엽을 보며 고개를 저었다.

이틀이 지났다. 그 이틀 동안 은우는 방을 나오지 않았다. 세엽 은 마당에서 탕약을 달이고, 마루에서 은우의 안부를 묻고, 단희 를 통해 약과 음식을 들였지만 은우는 반응하지 않았다.

세엽은 제 머리 위로 쏟아지는 아침 햇살을 받으며 은우를 생각했다. 컴컴한 방 안에 자신을 가두고 꼼짝 않는 은우에게 햇살을 주고 싶었다. 세엽은 별당으로 가 마루에 올랐다. 은우의 방 앞에서 헛기침을 했다. 단희가 방문을 열어 주었다. 세엽은 방 안으로 들어가지 않고, 방문 앞에 앉았다.

"오랫동안 방에 계시니 갑갑하실 겁니다. 아침 볕이 좋습니다. 나가 보시지요?"

세엽이 대청에 앉아서 햇살을 받으며 말했다. 역시 은우는 대꾸가 없었다. 세엽은 소리 내어 한 번 웃었다. 포기하지 않았다. 은우에게 계속 말을 걸었다.

"낮은 볕이 뜨거워 나가고 싶어도 못 나갑니다. 동헌 구경을 하고 싶습니다만 안내해 주시겠습니까?"

"……."

"동헌이 멀면 내아 구경이라도 하고 싶습니다만……."

"……."

"저 나무 이름이 뭘까요? 저건 대추나무이군요. 저희 집 마당에도 있습니다. 제가 대추인절미를 좋아합니다."

세엽은 생각나는 대로 말을 건넸다.

만복이 마루에 걸터앉아 세엽이 하는 양을 지켜보다가 한마디 했다.

"어디 모자라는 사내가 여인에게 수작 거는 것 같네."

세엽은 멈추지 않았다.

"화단에 하얀 영산홍이 곱게 피었습니다. 아씨와 닮았습니다."

조선 정신과 의사 유세풍

세엽이 얼굴을 찡그렸다. 이 말은 아니 하여야 했는데 싶었다.

"저 꽃은 먹어도 될까요?"

세엽이 다시 얼굴을 찡그렸다. 이 역시 아니 하여야 했다.

"바보 같은 질문이군요."

단희가 웃음을 터뜨리고 만복이 맞장구를 쳤다.

"처음부터 바보 같았어요. 차라리 뒷간을 찾지 그러세요?"

세엽이 물었다.

"이 집에 뒷간이 어디 있습니까?"

세엽의 숱한 시도에도 은우는 눈 한 번 깜빡거리지 않았다. 명하니 창에 쳐진 비단 휘장만 응시했다. 비단 휘장에는 분홍 영산홍이 피어 있었다.

"그네는 어떠십니까? 성안에도 그네 터가 있다는데 가보셨습니까?"

은우의 눈동자가 잠깐 흔들렸다. 세엽은 이를 놓치지 않았다.

"그네를 잘 타십니까?"

세엽은 몸을 움직여 방 안으로 팔 한 짝을 들여놓았다. 은우가 세엽의 팔을 노려보았다. 세엽은 조용히 팔을 뺐다.

은우가 담벼락을 보고 멈추어 섰다. 은우는 세엽의 모습이 보이지 않자 방을 나와서 뒷간에 갔다가 돌아오는 길이었다. 담장 위에서 닭 두 마리가 춤을 추고 있었다. 은우가 담벼락에 시선을 고정하였다. 어릴 적에 부모님을 따라 잔칫집에 갔다가 본 적이 있는 것이었다.

오늘은 불빛과 하얀 장막 대신 햇빛과 하얀 담벼락이었다. 인형 대신 세엽과 만복의 손이었다. 두 사람이 만드는 그림자가 담벼락 위에서 여러 가지 모양을 만들어냈다. 닭, 토끼, 강아지, 정체를 알 수 없는 동물들. 은우는 그림자 인형을 구경하면서 햇볕 아래 서 있었다.

단희는 매일 오시 은우를 밖으로 불러냈다. 은우는 같은 자리에 서서 그림자 인형을 구경하였다. 멀뚱한 눈으로 인형들을 바라보다가 방으로 들어갔다. 날이 갈수록 은우가 햇볕 아래 서 있는 시간이 길어졌다. 인형의 종류도 다양해졌고 목소리를 내고 이야기를 들려주기도 하였다.

세엽이 노래를 시작하였다. 은우가 떠났다.

"아, 우중충하게 그게 뭐예요? 서방님 때문에 가셨잖아요."

만복이 제 그림자로 세엽의 그림자를 쪼았다. 세엽이 웃었다. 제 노래에 살짝 웃음을 터뜨리는 은우의 얼굴을 보았기 때문이었다.

세엽은 저녁에 은우가 좋아하는 음식들로 상을 차리게 하였다. 세엽은 밥상을 들고 은우의 방으로 갔다. 꿀을 섞은 잣죽, 오미잣국에 복숭아를 띄운 화채, 고기장국을 식힌 다음 국수와 오이, 볶은 호박, 석이, 실고추, 달걀지단을 고명으로 올린 장국냉면이 나왔다. 잘 익은 동치미와 참기름과 깨소금으로 무친 청포묵이 있었다.

"좋아하시는 음식들로 차렸습니다. 드셔 보십시오."

은우는 시선을 한 번 줄 뿐 수저를 들지는 않았다.

조선 정신과 의사 유세풍

"저는 시장하여 먼저 들겠습니다."

기다렸다는 듯이 대청에 있던 단희가 소반을 가져다주었다. 소반 위에 장국냉면을 올리고 맛나게 먹었다.

단희가 방에 들어가 은우에게도 음식을 권하였다. 은우는 잣죽을 몇 숟가락 들고는 고개를 저었다.

"아씨, 화채도 좀 드셔보셔요."

"너 먹으렴."

은우가 단희에게 화채 그릇을 밀어주고 상을 물렸다.

며칠 동안 상이 들어갔다가 나왔다. 장국냉면은 늘 세엽이 먹었고, 은우는 잣죽을 몇 술 들었을 뿐, 거의 그대로 나왔다. 화채도 그대로 나왔다.

오늘도 세엽이 상을 들였다. 다른 날과 달리 은우가 먼저 숟가락을 들고, 잣죽을 떠먹기 시작했다.

"아씨."

단희의 눈이 촉촉해졌다.

은우가 젓가락을 들고 장국냉면으로 옮겼다.

"면은 아직 소화가 안 될 터이니 제가 들겠습니다."

세엽은 장국냉면을 들고 밖으로 나왔다.

은우는 잣죽을 다 먹고, 화채까지 비웠다. 은우가 음식을 다 먹었다는 소식에 현령은 세엽을 붙잡고 고맙다고 하였다. 세엽도 한시름을 놓았다.

은우의 소식에 모처럼 현령도, 현령 부인도 편히 잠이 들었다.

세엽도 긴장이 풀린 탓인지 눕자마자 잠에 빠져들었다.

안채도, 별채도 잠든 한밤중이었다. 은우는 자리에서 일어났다. 곁에는 단희가 콧김을 내뿜으며 자고 있었다. 은우는 단희의 얼굴 위로 손을 흔들어 보았다. 단희는 미동도 없었다. 은우는 조용히 일어나 문을 열었다. 밖으로 나왔다. 사위가 고요했다. 미미한 달빛과 벌레 소리뿐이었다.

은우는 내아를 벗어나 동헌 북문으로 나갔다. 잔걸음을 옮겨 성 북문 앞에 섰다. 북문은 폐쇄되어 있었다. 성문 밖은 숲이고, 숲 너머는 새말이었다.

은우는 문루에 올랐다. 남쪽을 향해 서서 동헌을 내려다보았다. 하염없이 눈물만 흘렸다. 한참을 울고 나서 성벽에 올라섰다. 아래를 내려다보았다. 까마득했다. 지옥도 이처럼 어둡고 먼 곳일까. 지옥에 가더라도 이 생만 끝낼 수 있다면 상관없었다. 은우는 눈을 감았다. 하나, 둘, 셋. 사뿐히 몸을 날렸다.

시간이 멈추었다. 바람도 움직임을 멈추고, 대기도 속삭임을 멈추었다. 산짐승도 울음을 멈추었다. 은우의 삶이 끝나는 순간이었다.

은우가 눈을 떴다. 제 귀를 두드리는 거친 숨소리, 제 몸을 감싸는 따뜻한 기운, 제 코를 간질이는 약 향 때문이었다.

"내가 있는 한, 당신은 죽을 수 없어요."

세엽이 양팔을 벌려 자신을 안은 채 바닥으로 고꾸라졌다.

심의 유세풍

1

한 시진 전, 세엽이 눈을 떴다. 다시 눈을 감고 잠을 청했으나 잠이 오지 않았다. 자연스레 은우를 생각했다. 요즈음 세엽의 머릿속엔 은우를 낫게 하고 싶다는 생각밖에 없었다. 자신이 동헌에 온 지 이레밖에 지나지 않았는데 그 이레 만에 보인 은우의 변화가 너무 갑작스러웠다. 하여 마음에 걸렸다.

세엽은 방에서 나와 뒤뜰로 갔다. 어둠에 잠긴 은우의 방을 바라보았다. 오늘 밤은 편히 잠 들었을까⋯⋯. 세엽은 뜰을 서성거리다가 연못가로 갔다. 연못에 반달이 떠 있었다. 은우의 눈과 닮았다고 생각했다.

"아씨?"

단희의 목소리였다. 세엽이 뒤를 돌아보았다.

"의원님, 우리 아씨는요?"

"아씨를 왜 여기서 찾느냐?"

"아씨가 안 계세요. 자다가 일어나 보니 아씨가 사라지셨어요."

단희가 울상을 지었다.

"집 안을 찾아보거라."

세엽은 만복이 머무는 행랑으로 가서 만복과 노복들을 깨웠다. 만복은 관아를 뒤지기 시작했다. 노복들은 관아 밖으로 은우를 찾아 나섰다. 세엽은 아문으로 달려가는 노복을 하나 붙잡았다.

"북쪽에도 문이 있지 않은가?"

"그쪽은 나가도 길이 없습니다. 성문이 폐쇄되어 있어서요."

"그럼 자네와 나는 강가를 뒤져 보세."

세엽은 아문으로 나가려다가 멈추었다. 성문이 폐쇄되어 있어 나갈 수 없다면 사람도 없으리라는 생각이 들었다. 은우가 원할 만한 곳이었다. 세엽은 북문으로 달렸다. 관아를 나가니 오르막길이었다. 그 오르막길 위에 성문이 있었다. 성문을 향해 또 달렸다. 불뚝 솟은 나무뿌리에 발이 걸리고, 뾰족한 나뭇가지에 뺨이 긁혀도 멈추지 않았다.

성루 위에 은우의 모습이 보였다. 달빛이 은우의 머리 위로 하얗게 부서졌다. 은우의 흰 얼굴과 흰 치마저고리가 달빛 아래에서 파리하게 빛났다. 은우의 모습은 이 세상 사람의 것이 아닌 듯 비현실적으로 다가왔다.

세엽은 곧 일어날 일을 짐작하였다. 살려야 한다. 다치게 해서도 안 된다. 오직 이 생각밖에 없었다. 차라리 제 수명을 가져가시고 저 여인은 살려 주세요. 저를 다치게 하시고 저 여인은 무탈하게 해주세요, 라고 바랐다.

세엽은 온 힘을 다해 달렸다. 태어나서 이렇게 달려본 적이 없었다. 과거 준비를 하듯이, 전의감에서 의학을 공부하듯이, 아니 그보다 더 열심히 달렸다.

세엽은 성루 아래에서 멈추었다. 양팔을 내뻗어 가까스로 은우를 제 품에 안았다. 숨을 고르며 헉헉거렸다. 정신이 아찔했다. 은우가 눈을 떴다. 살았다, 제 기도를 들어 주셨구나, 안도했다. 그 순간 온몸에서 힘이 빠져나갔다. 비틀비틀 몸을 가누지 못하다가 그 자리에 쓰러지고 말았다.

몸이 경사를 따라 굴러갔다. 은우가 다치면 안 된다고 생각했다. 은우를 꼭 안았다. 언덕 아래, 평평한 곳에서 몸이 멈추었다. 잠시 생각도 멈추었다가 다시 깨어났다. 바닥의 찬 기운이 온몸으로 스며들었다. 고통이 온몸에 퍼지기 시작했다. 팔다리와 등뼈를 타고 통증이 번져나갔다.

은우가 몸을 일으켰다.

세엽이 으악, 하고 비명을 질렀다. 은우가 자기 명치 위에 앉아 있었다. 은우가 몸에서 내려와 자기를 보면서 한 팔을 들었다.

세엽이 얼른 두 손으로 제 뺨을 가렸다. 은우가 또 자기 뺨을 때릴 것만 같았다.

은우는 세엽을 때리는 대신에 옷고름을 다듬었다.

"잠시만……."

세엽이 은우의 팔을 끌어내려 맥을 짚었다. 하나, 둘, 셋,

넷……. 제 호흡에 맞추어 맥을 세는데 은우가 거칠게 팔을 뺐다. 일어서서는 가버렸다. 은우가 떠난 자리에는 휑하니 찬바람만 불어 왔다.

세엽은 일어나려고 몸을 움직였다. 하늘은 제 기도를 너무 잘 들어주셨다. 은우가 무탈한 대신 자신의 몸이 다친 것 같았다. 일어나려니 방치가 욱신거렸다. 내 수명도 줄어들었을까. 잠시 생각하다가 정신을 차렸다.

"아씨."

은우는 대답이 없었다.

"아씨."

목소리를 높였다.

"아씨. 소생이 다친 것 같습니다. 일어날 수가 없습니다."

은우가 멈추어 섰다.

"저 좀 도와주십시오."

은우가 돌아보았다.

"저를 두고 가지는 않으시겠죠?"

은우가 다가왔다. 세엽의 옆에 쪼그려 앉아 세엽이 몸을 일으키는 것을 도와주었다. 세엽이 상체를 일으켜 앉았다.

"감사합니다."

하체가 문제였다. 일어나려니 척추가 부러질 듯 아팠다.

"송구합니다."

은우에게 머리를 조아렸다. 한 손으로는 가녀린 은우의 어깨를 짚고 다른 손으로는 가냘픈 은우의 팔을 짚고 겨우 일어섰다. 이건 아닌데…… 울고만 싶었다. 세엽은 결국 은우의 작은 몸에 의지하여 관아로 돌아왔다.

세엽은 은우에게 의지하여 동헌으로 돌아왔다. 세엽은 허리 통증으로 몸져누웠다. 눕고 나니 꼼짝달싹할 수 없을 만큼 허리가 아파왔다. 고통 속에서도 은우를 생각하다가 새벽닭이 울고 나서야 잠이 들었다. 한잠 자고 눈을 뜨니 만복이 모로 누워서 자기를 바라보고 있었다.

"뭐 하느냐?"

"더 주무셔요. 계 의원님께서 오늘은 누워서 지내라고 하셨어요."

"계 의원님이 다녀갔느냐?"

"예, 서방님 다치셨다는 소식을 듣고 시침하고 가셨어요."

"뭐? 시침? 내 몸에 침을 댔단 말이냐? 한데 나는 어찌 몰랐을까?"

"계 의원님이 서방님 알면 발광하신다고 마취하는 침부터 놓고 시침하셨어요."

"아씨는?"

"괜찮으셔요. 서방님 몸이나 추스르세요."

세엽은 허리를 움직여 보았다. 계 의원의 침은 역시 용했다. 일어날 만하였다.

"괜찮지 않을 것이다. 내가 가봐야 한다."

세엽은 일어나 별당으로 갔다. 만복이 구시렁대며 따라왔다.

현령 부인이 은우의 손목에 동아줄을 묶은 다음 세엽에게 건넸다.

"송구하옵니다."

"유 의원님을 믿어요."

부인이 세엽의 손목에 붉은 동아줄을 묶어 은우와 세엽을 이어 주었다. 부인은 애잔한 눈빛으로 은우의 머리를 한번 쓰다듬고서는 방을 나갔다. 은우가 눈을 치뜨고 세엽을 노려보았다. 눈빛에 짜증스러운 감정이 실려 있었다. 세엽은 그 감정이라도 표현하는 은우의 반응이 고마웠다.

"전 아씨의 병이 다 나을 때까지 아씨와 함께 있을 겁니다. 하니 죽을 생각을 하지 마시고, 병을 고쳐서 저를 뗄 궁리를 하십시오."

세엽은 방을 나가려다가 돌아보았다.

"저는 괜찮습니다."

"……."

"걱정하실까 봐……. 아씨의 탓이 아니니 마음 쓰지 마십시오."

세엽은 방을 나갔다. 은우가 세엽이 나간 자리를 멍하니 바라보는 듯했다.

세엽과 은우는 문 하나를 사이에 두고 종일 함께 있었다. 은우는 방에서, 세엽은 대청에서 생활했다. 여름이라서 다행이지 겨울이었으면 어쩔 뻔했느냐며 만복이 염려 섞인 핀잔을 주었다.

세엽이 밥을 먹으면 은우도 밥을 먹고, 세엽이 잠자리에 들면 은우도 잠자리에 들고, 세엽이 뜰을 거닐면 은우도 뜰을 거닐었다. 세엽과 은우는 서너 걸음 떨어져서 함께 햇볕을 쬐고, 달빛을 맞았다.

이레가 지났다. 세엽이 대청에 자리를 펴고 누웠을 때 방문 너머로 은우의 목소리가 들렸다.

"제가 정말 병이 들었나요?"

세엽이 자리에서 일어났다.

"늘 우울하시지요."

"기분이 우울한 게 병인가요?"

"가슴이 답답하고, 때로는 옆구리가 아프실 겁니다. 또…… 달거리 주기도 일정하지 않고요."

"돌팔이는 아니시군요. 한데 마음의 병이라고 하셨잖아요."

"마음의 병 때문에 그런 증상들이 나타나는 겁니다. 오랫동안 마음이 고통을 받아서 장부에 영향을 미쳤습니다. 그리고…… 죽고 싶은 마음이 자꾸 드는 것도…… 아씨의 병일 뿐입니다."

은우는 잠시 있다가 다시 물었다.

"병을 고치면 죽고 싶은 마음이 사라진다는 말씀인가요?"

"네. 지금은 간기를 다스리는 시호소간탕을 처방하였습니다. 비장과 심장에는 이상이 없는지 담기와 혈행에는 문제가 없는지 맥진하여 처방을 가감해야 합니다. 제 처방을 따르면서 아씨의 아픈 마음을 돌보시면 몸에 나타난 병증도 다 사라질 겁니다."

은우가 방문을 열고 나왔다. 은우 스스로 방 밖으로 나온 것은 처음이었다. 은우는 세엽의 앞에 앉아 손목을 내밀었다. 세엽이 두리번거리며 무명천을 찾았다.

"새삼스럽게 내외는요?"

은우가 소매를 걷었다. 은우의 손목이 한 손에 잡히고도 남을 만큼 가늘었다. 세엽은 숨을 고르고, 은우의 맥을 짚었다. 긴 활줄을 잡아당기는 듯한 맥이었다.

다음 날부터 은우는 제시간에 식사를 하고, 조석으로 탕약을 먹었다. 방 안에 친 비단 휘장도 걷었다. 창을 뚫고 들어오는 빛을 온몸으로 받으며 부연 빛 가루가 떠다니는 모양새를 지켜보았다. 오시엔 밖으로 나가 반 시진씩 볕을 쬐고 들어왔다. 이레 후 저녁에 세엽은 동아줄을 풀고, 은우 방 건넌방으로 잠자리를 옮겼다.

은우는 책을 폈다. 책을 읽고 싶지만 글자가 눈에 들어오지 않았다. 그렇게도 독서를 좋아했는데 책을 읽을 수 없다니 다시금 마음이 가라앉았다.

"괜찮습니다. 다 괜찮습니다. 좋아질 겁니다. 다 좋아질 겁니다."

세엽의 말을 떠올렸다. 책을 읽지 못하는 증상도 세엽이 말한 마음의 병 때문일까. 은우는 한숨을 쉬었다. 참 얄궂은 병도 다 있다고 생각했다. 어쩌다 이런 병에 걸렸을까. 내가 무엇을 잘못하였을까. 역시 벌을 받고 있는 걸까.

"그만."

세엽의 목소리가 들리는 듯했다.

"깊이, 많이 생각하지 마십시오. 겨울이 지나면 봄이 오는 데 이유가 있습니까? 바람이 불어 꽃잎이 떨어지는 데 이유가 있습니까? 꽃이 지고 열매를 맺는 데 이유가 있습니까? 비가 오고 날이 개는 데 이유가 있습니까? 새벽을 보내고 아침을 맞는 데 이유가 있습니까?"

이유가 있으리라. 이유가 있다고 양국 책에서 읽은 적이 있었다. 유 의원이 자기 마음을 들여다보기라도 한 듯이 다시 말을 이었다.

"내 마음이 누군가를 향하는 데 이유가 있습니까? 내 마음에서 누군가를 원하는 데 이유가 있습니까? 내 마음을 다해 누군가를 연모하는 데 이유가 있습니까?"

세엽은 잠시 얼굴을 붉히더니 헛기침을 한번 했다.

"우리 마음은 마음대로 되지 않습니다. 아씨의 마음이 병드는 데에도 이유는 없습니다. 마음이라는 놈이 참으로 고약하여 제 멋대로 움직일 뿐입니다. 그렇지요. 제멋대로 움직여서 우리에게 고통을 주곤 하지요."

세엽은 잠시 은우를 보면서 말을 멈추었다. 은우가 세엽의 눈을 바라보자 세엽은 시선을 피하고 은우의 어깨 너머를 바라보았다.

"내 마음인데 내 마음대로 할 수 없는 것이 마음입니다. 하니 아씨의 잘못이 아닙니다. 이유도 생각하지 말고, 아씨의 탓도 하지 마십시오."

단희가 탕약을 들고 들어왔다.

"유 의원님은?"

"글쎄요. 석반 드시고는 안 보이시네요. 찾아볼까요?"

"아니야."

은우는 탕약을 먹고, 마루로 나왔다. 세엽이 머무는 건넌방에 불이 꺼져 있었다. 은우는 대청을 내려가 뜰을 서성거리다가 연못 앞에 섰다. 문득 대추나무에 눈길이 갔다. 그리고 시선을 아래로 옮겨 영산홍을 보았다. 어두워서 잘 보이지는 않았지만 자기를 닮았다는, 하얀 영산홍이 이곳에 피어 있었다.

인기척에 은우가 돌아보았다. 하얀 치마저고리를 입고 하얀 쓰개치마를 쓴 여인이 제 앞에 서 있었다.

"뉘신지……."

여인이 쓰개치마를 내렸다. 수줍게 웃는 얼굴, 세엽이었다.

은우는 놀라 입을 벌렸다. 눈을 깜빡였다. 제 앞에 있는 여인, 아니 사내의 모습이 믿기지 않았다. 눈을 뜨고 다시 보아도 세엽이었다. 여인의 복장을 한 세엽이 미소를 지었다.

"우리 나갑시다."

"……."

조선 정신과 의사 유세풍

"어서요. 같이 나갑시다."

세엽이 웃었다.

2

은우는 제 방에서는 나왔지만 동헌을 벗어나고 싶어 하지는 않았다. 방에서 별채 뜰로, 별채에서 안채 뜰을 왔다 갔다 하는 정도였다. 세엽은 은우를 동헌 밖으로 나가게 하고 싶었다. 세엽이 생각한 답은 밤 외출이었다.

소락은 도성과 마찬가지로 날이 저물면 사내들은 외출을 삼가고 부녀자들은 자유롭게 외출할 수 있었다. 소락에는 매달 초와 보름날 밤에는 특별한 장이 섰다. 이 장에서는 여인들만 물건을 사고팔 수 있었다. 이는 소락만의 관습법이었고, 나라님도 어쩌지 못했다.

은우는 세엽을 따라 동헌을 나왔다. 아문에는 은우와 세엽처럼 흰 치마저고리를 입고 쓰개치마를 쓴 여인이 기다리고 있었다. 거구의 여인이 시뻘건 입술을 드러내며 웃었다.

"서방님 가시는 곳에 이 만순이가 빠질 수 없지요."

은우가 놀라 입을 딱 벌렸다.

세엽과는 느낌이 달라서 많이 놀랐으리라. 쓰개치마를 꽁꽁 싸매도 여인으로는 보이지 않았다. 게다가 저고리 품도 너무 작고, 저고리와 치마 길이도 너무 짧아 옷이든, 살이든 곧 터질 듯하였다.

세엽은 만복을 데리고 구석으로 갔다. 내가 지금 놀러 가느냐, 다 아씨의 병을 돌보기 위해서 나간다, 너 때문에 아씨께서 놀라지 않으셨느냐, 네가 제일 무섭다, 아씨 병이 더 도지게 생겼다, 네가 책임지겠느냐, 등 평소와 달리 많은 말을 빠르게 쏘아붙였다.

"쌍과부 두 분이서 유유'쌍'종하세요."

한참 설교를 들은 후에 만복이 입술을 비죽거리며 동헌 안으로 들어갔다.

세엽과 은우는 홍살문을 지나 동서대로로 접어들었다. 은우는 보속을 늦추어 세엽의 뒤에 섰다. 세엽이 돌아가 은우의 곁에 섰다.

"전 지금 여인입니다."

세엽은 은우와 나란히 걸었다.

동서대로를 따라 점포는 불을 밝히고 호객을 했다. 낮과 달리 여인들은 쓰개치마나 장옷도 쓰지 않고 걸어 다녔다. 가게 앞에 걸린 등롱이 고운 빛깔로 눈길을 끌었다. 난전도 많았다. 여인이 좋아하는 방물을 파는 곳도 있었고 떡이나 엿 같은 주전부리를 파는 곳도 있었다.

은우는 모처럼 맞이하는 바깥 공기와 풍경이 싫지 않은 듯했다. 세엽은 은우의 입매가 살포시 올라가는 모양을 보았다. 세엽은 저도 모르게 은우를 따라 눈매를 슬며시 올렸다.

세엽과 은우는 장을 구경하다가 남쪽으로 내려왔다. 남문 근처에는 그네 터가 있었다. 한 여인이 즐거운 비명과 웃음을 지르며 그네를 타고, 다른 여인들이 함께 웃으며 구경했다. 은우가 먼발치에서 걸음을 멈추고 그네를 바라보았다.

"안 가십니까?"

"사람들이 너무 많아서……."

아직까지 은우가 사람들 틈으로 들어가는 것은 무리였다. 세엽은 잠시 궁리하다가 말했다.

"좋은 수가 있습니다."

세엽은 은우를 데리고 남문을 나왔다. 성 밖은 한산했다. 세엽은 은우를 소락 동쪽으로 안내했다. 들길을 지나, 강둑길을 건너, 갈대밭을 지나, 강가로 왔다. 강변에는 단오 때 매어 놓은 그네가 그대로 있었다. 세엽은 그네를 가리켰다.

"가시죠."

"그네를 타라고요?"

은우가 머뭇거렸다.

"아니요, 제가 탈 겁니다."

세엽이 치맛자락을 펄럭이며 걸음을 서둘렀다. 은우가 눈을 동그랗게 뜨고 세엽을 따라 갔다. 세엽이 쓰개치마를 벗어 바닥에 던지고 그네 앞에 섰다.

"꼭 한번 타보고 싶었습니다."

"……."

"오늘 아니면 제가 언제 그네에 올라 보겠습니까?"

세엽은 그네에 올라 은우를 내려다보았다.

"뭐 하십니까?"

"예?"

"미십시오. 세게."

은우가 그네를 밀었다.

"좀 더 세게 미십시오."

은우가 힘을 주어 밀었다.

"요즈음 밥도 많이 드셨잖습니까?"

은우는 쓰개치마를 벗었다. 소매를 걷고, 양발을 벌리고 섰다. 양팔로 힘껏 그네를 밀었다. 은우의 이마에 알땀이 송골송골 맺혔다. 세엽은 하늘 위로 날아오르며 함성을 질렀다. 은우가 뒷걸음쳐 세엽을 올려다보았다.

"사내들에겐 힘든 씨름이나 하라면서 이 재미있는 그네를 왜 여인들만 타는지요?"

세엽은 환호성을 질렀다.

"널을 뛸 만한 곳은 없을까요? 그것도 재미있어 보이던데 말입니다."

대답 대신 은우가 웃었다.

어느 밤 세엽은 대청에, 은우는 방 안에 앉아 있었다. 세엽이 죽은 신랑에 대해 물었다. 은우는 대답이 없었다.

"저도 아내와 사별했습니다. 두 해 전이군요. 건강하던 아내는 저를 따라 상경하면서 병들어 갔습니다. 제가 본 아내는 늘 아픈

조선 정신과 의사 유세풍

모습이었습니다. 돌이켜 보니 처음엔 아팠던 게 아니라 외로웠던 것 같습니다. 그 외로움이 마음을 병들게 하고, 그 마음이 몸을 병들게 했겠지요. 그리고 유능한 의원을 만나지 못해서…… 의원이 봐 주지 않아서……. 아내가 병들고 죽은 건…… 제가 무심했기 때문입니다."

세엽은 잠시 말을 멈추었다.

"한데 아무도 제 탓을 하지 않았습니다. 제 팔자가 박복해서 아내를 죽였다고 말하는 이는 아무도 없었습니다. 처가에서조차 아내를 탓하며 제게 미안해했습니다. 잘못은 제게 있었는데 말입니다."

은우는 잠자코 있었다. 세엽은 하늘을 올려다봤다. 달이 차오르고 있었다. 은우의 이마처럼 보얀 달빛이 가루가 되어 뜰을 날아다녔다. 은우의 음성이 달빛 한가운데로 퍼져갔다.

"……혼례 날 처음 봤어요. 신랑이라는 사람. 초례 때 잠깐 보고 그날 밤에 얼굴을 대면했어요. 자기 이름을 말하고서 제 이름을 물었어요. 그리고 다음 날 아침에 싸늘하게 식어 있었죠. 어떤 사람이었는지는 잘 모르겠어요. 하나 날 만나지 않았다면 더 오래 살았을 거예요. 제게 과부살煞이 있다나 봐요. 하여 신랑이 죽고 제가 벌을 받고 있는 거예요."

세엽은 은우를 바라보았다. 은우는 눈시울이 붉히며 옷고름을 만지작거렸다. 목소리는 차분했으나 힘든 고백이었으리라.

"아씨는 저와 다릅니다. 아씨의 잘못은 하나도 없습니다. 아씨가 벌을 받을 이유가 없습니다. 망자가 죽은 건 아씨의 과부살 때문이 아닙니다. 그 사람의 건강이 나빴기 때문입니다. 아씨가 어찌할 수 없는 사고였습니다. 망자는 다른 이와 혼례를 올렸어도 죽을 몸이었습니다."

은우의 눈에서 눈물이 흘러내렸다.

"망자의 죽음은 아씨가 바란 일도, 선택한 일도 아니었습니다. 지난 일은 아무리 애써도 돌이킬 수 없습니다. 하지만 오늘과 내일, 앞으로 어떻게 살지는 소망하실 수 있습니다. 행복하게 살지 불행하게 살지 선택하실 수 있습니다. 지난 일은 잊고 좋은 일만 생각하십시오. 물론 어려우시겠지만…… 자꾸자꾸 생각의 습관을 들이셔야 합니다. 지난 일이 아씨를 괴롭힌다면, 지난 일과 관련한 생각이 아씨를 검은 물속 깊이 빠뜨린다면 '그만!'이라고 외치고 물속에서 나오십시오. 물 밖으로 나와서 쪽빛 하늘과 소락의 짙은 녹음을 보고, 아씨의 젖은 마음을 말리는 빛과 바람을 느끼십시오. 불행 따위는 아씨의 근처에도 오지 못하게 하십시오. 이제 행복을 바라고 선택하십시오. 아씨가 좋아하는 것들 이를 테면 이 별채, 연못, 꽃밭, 과실수, 잣죽, 장국냉면, 화채, 책, 부모님, 단희를 생각하십시오. 그리고 아씨를 사랑하는 사람들, 부모님과 단희…… 그리고 아씨의 행복을 바라는 저를 생각하십시오."

은우가 세엽을 올려다 보았다.

"아니, 저는 의원으로서 아씨의 병이 빨리 낫고, 아씨께서 행복하게 사시길 바랄 뿐입니다."

세엽은 저도 모르게 얼굴을 붉혔다.

"누가 뭐랬나요?"

은우가 손으로 눈물을 훔치며 웃었다.

"고마웠어요. 그리고 죄송했어요."

"의원으로서 할 일을 했을 뿐인데요."

"북문에서 절 구해 주신 일이요. 그리고 저 때문에 다치신 일도
요."

"아……네…… 제가 좀 다치긴 했습니다. 아니, 아씨를 탓하는
게 아니라 제가 좀 부실하여…… 아니, 그렇다고 몸에 이상이 있
다는 말씀은 아니고요. 제가 다친 일은 결코 아씨의 잘못이 아닙
니다. 제가 부주의했습니다. 하나도 아프지 않았습니다. 그리고
이제 다 나았습니다. 아주 쌩쌩합니다."

세엽은 허리를 이쪽저쪽으로 흔들어 보였다. 그러다가 자기가
무슨 짓을 하고 있는지, 민망하여 헛기침을 하다가 은우에게 미
소를 보였다.

"저도 고마웠습니다."

"……?"

"그네를 밀어 주신 일 말입니다. 말을 타는 것보다 훨씬 더 재미
있었습니다."

은우와 세엽이 서로 바라보며 동시에 웃었다.

세엽이 동헌에 온 지 한 달이 지났다. 아침 탕약을 들고 나서 은우가 말했다.

"이제 우리 그만 작별해요."

"예? 아니…… 왜……?"

"그럼 평생 제 곁에만 계시겠어요?"

"예? 아니…… 그건…… 아직 생각해 보지 않아서……."

은우가 웃었다. 처음 보는 환한 미소였다. 세엽은 은우가 정말 활짝 핀, 하얀 영산홍을 닮았다고 생각했다.

"저 괜찮아요. 많이 나았어요. 전 불행을 버리고 행복을 선택했어요. 아직 행복하지는 않지만, 여전히 조금 불행하지만, 아니 많이 불행하다고 느끼지만 죽지는 않을게요. 나쁜 생각을 멈추고 제 곁에 있는 좋은 것들과 좋은 사람들에게 감사하며 살게요. 이제 의원님이 곁에서 지키고 계시지 않아도 괜찮아요."

"아…… 네, 그 말씀이셨군요."

세엽은 기쁘면서도 잠시 서운한 마음이 들었다.

"다행입니다. 그래도 약도 잘 드시고, 식사도 잘 하시고, 산책도 잘 하셔야 합니다."

"네."

"그리고 상태가 안 좋아지시면 언제든지 의원을 찾으셔야 합니다."

"네."

은우가 세엽에게 작은 상자를 하나 내밀었다. 세엽이 상자를 열어 보았다. 익숙한 물건이었다.

"침통……이군요."

푸른 실매듭과 술이 달린 목재 침통이었다. 몸통엔 십장생이 새겨져 있었다.

"값나가는 건 아니지만 감사를 표현하고 싶었어요. 의원님께 가장 필요한 물건 같아서요."

"제게 꼭 필요한 물건입니다. 아씨 덕분에 수명이 줄어들 걱정은 안 해도 되겠습니다."

세엽이 시선을 침통에 둔 채 설핏 웃었다.

"저번에 주신 녹용에 대한 보답이에요."

은우가 세엽이 준 녹용 장식품을 들어 보였다.

"유 의원님은 정말 사람의 마음을 고쳐주는 심의세요. 이제 제 걱정은 그만하시고, 돌아가서 더 많이 아픈 병자들을 돌보세요. 의원님의 마음도 돌보시고요."

"제 마음이요?"

은우가 미소를 지으며 고개를 끄덕였다.

며칠 후, 은우는 단희와 함께 밤 외출을 나갔다. 은우가 강변 그네 터 주변을 살피며 물었다.

"단희야, 혹시 우리 소락에 널을 뛸 만한 곳도 있니?"

"글쎄요. 널은 명절 때나 뛰지요. 왜요? 널 뛰고 싶으셔요?"

"아니."

은우가 그네에 올랐다.

"단희야, 밀어. 세게, 힘차게!"

단희가 그네를 밀었다. 은우가 높이 더 높이 솟았다. 멀리 더 멀리 날았다. 얼굴에 닿는 밤바람이 산뜻하였다.

3

"풍아."

할망이 계수 의원 골목에 앉아 있다가 세엽에게 달려와 안겼다. 세엽이 없는 동안 한여름 무더위가 찾아왔고, 할망의 얼굴은 새까맣게 그을려 있었다.

"엄마가 우리 풍이 얼마나 보고 싶어 했는지 아네?"

"할망 잘 지냈어? 밥도 잘 먹고, 약도 잘 먹고, 침도 잘 맞고?"

"아니. 개지랄 침은 더럽게 아파서 싫다. 안 맞았다. 바보가 주는 약은 맛없어서 안 먹었다. 메주는 만날 밥도 안 주고 지 혼자만 맛난 거 다 처먹었다."

"거짓말."

세엽이 웃었다.

"풍이는 엄마 많이 보고 싶었네?"

세엽이 순간 머뭇거렸다. 한동안 계수 의원 생각을 까맣게 잊고 있었다.

"괜찮아. 색시랑 있을 때는 엄마 생각 안 해도 돼. 색시가 일 번,

엄마가 이 번이야. 제 색시를 맞은 사람은 그래야 해."

"색시 아니라니까."

"거짓말."

할망과 이야기를 나누면서 세엽은 계수 의원 대문간을 넘었다. 남해댁과 입분이 반갑게 세엽을 맞았다. 만복이 계수 의원 대청에 보따리를 내려놓았다. 현령 부인이 챙겨 준 것들이었다. 계 의원이 세엽 대신에 보따리를 받겠다.

"오늘은 보따리가 어찌 작다."

계 의원이 만복이 푸는 보따리를 살폈다. 세엽과 만복의 옷만 나왔다. 세엽이 다른 보따리를 풀어서 면포 석 필을 내밀었다.

"약값입니다."

"이게 다야?"

"예."

"열흘에 면포 넉 필을 받아 왔는데, 스무 날이면 면포 여덟 필은 되어야지."

"약값만 받았습니다."

"약값만 받아 오면 우린 뭐 먹고 사나?"

"병자 고치고 약값만 받으면 됐지 뭘 또 바라십니까?"

세엽은 쏘아붙이듯 말하고 뒤뜰로 갔다.

"병자 잘 고치고 와서 왜 저래?"

"계 의원님이 이해하세요. 우리 서방님이 맘이 좀 거시기 한 것 같네요."

만복이 달래듯 말했다.

"마음이 왜?"

"얼굴만 보면 지랄하시는 게 의원님을 보는 데 좋겠어요?"

남해댁이 대답했다.

"아니, 누구는 뭐, 저 봐서 좋나?"

"이건 뭐고?"

남해댁이 나머지 짐들을 풀다가 물었다.

"떡인데⋯⋯."

떡 소리에 만복이 눈을 크게 뜨고 가까이 갔다.

"대추인절미네요. 우리 서방님이 좋아하시는 떡이에요. 이걸 어찌 아시고 챙겨 주셨대?"

세엽은 오랜만에 고욤나무 아래에 앉았다. 잎들은 그새 더 무성해지고 그늘은 더 깊어졌다. 은우가 좋아졌는데도 기분이 허우룩했다. 마음에 초겨울 벌판이 들어앉은 양 쓸쓸했다.

남해댁이 소반을 들고 왔다.

"떡 드세요. 현령댁에서 챙겨 주셨네요."

소반 위에는 대추인절미와 제호탕이 있었다.

"의원님께서 좋아하시는 떡이라면서요."

세엽의 얼굴이 슬그머니 밝아졌다. 세엽은 은우에게 횡설수설하던 일을 떠올리며 대추인절미를 바라보았다.

"유 의원님."

조선 정신과 의사 유세풍

"예."

"계 의원님이 부자들 왕진 다니시는 이유는 재물을 벌기 위해서예요. 아니, 재물을 많이 벌기 위해서예요."

"압니다."

"한데 재물을 많이 벌려는 이유는 잘 모르시는 것 같아서요."

계수 의원은 늘 병자들이 넘쳐났다. 소락뿐만 아니라 이웃 고을, 강 건너 고을에서도 병자가 왔다. 아침이고, 낮이고, 저녁이고, 한밤중이고 시도 때도 없었다. 중한 병자들은 며칠씩 머물다가 갔다. 장군과 만복이 방을 비워 주고는 계 의원의 방에서 함께 자곤 했다. 병자들은 계수 의원에서 시료를 받고, 약재를 받고, 때로는 밥까지 해결하고 돌아가면서도 약값이라는 것을 지불하지 않았다. 계 의원도 요구하지 않았다. 모두 가난한 병자였다.

"그래도 성의를 보이는 병자들이 있는 줄 압니다만……."

"우리 유 의원님, 공부만 하셨다더니 세상 물정을 몰라도 너무 모르시네요."

병자들이 가져오는 건 감자 한 개, 옥수수 한 개, 열무 한 단 같은 것들이었다. 그나마도 없으면 아예 내지 않았다.

"다른 의원에서는 탕약 열흘치에 면포 한 필이나 쌀 반 가마니를 받는대요. 한데 우리는 감자, 무, 배추를 받아요."

그러면서도 계 의원은 늘 최상품 약재만 고집했다. 가난한 병자나 부유한 병자나 그들에게 쓰는 약재는 언제나 가장 좋은 약재였다.

"그게 어떻게 가능하겠어요?"

세엽이 한 번도 생각해 보지 않은 문제였다. 계수 의원에서는 자체적으로 약재를 재배하고, 재배할 수 없는 약재는 약재상을 통해 구입했다. 약재를 재배하고 일꾼을 부리는 데에도 재물이 들었고, 약재를 구입하는 데에도 재물이 들었으리라. 병자들이 내는 값으로는 턱없이 부족할 터였다.

"계 의원님이 부잣집에 왕진 다니면서 번 재물로 의원을 꾸리시는 거예요. 계 의원님에게 돈을 주는 부자들도 다 아는 사실이에요. 그 사람들도 이렇게나마 보시한다고 생각할 거예요. 계 의원님 방법이 좋은지 나쁜지를 판단하는 건 우리 유 의원님 마음이에요. 한데 방법이 없잖아요. 더 좋은 방법이 있으면 유 의원님이 마련해 보세요. 그럼 계 의원님도 부자들 왕진 뻔질나게 안 다니시고 우리 의원에 오는 병자들한테만 전념할 수 있어요."

세엽은 앞마당으로 갔다. 그제야 의원을 메운, 가난한 병자들이 눈에 들어왔다. 큰방에도, 건넌방에도, 옆방에도 병자들이 누워서 침을 맞고 있었다. 들마루에도, 툇마루에도 병자들이 엉덩이를 붙이고 차례를 기다리고 있었다.

매일같이 저들은 의원에 찾아왔고, 계 의원은 조석을 가리지 않고 저들에게 의술과 약과 밥을 내주었는데, 세엽은 그것들이 어디서 나왔는지 알지 못했다. 아니, 관심조차 두지 않았다. 계수 의원에 오는 병자들을 제대로 돌본 적도 없었다. 계 의원이 출타했을 때 맥진을 하고 처방을 내 주는 정도가 다였다.

문득 의원님을 믿어요, 하던 현령 부인과 돌아가셔서 더 많이 아픈 병자들을 돌보세요, 하던 은우의 말이 떠올랐다.

　세엽은 계 의원을 찾았다. 계 의원은 세 칸의 방을 오가며 병자들을 돌보고 있었다. 문진을 하고, 맥진을 하고, 촉진을 하고, 침을 놓고, 처방을 쓰고, 뜸을 떴다. 그러면서도 허허실실 웃으며 농을 했다. '지' 자 '랄' 자나 '변'이 들어간 욕을 하면서도 웃었다. 병자들도 계 의원을 따라 웃었다.

　세엽은 계 의원이 유능한 의원이라는 사실은 인정했으나 어진 의원이라고는 생각하지 않았다. 상스럽고 재물에 눈이 먼 몽짜라고 내심 경멸했다. 그런데 계 의원이 어진 의원일지도 모른다는 생각이 들었다. 그리고 궁금해졌다. 계지한이라는 사람이, 그가 좋은 사람인지 나쁜 사람인지.

　세엽은 계 의원이 있는 큰방으로 갔다.

　"여긴 제가 보겠습니다. 좀 쉬십시오."

　"의원이 병자를 두고 어찌 쉬냐?"

　"저도 의원입니다."

　"침도 못 잡으면서……."

　"침은, 잘 잡는 계 의원님이 놓으시고요. 맥진하고 약 처방은 할 수 있습니다. 제가 내의원 출신이라고 자랑하던 게 누구시더라?"

　"내의원은 무슨……. 개부랄에 뜸뜨다가 똥구녕 터지는 소리."

　"아, 진짜!"

　세엽이 고개를 돌렸다.

"왜 네놈은 똥 안 싸냐?"

"아니, 개의 음낭에 뜸을 뜨는데 왜 변혈이 터집니까? 음낭이라면 모를까⋯⋯."

"뭐래?"

세엽이 헛기침을 했다. 저 나름대로 농을 하였는데 계 의원은 이해하지 못한 것 같았다. 세엽은 병자와 계 의원 사이를 비집고 들어가 앉았다.

"맥진하고 처방은 제가 합니다."

세엽이 계 의원의 손에 들린 의안을 빼앗았다.

"못 미더우면 확인을 하시든가. 요. 뜸도 제가 뜹니다. 침만 놓으십시오."

세엽은 병자를 보기 시작했다.

세엽이 병자를 본 지 한 달이 지났다. 병자들이 유 의원님, 하고 자기를 부르는 목소리도 익숙해졌다. 그사이 여름이 가고 가을이 왔다. 세엽은 종종 은우 생각이 났지만 달리 할 수 있는 일이 없었다. 규방 여인의 소식을 알려고 들면 아니 되었다. 더구나 은우는 출가한 여인이었다.

"서방님, 좀 나와 보세요."

만복이 심각한 얼굴로 방문 앞에 섰다. 세엽이 방을 나갔다. 마당에 단희가 눈물진 얼굴로 서 있었다. 은우에게 일이 생겼구나. 세엽은 순간 직감하였다.

"아씨께서 안 좋으시냐?"

"아씨께서 진짜 돌아가시려나 봐요. 안 깨어나세요."

단희가 울음을 터뜨렸다.

4

세엽은 어깨를 늘어뜨렸다. 갑자기 온몸에서 기가 소진되는 듯하였다. 이럴 때가 아니다. 어서 아씨께 가봐야 한다. 세엽은 정신을 차렸다. 얼른 마루를 내려가 신을 찾아 신고 의원을 나갔다. 만복이 갓과 도포를 챙겨 들고 세엽을 쫓아왔다.

세엽은 소락성을 향해 언덕을 내리 달렸다.

"의원님, 이쪽이에요."

단희가 새말로 세엽을 안내했다.

"동헌에 아니 계시냐?"

"시댁으로 되돌아가셨어요."

"뭐라? 아니 왜?"

은우의 병증이 나아지자 현령은 은우를 불렀다.

"좀 어떠하냐?"

"많이 좋아졌어요."

"그럼, 네 집으로 돌아가거라."

"……"

"여긴 네 집이 아니다. 심씨 집안 귀신이 되어 아비와 네 명예를 지키거라."

"……."

"싫으냐?"

"아니에요. 아버지의 말씀을 따르겠어요."

은우는 아비의 말에 순종했다. 눈물을 뿌리며 만류하는 어머니를 달래고서는 어엿이 동헌을 떠났다.

시어머니 심 씨는 은우가 집에 발을 들여놓는 순간부터 은우를 구박했다. 서방 잡아먹은 년이 무슨 팔자가 좋아 처가에 한 달을 넘게 다녀오누, 서방 잡아먹은 년이 뭘 잘 먹어서 살이 올랐누, 서방 잡아먹은 년이 뭐 좋은 일이 있어서 신수가 훤해졌누, 말끝마다 '서방 잡아먹은 년'을 입에 올리며 막말을 해댔다.

은우는 하고 싶은 말이 있었지만 인내했다. 시어머니의 말에 대꾸를 하면 친정에서 뭘 배우고 왔느냐, 네 친정 부모님이 그렇게 가르쳤느냐, 하고 부모님을 욕보이리라. 그저 마음속으로 세엽의 말을 되뇌었다. 행복을 선택할 순 없어도 불행을 선택하지는 않으리라고 다짐했다. 행복해질 수는 없어도 불행해지지는 않겠노라고 결심했다.

그리고 어젯밤, 심 씨가 약사발을 들고 은우의 방에 들이닥쳤다.

"마셔라."

"무엇인가요?"

"서방 잡아먹은 년한테 내리는 사약이다."

은우는 약사발을 내려 보다가 고개를 들었다.

"어머님, 서방님은 제가 잡아먹은 게 아니라 원래부터 병약하였지요. 저는 그 사실을 모르고 혼례를 올린 거고요. 알았다면 친정 부모님께서도 혼사를 거행하지는 않으셨을 거예요."

심 씨가 웃었다.

"나야말로 알았다면 널 며느리로 보지 않았을 게다. 병약한 아들에게 과부살까지 딸린 년을 붙여 줬으니 황천길 가는 건 시간문제였지. 게다가 딸년 팔자는 어미를 닮는다는데 어미는 아들 잡아먹고 딸년은 서방 잡아먹고, 그리 팔자 사나운 집안인 줄 알았다면 현령, 아니 현령 할아버지가 와도 널 며느리로 들이진 않았을 게야."

"어머님!"

"왜? 듣기 싫으냐? 네 에미 욕 먹이는 소리까지는 듣기 싫으냐? 싫으면 마시면 되잖느냐?"

"전 마시지 않겠어요."

은우는 나직하지만 음성에 무게를 싣고 말했다.

"좋아. 그럼 내가 마시지. 어디 시에미까지 잡아먹어 보거라."

심 씨가 약사발을 들고 입에 가져갔다. 은우가 약사발을 빼앗아 내려놓았다. 심 씨는 은우와 현령 부인에게까지 몹쓸 팔자라서 사내를 잡아먹는다며 헐뜯고서는 방을 나갔다.

심 씨가 물러간 후, 은우는 자리에 앉은 채 새벽을 맞았다. 첫 닭이 울고, 조용히 약사발을 들이켰다.

세엽은 단희를 따라 은우의 방 안으로 들어갔다. 몸을 낮추고 은우부터 살폈다. 은우의 얼굴은 깊은 잠에 빠진 듯이 편안해 보였고, 세엽의 마음은 가슴이 무너지는 듯이 슬펐다.

"아씨. 아씨."

세엽이 은우를 흔들어 깨웠지만 반응이 없었다. 숨결도, 맥도 너무 미약했다.

"무엇을 마셨는지 알 수 있겠느냐?"

단희가 약사발을 내밀었다. 세엽은 빈 약사발 바닥에 코를 대고 냄새를 맡았다. 검지로 말라붙은 약을 찍어 맛을 보았다.

"아씨를 의원으로 모셔야겠다."

세엽이 단희의 도움을 받아 은우를 업고 방을 나왔다.

"이 무슨 해괴망측한 짓이냐?"

안방에서 시어머니 심 씨가 나와 소리를 질렀다. 심 씨가 맨발로 대청을 내려와 양팔을 벌리고 세엽의 앞을 가로막았다. 왜 남의 집 며느리를 네 마음대로 데려가느냐고 그악을 부렸다.

"이 댁 며느님이 맞기는 합니까?"

세엽이 눈을 부릅떴다. 그 눈초리가 한겨울 고추바람처럼 매서웠다. 심 씨가 움찔했다. 그새 만복이 심 씨를 막아섰다.

"서방님, 어서 가세요. 쇤네가 살신성인할게요."

"놔라. 이 천것이 감히 누구의 앞을 막느냐?"

심 씨가 몸을 비틀며 닥치는 대로 팔을 휘둘러 만복을 쳤다. 저놈 잡아라, 이놈 치워라, 소리를 질렀지만 노비들은 아무도 세엽을 잡지 않았다. 슬금슬금 뒷걸음질치며 길을 터주었다.

세엽은 은우를 업은 채 의원으로 들어서며 남해댁을 찾았다.

"아이고, 이 무슨 일이라요?"

남해댁이 은우의 등을 쓸며 물었다.

"녹두와 검정콩 달인 물부터 주시고요. 더 달여 주세요."

남해댁이 부엌으로 달려갔다.

"부자탕 중독입니다."

세엽이 계 의원의 방으로 들어가 은우를 내려놓았다. 입분이 방에 있는 병자를 내보내고 발을 내렸다.

"오 시진 내에 죽든지 살든지 결판이 날 게다."

계 의원이 은우를 살펴보고 일어섰다.

"어디 가세요? 침이라도 놓고, 뜸이라도 놓아 주셔야죠."

계 의원이 세엽을 가만히 보았다.

"지금 할 수 있는 건 약물로 해독하는 것밖에 없어. 너도 모르지는 않을 테지."

남해댁이 녹두물을 가지고 들어왔다. 은우의 등 뒤에 앉아 은우를 일으켜 안았다. 세엽은 숟가락으로 녹두물을 떠 먹였다.

그사이 계 의원은 동헌으로 왕진을 갔다. 은우의 소식을 듣고 현령 부인이 실신했다는 전갈이 와 있었다.

세엽은 심경이 착잡했다. 단희와 세엽이 은우의 곁을 지켰다. 저녁 무렵 은우가 눈을 떴다가 다시 눈을 감았다. 밤새 은우는 눈을 떴다가 시르죽기를 반복했다.

"송구합니다. 아씨는 병자이고. 저는 의원일 뿐인데 제가 왜 세간의 시선과 내외법에 얽매여 아씨의 문안을 애써 거부했는지 모르겠습니다. 제 탓입니다. 제가 의원의 소임을 다하지 못했습니다."

세엽이 잠든 은우에게 말했다.

"……의원님 잘못이 아니에요."

은우가 눈을 떴다.

"정신이 드십니까? 절 알아보시겠습니까?"

"예. 심의 유 의원님이시지요."

은우는 다시 눈을 감았다.

은우는 다음 날 오후에 몸을 일으켰다. 현기증이 났지만 의원에 오래 머물 수는 없었다. 은우는 세엽의 배웅을 받으며 의원을 나섰다.

"시가로 돌아가서는 안 됩니다."

"염려 마세요. 친정으로 갈 거예요."

은우가 희미하게 웃으며 단희와 의원을 떠났다. 세엽은 만복을 데리고 먼발치에서 은우와 단희를 쫓았다. 은우가 무사히 관아 홍살문을 넘자 세엽은 안도하고 숨을 내쉬었다. 세엽은 대로 건너편에서 서서 홍살문을 바라보았다.

"국법이 지엄해요. 아시지요?"

만복이 큰 얼굴을 세엽의 앞에 들이밀었다.

조선 정신과 의사 유세풍

"뜬금없이 뭔 소리야?"

"뜬금이 있는지 없는지는 두고 봐야 알겠지요."

세엽이 만복에게서 시선을 떼서 관아 쪽으로 옮겼을 때 홍살문에 단희와 은우의 모습이 다시 나타났다.

"뭔 일인지 궁금하시지요? 국법이 지엄하니 여기 계세요. 제가 다녀올게요."

만복이 가서 단희와 몇 마디를 나누다가 돌아왔다.

"현령 나으리께서 네 집으로 돌아가거라, 이리 말씀하셨다는데요."

만복이 되도 않은 현령 흉내를 내며 단희에게 들은 이야기를 전했다.

"넌 아씨를 쫓아가 곁에서 지키거라."

"서방님은요?"

세엽은 걸음을 서둘러 관아로 향했다.

"따님은 병자입니다. 저대로 보내면 또 죽습니다. 따님을 죽일 작정이십니까?"

세엽은 현령을 만나 목소리를 높였다.

"내 집안일일세. 자네가 간여할 바가 아니네."

"제 병자입니다. 의원이 병자를 살리기 위해 관여하지 못할 일은 없습니다. 데려오셔야 합니다."

"법도가 그렇지 않네. 출가를 하면 그 집 사람인 것을……."

"언제부터 우리가 그 법도를 지키고 살았답니까? 세상이 요상

하여 여인들에게 채우는 족쇄가 왜 법도가 되었는지는 모르겠으나 그 되도 않은 법도를 지킨 지는 백 년도 되지 않았습니다."

"하나 이 나라 조선은 그 법도와 함께 가고 있네. 내 국록을 먹는 관리로서 법도를 무시할 수는 없네."

현령은 예의 그 단호한 태도를 보였다.

"그럼 국록을 먹지 않는 제가 그 법도를 깨부수지요."

세엽은 혼자 은우의 시가로 갔다. 단희와 만복이 은우의 방 안팎을 지키고 있었다. 심 씨는 세엽을 보자마자 소리를 질렀다. 세엽은 심 씨에게 눈길 한번 주지 않고 은우의 방으로 들어갔다.

"죽기가 아니라 살기를 선택했을 때 실은 행복까지는 바라지도 않았어요. 그저 불행하지만 않으면 된다고 소망했는데, 조금이라도 불행에서 벗어나기를 소원했는데, 세상은 아직 제 선택을 존중해 주지 않네요."

은우가 바닥으로 시선을 내리깔았다.

"이 집에서 나오십시오. 그럼 불행에서 벗어날 수 있습니다."

"그럴 순 없어요. 삼종지도. 비록 서방님과 아들의 뜻은 받들지 못하게 되었지만 아버지의 뜻은 받들어야지요."

"삼종지도는 무슨. 그딴 거 다 여인들을 핍박하기 위해 못난 사내들이 만든 생소리입니다. 사내에게 그네를 타지 말라는 것보다 더한 망발입니다. 그 망할 소리는 그냥 뒷간에 확 처박아 버리십시오."

은우가 세엽을 보고 미소를 지었다.

"지금 이 상황에 웃음이 나오십니까?"

"의원님은 역시 명의세요. 의원님을 뵈니 다시 웃게 되는걸요."

"그럼 명의 말을 들으십시오. 지금 당장 일어나서 이 집을 나가는 겁니다."

은우는 대답이 없었다.

"유 의원의 말이 옳구나. 같이 가자, 우리 집으로."

현령이 방문 앞에 서 있었다.

은우와 세엽이 일어섰다.

현령이 다가와 은우의 손을 잡았다.

"은우야, 우리 집으로 가자. 이제 내 딸, 죽은 심 서방의 처, 심씨 집안 며느리로 살지 말고, 유은우의 삶을 살거라. 행복하게."

"아버지……."

현령은 단희에게 은우의 짐을 싸라고 말하고는 은우와 방을 나갔다.

"우리 아이는 데려가겠습니다."

"아니 됩니다. 심씨 집안 며느리입니다."

"더는 아닙니다."

"우리 문중에서 가만있지 않을 겁니다."

심 씨가 현령의 앞을 막아섰다.

현령은 심 씨에게 나직이 말했다.

"우리 아이에게 부자탕을 주셨다고요? 이는 명백히 살인미수입니다. 나라 법으로 엄중히 다스려야 마땅하나 내, 자식을 잃은 심정을 잘 알기에 이번만은 넘어가겠습니다."

현령과 은우가 대문을 나섰다. 그 뒤를 단희가 따랐다. 세엽과 만복도 대문을 나갔다.

만복이 뒤를 돌아보았다. 시어머니가 분기를 누르며 대문간을 노려보았다.

만복이 시어머니에게 다가갔다.

시어머니가 눈을 부라리며 만복을 올려다보았다. 만복이 빙그레 웃었다.

"마님께서 우리 아씨를 구박하고 싶으셔서 구박하셨겠어요? 다 그 맘이 문제지요. 마님의 맘이 많이 아프신 것 같아요. 우리 유 의원님이 그 맘을 고치는 심의예요. 개말, 개지랄 의원이 사는 개말 알지요? 개말 계수 의원으로 오세요. 우리 유 의원님이 마님의 아픈 맘을 싹 고쳐 드릴 거예요."

세엽은 은우와 현령을 배웅하고, 계수 의원으로 돌아왔다.

"우리 풍이 왔어?"

계 의원이 놀리듯이 물었다.

"풍이는 무슨……."

"왜 나는 아주 마음에 드는데."

계 의원이 뒤뜰을 향해 소리쳤다.

"할망 우리 풍이 왔네."

할망이 풍이를 부르며 달려 나왔다. 세엽과 할망이 툇마루에 나란히 앉았다.

"우리 풍이 기분 좋구나."

세엽이 미소를 지었다.

"색시 보고 왔구나. 색시 보고 오니까 우리 풍이 얼굴이 환해졌
네."

"색시 아닌데……. 그냥 병자야, 병자."

"거짓말. 풍이 엄마한테 거짓말 하면 똥구멍에 뿔난다."

"할매 말 한번 잘했다. 내한테 거짓말 하면 할매 똥구멍에 진짜
뿔난다."

부엌에서 나오던 남해댁이 할망의 말을 듣고 끼어들었다.

"내 니 할매 아니래."

할망이 입을 쏙 내밀고 내뺐다. 남해댁이 할망을 쫓았다.

며칠 뒤, 세엽은 단희를 통해 은우가 잘 지내고 있다는 기별을
받았다.

기쁘면서도 서운했다.

뒤뜰, 고욤나무 그늘에 앉아 은우가 준 십장생 침통을 꺼내 보
았다.

"뭐냐?"

계 의원이 뒷짐을 지고 와서 힐끔거렸다.

"아무것도 아닙니다."

"아니긴 뭐가. 잡지도 못할 침은 왜 들여다보고 앉았어?"

"……제가 내의원으로 돌아가서 다시 침을 잡을 수 있을까요?"

"내의원으로 가서 뭐 하려고?"

"침의로 인정받아서 어의가 되고, 제조도, 도제조도 되고……."

"어의가 되고, 제조가 되고, 도제조가 돼서 뭐 하려고?"

세엽은 답할 수 없었다. 한 번도 생각하지 않은 문제였다.

"내의원으로 가서 어의가 되면 네가 달라지냐? 넌 여기서도 유세엽, 거기서도 유세엽이야. 병자를 돌보고, 하루 두 끼 밥 먹고, 똥 싸고, 잠자고 하는 건 똑같아. 굳이 뭐 그렇게 뭐가 되려고 하냐? 그냥 물처럼, 바람처럼 한세월 흘러가는 거지."

"하지만 목적 없는 삶은 싫습니다. 목적을 향해 달려가지 않는 삶은 의미가 없지 않습니까?"

"왜 목적이 없어? 너는 의원이야. 의원에게 병자를 고치겠다는 목적 말고 다른 목적이 필요하냐?"

계 의원의 말이 맞았다. 하지만 제 생각도 틀리지 않았다. 지금은 부러진 싸리비만도 못한 신세가 되었지만 입신양명하려는 제 목표를 버릴 수는 없었다.

"해서 말이다, 유 의원."

계 의원이 세엽의 곁에 앉았다.

"네가 우리 계수 의원에서 정식으로 심의가 되어 주면 좋겠다."

계 의원은 거적눈을 치켜뜨고 웃음을 지었다.

"침도 못 잡는 제가 어떻게 심의가 됩니까?"

"침 못 놓아도 돼. 마음만 치료해. 네가 현령 댁 마님도, 아씨도 침으로 치료했냐?"

"그건 아니지만……."

"우리 의원에 오는 아낙들이 왜 너를 찾아서 수다를 떨겠냐? 너 그네들이 한참 이야기하고 의원을 나갈 때 얼굴을 봤냐? 올 때랑 달라. 십 년 막힌 똥구녕을 뚫고 가는 얼굴이야. 너 때문이야. 네가 관심을 갖고 들어 주잖아. 네가 한 거, 그게 치료야. 그래서 현령 부인도, 아씨도 낫게 한 거야."

듣고 보니 계 의원의 말이 맞는 듯도 하였다.

"게다가 네 얼굴이 한몫한다. 내 얼굴 보고 병자들이 속마음을 털어놓고 싶겠냐? 그리고 가장 중요한 것. 네가 심의를 하면 우리 의원 곳간 사정도 더 좋아질 것 같다. 침은 내가 잡을 테니 너는 네 방식대로 병자를 맥진하고 시료해."

세엽이 잠시 생각하다가 말했다.

"침을 다시 잡게 되면 내의원으로 돌아갈 겁니다."

"뭐, 그건 그때 가서 생각하고……. 봐라, 화객님 오신다. 응? 세풍아."

"제가 왜 세풍입니까?"

"세풍이 아니었냐? 풍아, 풍아 할망이 어지간히 불러대야 말이지. 풍이보다는 낫잖아. 심의 유세풍 의원님, 어서 병자 보십시오."

계 의원이 대문간을 가리켰다. 은우의 시어머니, 심 씨가 주뼛거리며 서 있었다. 만복이 반갑게 심 씨를 맞았다.

어느 날, 세엽은 밤늦게까지 붓을 들었다.

할망, 현령 부인, 은우, 은우 시어머니의 병증과 처방, 치료 과정, 결과 등을 상세하게 기록하고 붓을 놓았다.

'침 못 놓아도 돼. 마음만 치료해.'

계 의원의 말을 떠올렸다.

'굳이 뭐 그렇게 뭐가 되려고 하냐?'

하지만 세엽은 굳이 '뭐'가 되고 싶었다. '뭐'가 되려고 최선을 다해 살아왔다. 내의원 어의가 돼서 왕실을 돌보고, 인정받고 싶었다.

'어의가 되면 네가 달라지냐?'

내의원 어의가 되면 많은 것이 달라지리라. 적어도 지금 이 모습은 아니리라.

물론, 현령 부인과 은우를 치료했을 때 보람을 느꼈다. 내가 아직도 의원이 맞구나, 하고 생각했다. 하지만 어의가 되어서 성상을 치료한다면 더 큰 보람을 느끼리라. 동의학의 발전을 위해서도 더 많은 일을 할 수 있으리라.

'침 못 놓아도 돼. 마음만 치료해.'

어쩌면 내의원으로 돌아갈 수 있는 길이 열릴지도 모른다. 침의가 아닌 심의로 돌아갈 수 있을지도 모른다.

세엽은 의안 책을 덮고, 다시 붓을 들었다.

표지에 '심의 유세풍'을 썼다.

글자 위로 배어 나오는 묵향이 좋았다.

전운사의 화 火

1

한가위 보름달이 소락을 품었다. 세풍은 계 의원, 할망과 함께 의원을 나섰다. 남해댁과 입분이 치맛자락을 붙잡고 앞서갔다. 만복은 추석을 맞아 고향에 갔다. 세풍은 올해도 가지 않았다. 작년 처럼 혼자 조용히 의원을 지켜야겠다고 생각했는데 올해는 식구들의 성화에 나오고 말았다.

'웃어서 즐겁다'라는 뜻을 지닌 고을 소락현은 머리 위로는 소락산을 이고, 가슴으로는 북녘강과 남강을 품었다. 북쪽에서 온 북녘강과 도성으로 흘러가는 남강이 만나서 소락현을 사발처럼 휘감았다. 두 강이 합류하는 지점에는 소동호가 있었다. 소동호 주변은 한가위 밤이 되면 소락 고을 사람들의 놀이터가 되었다.

호숫가 명당에 있는 정자에는 소락 향반들이 자리를 차지하고 술과 음식을 들고 있었다. 평소에도 돈 많고 시간 많은 양반들이 모여서 호수에 배를 띄우고 세월을 보내는 곳이었다.

세풍 일행이 소동호에 이르자 강강술래를 부르는 여인들의 음성이 뚜렷해졌다. 소락 여인들은 일 년에 한 번, 이 놀이터에 모여 원무를 추며 고을의 풍작과 풍요를 기원했다. 남해댁과 입분이 벌로 달려가 원무에 합류했다. 노인들은 벌 주변에 앉아 원무를 구경했다. 사내들은 낮에 치른 씨름 연장전을 벌이고, 아이들은 소리를 지르며 이리저리 뛰어다녔다.

"우리 화객님이 다 저기 계시네. 가서 인사드리고 오자."

계 의원이 정자를 가리켰다.

"싫습니다."

"샌님. 누가 지 애비 아들 아니랄까 봐."

계 의원이 세풍을 두고 정자로 갔다. 웬일인지 정자 근처까지 갔다가 방향을 틀어 다시 돌아왔다.

"화객님들은 어쩌고 돌아오십니까?"

"화객도 화객 나름이지."

계 의원이 뚱한 표정을 짓고 씨름 구경을 갔다.

"저 재숫대가리 때문이야."

할망이 정자 위에서 입을 크게 벌리고 웃는 한 사람을 가리켰다. 계 의원 또래로 보이는, 눈이 작고 살이 피둥피둥하게 찐 사내였다.

"누군데?"

"있어. 개지랄 괴롭히는 게저분한 재숫대가리."

할망이 강강술래를 보고 싶다고 졸랐다. 세풍은 할망을 데리

조선 정신과 의사 유세풍

고 원무 가장자리로 갔다. 여인들이 손을 잡고 둥글게 모여서 원을 넓혔다 좁혔다 했다. 갑자기 할망이 세풍의 손을 놓고 자리를 떴다.

"할망, 어디 가?"

"저기 보래."

할망이 건너편을 가리키고서는 달아났다. 할망이 가리킨 곳에 하얀 달이 하나 떠 있었다. 세풍의 입가에 미소가 번졌다. 은우였다. 은우가 달처럼 환한 얼굴을 하고선 원무를 구경하고 있었다. 달빛에 은우의 눈이 반짝 빛이 났다.

은우가 세풍에게로 시선을 돌렸다. 눈을 동그랗게 뜨더니 고개를 숙여 인사를 건넸다. 세풍도 고개를 숙여 인사를 했다. 은우가 고개를 끄덕였다. 세풍도 고개를 끄덕였다. 두 사람은 먼발치서 미소만 지으며 서로의 안부를 확인했다. 가까이 다가갈 수는 없었다. 보는 눈이 너무 많았다. 막새바람에 은우의 치맛자락이 나푼거렸다.

계 의원이 할망을 데리고 돌아왔다. 원무를 추던 남해댁이 죽겠다며 원을 빠져나왔다. 삭신이 쑤신다며 앓는 소리를 했다.

"그러게 처자들만 하는 걸 왜 해요?"

계 의원이 핀잔을 주었다.

"저도 처자거든요."

남해댁이 불퉁하게 답했다.

계 의원이 그만 들어가자고 재촉했다. 할망도 남해댁도 계 의원

의 말을 듣지 않았다. 할망은 노래를 따라 부르며 어깨를 들썽거
렸고, 남해댁은 바닥에 주저앉아 다리를 주물렀다.

세풍은 은우를 바라보았다. 은우의 얼굴이 좋아 보였다. 은우
의 웃는 얼굴을 보니 이제 의원이 필요 없겠구나, 내가 할 일은 없
겠구나, 세풍은 생각했다.

"풍아, 색시 왔다!"

할망은 개말이 떠나가도록 목청을 높였다. 세풍의 앞에 있던
병자가 고개를 들고 세풍을 바라보았다. 신정이 부족하여 허리가
시큰거리는 요통을 앓고 있는 병자였다.

"의원님, 혼자 되셨다고 들었는데요?"

"네, 홀아비 맞습니다."

"색시 왔다는데요?"

"할망이 심심할 때 하는 말입니다."

세풍은 의안과 약방문을 써서 병자에게 내밀었다. 병자가 세풍
에게 인사를 하고 방을 나갔다.

계 의원이 의안을 보고 시침하고, 장군이 약방문을 보고 약을
조제를 하리라. 그래도 계수 의원은 손이 모자랄 때가 많았다. 입
분에게 침을 뽑고, 뜸을 놓는 것을 가르쳐 주었으나 입분은 질색
했다.

"아, 싫어. 따분하단 말이야."

글을 배워서 장군의 보조를 하라고 해도 고개만 저었다.

"밥값 해야지."

"병자들 받고, 안내하고 있잖아. 계수 의원에서 이 일 할 사람은 예쁜 나밖에 없어. 나 아니면 누가 해?"

"착각이 지나친 것도 병이야. 지랄병이 발광 나서 용트림하다가 똥간에 처박히는 것보다 더 큰 병이야."

"그럼 내 이름을 왜 입분이라고 지었대?"

"네 어미가 지었지, 내가 지었냐? 내가 지었으면 못난이지."

"어이구, 아버지 맞아?"

"아니, 다리 밑에서 주워 왔잖아. 아버지 말 안 듣고 놀 궁리만 할 거면 다리 밑으로 가."

"아버지나 가셔."

계 의원과 입분이 티격태격한 끝에 입분은 '예쁜' 얼굴로 병자를 안내하는 일만 했다.

"풍아, 색시 왔다니까."

할망이 방문 앞에 얼굴을 내밀었다.

"할망, 이제 색시 안 와. 올 필요가 없어."

세풍이 고개를 저었다.

"왔다니까. 풍이를 찾는다니까."

세풍이 일어섰다. 방을 나가면서 말했다.

"참, 색시 이제 안 온다니까……."

방을 나온 세풍은 입을 벌린 채 말을 끝맺지 못했다. 황급히 두 손을 앞으로 모으고 허리를 숙였다. 은우가 마당에 서서 세풍을 올려다보고 있었다.

"어서 오십시오."

"풍이 색시 참말 곱다."

할망이 은우를 쓰다듬으면서 웃었다. 할망의 곁에서 남해댁이 웃음을 흘리며 은우를 훑어보았고, 입분은 눈을 치뜨고 은우를 뜯어보았다. 할망은 색시, 색시, 우리 풍이 색시 곱다, 연발하며 싱글거렸다.

"색시, 아니 그게 아니라……."

세풍은 민망한 표정으로 손을 내저으며 댓돌로 내려섰다. 발을 더듬어 신을 찾았다. 만복이 신을 세풍의 앞에 내밀었다. 세풍이 신을 신고 은우에게 다가갔다.

은우가 스스러운 듯 시선을 바닥으로 내리깔았다. 세풍은 남해댁에게 눈짓을 했다. 남해댁이 할망과 입분을 데리고 자리를 떴다.

"송구합니다."

"괜찮아요."

"편찮으신 분이라 사람을 착각하십니다. 마음에 두지 마십시오."

"의원님이 마음에 두시는 것 같은데요?"

"네. 아니요. 아닙니다."

세풍이 고개를 끄덕이다가 저었다. 은우가 미소를 지었다.

세풍과 은우 사이에 잠시 침묵이 흘렀다.

"몸은 좀 어떠십니까?"

세풍이 먼저 물었다.

"덕분에 좋아요."

"예…… 좋으시군요. 다행입니다."

둘 사이에 또 침묵이 흘렀다.

"의원엔 어찌 오셨는지 여쭙습니다. 우리 점잖으신 서방님께서
요."

만복이 어디선가 나타나 끼어들었다.

"우선 인사부터 드릴게요. 시어머님께서 절 찾아오셨어요."

세풍은 걱정부터 들었다.

"별일 없으셨습니까?"

"제게 사과를 하셨어요."

세풍은 은우의 시어머니 심 씨를 진료한 일을 떠올렸다. 심 씨
는 만복의 말을 듣고, 심의 유 의원을 찾아왔다고 했다.

"아드님을 잃고 얼마나 상심이 크셨습니까? 아드님이 죽은 것
은 며느님 탓이 아닙니다. 마님도 알고 계십니다. 마님께서는 분별
력을 갖추고 경우가 바른 분이시니까요."

심 씨가 고개를 끄덕였다.

"하오나 아들을 잃은 슬픔이 너무 커서 잠시 판단을 잘못하신
게지요. 청상과부로 시어머님의 구박을 받으며 아드님을 홀로 키
워냈는데 그 아드님이 죽었으니 얼마나 슬프고 화가 나고 한스럽
고 허망하셨겠습니까? 한데 그 한과 화를 푸실 데가 없었던 게지

요. 화는 삭이는 것이지 내는 것이라 배우시지 않았으니까요."

시어머니가 가슴을 치며 눈물을 흘렸다. 심 씨는 얼마 후 은우를 찾아왔다고 했다.

"정신을 차리고 보니 내가 내 시어머니께 당한 걸 네게 똑같이 하였더구나. 착한 너를 만만히 여겨 내 한풀이를 네게 해버렸어. 미안했다. 아가, 미안하구나."

심 씨는 지난날 은우를 괴롭게 했던 일을 사과하고 돌아갔다고 했다.

"시어머님께서 몸도 마음도 많이 편해 보이셨어요."

그래서인지 은우도 더 편안해 보였다.

"한데 시어머님께서 침이 너무 아파서 우셨다고 하시던데요?"

계 의원이 세풍의 방을 나서는 심 씨를 붙잡았다. 가슴속에 울화가 너무 많이 정체되어 있어서 침으로 화를 뚫어야 한다고 설득하였다. 비용이 아주 많이 든다는 점과 함께.

"반가의 체통이 있는데 어찌 침을 맞겠소?"

"그렇지요. 하여 반가의 마님들께는 머리와 안면, 손과 발에만 시침을 하고 있습니다."

심 씨는 잠시 망설이다가 고개를 끄덕였다. 체통을 생각하여 눕지도 않고, 버선도 벗지 않은 채 침을 맞았다. 계 의원이기에 가능한 일이었다. 그러나 침을 맞는 순간, 체통은 날아가 버렸다. 의원이 무너질 듯한 비명을 질렀다. 독설을 퍼부으며 아프다고 악을 썼다.

"사람의 본성이 쉽게 변할 수는 없지."

계 의원이 침을 꽂으며 중얼거렸다. 계 의원은 시침을 끝내고 세풍에게 다가와 다정하게 속삭였다.

"내가 네 색시 복수했다."

세풍은 그때 상황을 떠올리며 마른침을 삼켰다. 그래도 은우에게 사과를 했다니 치료 결과가 좋았다.

"그것이…… 아무래도 침과 병행해야 효과가 좋다 보니……."

은우가 고개를 끄덕였다. 세풍도 은우를 따라 고개를 끄덕였다. 세풍이 눈동자를 움직여 은우를 흘깃하였다. 세풍은 은우와 시선이 마주쳤다.

"이젠 몸도 마음도 많이 편해 보이셨어요. 다 유 의원님 덕분이에요."

"잘되었습니다."

은우가 고개를 끄덕였다. 세풍도 은우를 따라 고개를 끄덕였다.

"실은 부탁드릴 일이 있어 왔습니다."

"무슨 일이신지요?"

"동헌에 하옥된 죄인을 만나 주세요. 아버님의 청입니다."

"죄인이요?"

"방화를 저지르고 자수한 부인이에요. 한데 밤마다 가슴에 열불이 난다며 소란을 피운다고 해요. 온몸에 찬물을 여러 번 끼얹고서야 겨우 진정하고요. 아무래도 의원님께서 보셔야 할 병증이 아닌지요?"

2

세풍은 은우와 함께 동헌으로 갔다. 현령은 죄인과 세풍을 위해 따로 자리를 마련해 주었다. 그러나 죄인은 세풍이 있는 방으로 들어오지 않았다.

"내 태생이 미천하다 하여 업신여기는 것이오? 내 비록 중인의 여식으로 태어났으나 엄연히 반가의 며느리요. 내외법이 지엄하거늘, 어찌 외간 사내와 동석하여 말을 섞겠소?"

죄인은 방문 앞에서 이리 말하고 옥사로 돌아갔다.

세풍은 죄인을 찾아 옥사로 갔다. 죄인은 고개를 돌리고 세풍에게 눈길 한번 주지 않았다. 세풍은 난감한 얼굴로 옥사를 나왔다. 옥사 밖에서 은우가 세풍을 기다리고 있었다. 세풍은 시무룩한 얼굴로 고개를 저었다.

"'그럴 줄 알았습니다. 괜찮습니다. 하하.'라고 하지 않으셨어요?"

세풍은 동헌에서 은우를 치료하던 일을 떠올리며 미소를 지었다. 하지만 죄인은 곧 벌을 받을 몸이었다. 세풍에게 마음을 터놓을 때까지 노력하고 신뢰를 얻을 여유가 없었다.

"아씨께서 죄인과 이야기를 나눠 보시면 어떻겠습니까?"

"제가요? 전 의원도 아닌데요?"

"병자의 마음을 들여다보고 병자의 심병을 치료하기 위해서는 우선 병자의 소리를 들어야 합니다. 병자가 사연을 털어놓으려면 상대를 신뢰하고 친밀하게 여겨야 하지요. 저보다는 여인인 아씨를 편히 여길 겁니다. 죄인과 이야기를 나누어 주십시오."

은우는 잠시 망설이다가 옥사 안으로 들어갔다. 잠시 후, 은우가 다시 나와 고개를 떨구었다.

"죄송해요."

"아닙니다. 의원에게도 시간이 많이 걸리는 일입니다. 잘 아시지 않습니까?"

은우가 고개를 끄덕이며 웃었다.

은우는 잠들지 못했다. 잠자리에 누우면 아무 생각도 하지 말라던, 세풍의 말을 오늘은 따를 수 없을 것 같았다. 세풍이 의원으로 돌아간 후, 저녁나절 은우는 다시 옥사로 건너갔다. 방화 부인을 보았다. 저와 마찬가지로 소복을 입었다. 하나 남편이 살아있다고 들은 것 같은데…… 이유가 뭘까. 은우는 방화 부인에게 말을 걸려다가 그냥 돌아왔다.

은우는 밤이 깊도록 고민하다가 결국 자리에서 일어났다.

방화 부인은 옥사에 없었다. 동헌 뒤뜰 우물가에서 물을 길어 제 머리 위로 퍼붓고 있었다. 옥졸이 짜증을 냈다. 방화 부인이 가슴속에 불이 나서 죽을 것 같으니 문을 열어달라고 난동을 피웠다고 했다.

은우가 방화 부인에게 다가가 제 쓰개치마를 벗어 덮어 주었다.

방화 부인이 눈물 그렁한 눈으로 은우를 바라보았다.

은우가 방화 부인을 데리고 현령의 집무실로 들어갔다. 단희가 새 옷을 가져왔다. 은우의 분부대로 속곳과 버선까지 살뜰히 챙겨 왔다.

"제 옷인데 좀 작을 듯하지만 갈아입으세요."

병자가 허리를 굽혀 감사 인사를 하고 옷을 갈아입었다.

"밤마다 가슴에 열불이 나서 견딜 수 없다고 들었어요. 병은 몸에만 들지 않고 마음에도 든답니다. 마음의 병을 고치면 몸의 증상도 나아질 수 있다고 해요. 제게 말씀해 주세요. 유 의원님께서 부인의 병을 고쳐 주실 거예요."

"……."

병자는 아직 입을 열기가 어려운 듯했다. 병자가 사연을 털어놓으려면 상대를 신뢰하고 친밀하게 여겨야 합니다. 은우는 세풍의 말을 떠올렸다. 은우는 언제부터 세풍을 신뢰하고 친밀하게 여기게 되었는지 생각해 보았다.

세풍이 제 마음을 열기 위해 애쓴 노력. 곁에 있어 주었고, 말을 걸어 주었고, 제가 좋아하는 음식을 가져다주었고, 만복과 함께 손으로 그림자를 만들어 피영희를 보여 주었다. 그때까지만 해도 은우는 세풍에게 반감을 가지고 있었다. 왜 저러나 싶었다. 피영희에 호기심이 일기는 했지만 성가셨다. 저를 혼자 내버려 두었으면 싶었다.

은우는 제 목숨을 세 번째로 구해 주었을 때만 해도 고마움은

커녕 제 손목을 묶는 세풍에게 화가 났다. 그날 세풍은 문루에서 떨어진 자기를 안고 비탈길을 굴렀다. 세풍은 한 팔로 나를 꼭 안고, 다른 손으로는 내 머리를 받치고 얼굴을 자기 품에 꼭 안았더랬다. 덕분에 은우는 하나도 다치지 않았다. 그런데도 세풍에게 화를 내다니 아, 진짜 나는 못된 병자였구나, 은우가 한숨을 쉬었다.

그 후 세풍은 자기와 자신의 손목에 밧줄을 연결하고 불편을 감수하며 마루에서 생활했다. 목욕을 할 때와 뒷간을 갈 때를 제외하고는 하루 종일 곁에서 돌봐 주었다. 내 기분이 어떤지, 밥을 맛있게 먹었는지, 잠을 잘 잤는지, 무슨 꿈을 꾸었는지, 약을 잘 먹었는지, 무슨 일을 하고 싶은지 물어봐 주었다. 점차 세풍을 보면서 자기를 위해 진정 애를 쓰고 있구나, 느꼈고, 믿을 수 있는 의원이라는 생각이 들었다.

그리고 세풍의 이야기를 들었을 때 자기 이야기도 털어놓을 수 있었다. 세풍에게 마음속 이야기를 훌훌 털어놓고, 그의 이야기를 듣고 나니 눈물이 흘렀다. 자주 흘리던 눈물이었는데 그 순간의 눈물은 전과 달랐다. 그 눈물에 온 마음이, 온몸이 젖는 것 같았다. 메말라 버린 땅에 단비가 스며드는 것 같았다. 은우는 그때 제 마음이 나았다고 생각했다.

은우는 못된 병자를 위해 애쓴 세풍과 마음에 병이 있을지도 모를 방화 부인을 꼭 돕고 싶었다. 제 마음을 적시던 단비가 방화 부인의 마음에도 내리기를 바랐다.

"저는 과부예요……."

은우가 부인에게 제 사연을 털어놓았다. 병자가 몇 번 고개를 끄덕이며 은우의 이야기를 귀 기울여 들었다. 긴 이야기를 끝내고 은우가 물었다.

"왜 저처럼 소복을 입으셨는지 여쭈어 봐도 될까요?"

"……얼마 전에 딸이 죽었어요."

자식의 상에는 부모가 상복을 입지 않는다고 하였는데 무슨 곡절이 있을까, 은우는 마음이 더 쓰였다.

잠시 후 병자가 입을 열었다.

병자는 역관의 딸이었다. 부유한 아버지 덕분에 시집을 오기 전에는 양반 댁 아씨처럼 별 어려움 없이, 부모님과 양오라비와 함께 행복하게 살았다고 했다. 하지만 아버지는 늘 양반 신분에 동경을 품고 있었다. 기회가 생기자 거금을 들여서 병자를 가난한 양반에게 시집보냈다.

"좋은 처, 좋은 며느리가 되어 주게."

첫날밤에 신랑은 병자의 손을 잡고 말했다.

"이른 아침부터 밤까지 서방님과 어머님을 부지런히 공경하겠습니다."

병자는 아버지가 모셔 온 양반가 부인에게 배운 대로 대답하였다. 그러나 신랑은 화를 냈다.

"반가의 처자라면 혼인 첫날밤에는 부끄러워서 감히 말을 하지 않는 것이 예의이거늘, 역시 천한 집안 출신이라 제대로 배우지 못

조선 정신과 의사 유세풍

하였군."

남편은 신방을 박차고 나갔다. 그때부터 병자의 불행이 시작되었다. 시어머니와 남편은 말끝마다 병자를 천하다고 구박하였다. 말하는 것도, 걷는 것도, 먹는 것도, 입는 것도, 하나부터 열까지 상것이라 본데가 없다고 하였다. 그러면서도 병자에게 전운사의 재주(재물을 잘 운영하여 살림을 꾸리는 재주)를 요구했다.

병자는 시어머니와 남편의 인정을 받기 위해 최선을 다했다. 가난한 반가의 며느리로서 길쌈, 농사, 집수리, 노비 관리, 봉제사, 접빈객, 시부모 공양까지 쉴 틈 없이 일만 했다. 그 덕에 몇 년이 지나자 집안에는 조금씩 재물이 돌기 시작했다.

그때부터 남편은 밖으로 돌면서 한량 짓을 일삼았다. 병자와의 사이에서 딸 하나를 낳은 뒤에는 첩까지 들었다.

"자네가 아들을 못 낳으니 내가 첩이라도 들여서 가문의 대를 이을 수밖에. 양반 부인네들은 남편이 첩을 보아도 그 남편의 첩까지 보살피면서 남편의 뜻을 받든다네."

남편은 당당하게 말했다. 병자는 이 무렵부터 가슴이 두근거리고 얼굴이 화끈거리며 가슴에 덩어리가 맺히는 느낌이 들었다.

남편은 병자에게 첩과 차린 살림집에 필요한 양식과 금전까지 요구했다. 병자는 시집올 때 가져온 재물을 다 써버렸다. 나중에는 머리카락까지 팔면서 시부모와 남편을 부양했다. 하지만 남편의 방탕한 생활 탓에 살림은 날로 어려워졌다. 병자는 급기야 친정에 가서 돈을 꾸게 되었다.

"오라비를 만났는데 차마 말을 꺼낼 수 있어야지요. 창피하더라고요, 내 신세가. 그냥 부모님 돌아가시고 오라비가 어찌 지내는지 궁금해서 왔다고만 했어요. 한데 오라비가 먼저 알고 돈을 쥐어 주더라고요. 부족하면 언제든지 오라면서요. 집으로 돌아오는데 눈물만 났어요. 눈물이 멈추지 않았어요. 이십 리 길 내내 얼마나 서럽고 아프던지요."

그날 밤부터 병자는 가슴에 열불이 나서 잠을 이룰 수 없었다. 하지만 시댁 식구 아무도 병자의 증상엔 관심을 가지지 않았고, 찬물을 들이붓는 병자에게 오히려 미쳤느냐며 욕만 해댔다.

그러던 어느 날, 병석에 있던 딸이 위독해졌다. 남편을 부르러 사람을 보냈는데 남편은 첩이 아프다고 와 보지도 않았다. 딸은 아버지도 보지 못하고 죽었다. 병자는 홀로 절에서 딸의 시신을 화장한 다음 집으로 돌아왔다. 그날이 중추절 전날이었다. 시어머니는 아이들이 병치레하다가 죽는 게 다반사이거늘, 제사 준비 안 하고 어딜 다녀왔느냐며 야단을 쳤다. 병자는 종일 음식을 마련했다.

중추절 당일이었다. 병자는 첫닭이 울기 전에 일어나 흰 치마저고리를 입고 부엌으로 나갔다. 조반을 준비하여 안방에 상을 들였다. 시어머니가 병자를 보며 인상을 썼다. 재수 없게 소복을 입냐며 나무랐다.

병자는 눈물을 흘리며 부엌으로 나왔다. 할 일이 산더미였다. 아궁이에 솥을 올리고 불을 지피기 시작했다. 아궁이에 불이 붙었다. 그 불을 보고 있자니 가슴속에서 불씨가 살아났다. 눈에서는 눈물이 흐르고, 가슴에서는 열불이 났다. 병자는 아궁이에서 불붙은 장작을 꺼내 양손에 들고 밖으로 뛰쳐나갔다. 첩의 집으로 달려갔다. 서방과 첩실이 들어앉은 초가지붕 위로 장작을 던져 버렸다.

3

은우는 조반을 들자마자 동헌을 나섰다. 세풍에게 병자의 사연을 빨리 전해 주고 싶었다. 의원 골목에 들어서자 잔바람에 나부끼는 '계수 의원' 깃발이 친근했다. 대문간에 섰을 때 풍겨오는 약향도 좋았다. 이상한 일이었다. 겨우 네 번째 방문인데도 의원이 제집인 양 편했다.

은우는 단희와 함께 계수 의원 마당으로 들어섰다. 계수 의원은 널찍한 마당 너머 초가 집채가 두 채 있었다. 정면에는 왼쪽부터 안방, 대청, 건넌방, 옆방이 있었고, 안방 아래로 부엌, 아랫방이 꺾어져 있었다. 마당 오른쪽엔 약재 창고, 곳간, 헛간으로 이루어진 헛간채가 있었다.

대청엔 큰 약장이 있는데 은우보다 어려 보이고, 단희보다는 어른스러워 보이는 사내가 그 앞을 지키고 있었다. 지난날 은우가 물에 빠져서 의원으로 실려 왔을 때 탕약을 건네주던 사내였다. 은우는 그날 일을 사과하고 싶었다. 대청으로 다가갔을 때 큰방에서 큰소리가 났다. 은우가 큰방 쪽으로 시선을 돌렸다.

"아비가 내 앞길을 막더니 이제는 자식이 허구한 날 시시비비 헤살을 놓는구나. 내 원수 놈의 자식을 거두는 게 아니었어."

"도대체 제 아버지께서 무슨 앞길을 막았다는 말씀입니까?"

계 의원과 세풍이 서로 다투고 있었다. 세엽의 음성이 평소보다 컸다.

은우가 주위를 둘러보았다. 병자들은 들마루에서 이야기를 나누고, 만복은 툇마루 앞에서 약을 달였다. 남해댁은 부엌에서 일하는 아낙들을 지휘했다. 모두 여상스럽다는 듯 계 의원과 세풍의 싸움에는 무관심했다. 은우가 걱정스러운 얼굴로 남해댁을 불렀다. 남해댁이 큰방을 슬쩍 보고는 말했다.

"의원님이 지금 좀 바쁘시네요."

"안 말려도 괜찮을까?"

남해댁이 손을 내저었다.

"괜찮아요. 저러다가 말아요. 사랑싸움이에요. 부부들이 하는 거 있잖아요. 둘 다 홀아비다 보니까 저렇게 남는 힘을 써요."

"그래도 유 의원님께서 화가 많이 나신 것 같은데……."

"그러게요. 유 의원님이 저렇게 화를 내는 건 처음 보네요. 만복아."

만복이 은우를 알아보고 다가와 인사를 했다. 그때 다시 큰소리가 났다. 세 사람이 큰방을 향해 시선을 돌렸다.

"네 애비 때문에 내 출셋길이 막혔다. 왜?"

"막을 만하니 막으셨겠지요."

"샌님. 말하는 꼴도 제 애비를 꼭 닮았지."

"예. 저도, 제 아버지도 샌님입니다. 그럼 계 의원님은요? 세간에 별명이 광의라면서요? 미친 의원을 누가 내의원에 들인답니까?"

"내가 누구 때문에 광의가 되었는데?"

"그것도 제 아버지 때문입니까?"

계 의원은 대꾸하지 않았다. 이마에 퍼런 핏줄이 서고 얼굴이 붉어졌다. 진짜 화가 난 것 같았다. 그제야 만복도, 남해댁도 표정이 심각해졌다.

"저건 유 의원님께서 너무 멀리 가셨다."

"아무래도 아주머니께서 등장하셔야겠는데요."

남해댁이 다급하게 외쳤다.

"유 의원님! 현령 나으리댁 아씨 오셨어요."

두 사람의 음성이 그쳤다. 안방이 잠시 침묵 속에 잠겼다가 계의원의 목소리가 터져 나왔다.

"누구는 아들 없나? 아이고, 장군아, 장군아. 딸도 있다. 입분아, 입분아."

세풍이 방에서 나왔다. 은우를 보고 고개를 숙여 인사를 했다. 예의를 차려 미소를 지었으나 아직 화가 가시지 않아 보였다. 은우는 잠시 머뭇거렸다. 세풍이 먼저 옥에 갇힌 병자 때문에 오셨느냐고 물었다. 은우가 고개를 끄덕이고 왕진을 청했다.

세풍이 출타 준비를 하는 동안 만복이 은우를 뒤뜰로 안내했다. 뒤뜰에 오니 이곳이 소락산 자락에 있다는 사실이 실감났다. 뒷산 숲 너머 북쪽으로 높이 솟은 두란봉과 선녀봉, 선운봉, 선월봉과 동쪽으로 파도처럼 굽이치는 보장산이 시야에 들어왔다. 새말에서도 볼 수 있는 광경이었는데 계수 의원에서 보는 소락산은 또 달랐다. 은우가 소락산 자락에 시선을 놓고 있는데 큰방 창 너머에서 계 의원과 입분의 말소리가 들려왔다.

　"아버지가 잘못했잖아."

　"아이고, 저걸. 너는 계가 딸 계입분이 아니라 안가 딸 안입분이야, 안입분."

　"그래, 아버지는 계씨 성 계지한이 아니고 개씨 성 개지랄이라네."

　"어휴. 저건 누굴 닮아서……."

　"아버지 딸인데 아버지 닮았지."

　"나가, 이년아. 도움이 안 돼."

　입분이 자리에서 일어나다 말고 계 의원을 돌아보았다.

　"그래도 나 말고 다른 사람들이 아버지 흉보면 싫어. 그러니까 욕먹을 일 만들지 마."

　세풍은 갓을 쓰고 도포를 입고 뒤뜰로 왔다. 은우가 세풍의 안색을 살피며 말을 건넸다.

　"의원님도 화를 내시는 줄 몰랐어요. 알았으면 진즉에 말씀을 잘 들었을 거예요."

세풍이 입술을 가늘게 벌려 웃었다.

"의원이 병자에게 화를 낼 수야 있습니까?"

"병자 아닌 이에게는 화를 잘 내시고요?"

은우가 미소를 지으며 고개를 살짝 기울였다.

"아닙니다. 저도 화를 낸 건, 진짜로 화를 낸 건 오늘이 처음입니다."

세풍이 소락산으로 시선을 옮겼다.

"아버지를 피하려고 이곳으로 도망쳐 왔는데…… 그런데도 아버지를 헐뜯는 계 의원님을 이해하면서도 화가 납니다."

"계 의원님도 그 마음을 이해하실 거예요, 아마."

세풍이 고개를 돌려 은우를 내려다보았다. 은우가 살짝 고개를 끄덕였다.

현령은 장계를 올려서 병자가 계수 의원에 머물면서 치료를 받게 해주었다. 아침 일찍 은우가 병자와 함께 계수 의원을 방문하였다. 할망이 풍이 색시 왔어, 하며 달려 나가 은우를 반겼다.

"유 의원님 색시 아니라니까."

입분이 핀잔을 놓았다.

"우리 풍이 색시 맞네."

"그러니까 할망이 미친 할망 소리를 듣는 거야."

"이 못난이가 누구한테 미쳤다는 거래?"

"못난이 눈엔 못난이만 보인다네."

입분이 할망에게 혀를 쏙 내밀고서는 병자를 세풍의 방으로 안내했다. 병자가 세풍의 방 앞에서 옷고름을 만지작거리면서 세풍을 쳐다보았다.

"아씨도 함께 들면 안 될까요?"

"됩니다."

세풍이 방을 나와 은우를 불렀다. 입분이 입술을 비죽거렸다. 만복이 세풍을 애틋하게 바라보며 고개를 저었다. 은우는 세풍을 보았다. 세풍이 고개를 끄덕였다.

세풍의 맞은편에 은우와 병자가 앉았다. 병자가 불안한 얼굴로 은우를 보았다. 은우가 먼저 세풍에게 손목을 내밀었다. 세풍이 멀뚱히 은우를 보았다.

"저부터 봐 주세요."

세풍이 은우의 맥을 짚고, 의안을 썼다. 은우가 병자를 향해 고개를 끄덕였다. 병자가 세풍에게 손목을 내밀었다. 세풍이 병자의 손목에 무명천을 올리고 맥을 짚었다.

'울화병. 정신 자극, 정지의 억울함이 풀리지 않은 경우, 화가 울체되어 간이 상한 간울기체. 간의 소설 작용이 장애를 일으켜 간기가 울체되어 펴지 못하는 상태이다.'

세풍이 병자의 손목에서 손을 뗐다.

"오랫동안 억울한 일을 당하시면서도 참으셨군요."

병자의 눈시울이 붉어졌다.

"이제는 참지 말고 다 말씀하세요. 가슴이 답답하고 열감이

조선 정신과 의사 유세풍

치밀어 오르는 증상은 덜할 겁니다. 무엇보다 마음을 편히 가지셔야 합니다."

병자가 눈물을 흘렸다. 세풍이 무명 수건을 건넸다. 은우가 붉어진 눈으로 병자의 눈물을 닦아 주었다. 세풍은 더는 말할 수 없었다. 병자는 마음을 편히 가질 수 있는 처지가 아니었다. 병자를 화나게 하는 상황이 개선되지 않는 한 완치는 어려울 것이다. 몸의 병증은 낫게 할 수 있지만 병자의 상황은 낫게 할 수 없었다. 심의가 되기란, 하여 어려운 것이구나, 생각했다.

"우선 침과 뜸으로 뭉친 기를 소통하게 만들겠습니다."

"아니요. 그건 사양하겠어요."

세풍이 예상한 바였다. 세풍은 잠시 은우를 데리고 밖으로 나왔다.

"아씨께서 뜸을 떠보지 않으시겠습니까?"

제가요, 하는 눈빛으로 은우가 세풍을 올려다보았다.

"어렵지 않습니다. 저 병자는 하복부가 너무 냉하니 뜸이 꼭 필요합니다. 부탁드립니다."

"제가 도움이 될 수 있다면 기꺼이 도울게요."

세풍이 은우와 함께 큰방으로 갔다. 무뚝뚝하게 세풍을 보던 계 의원이 은우를 보고 함박 미소를 지었다. 화객들에게 보이는 선웃음이었다. 세풍은 못마땅한 표정으로 계 의원에게 자초지종을 설명했다.

"유 의원, 침구 지도 좀 가져다주시오."

계 의원이 점잖게 말했다.

"평소대로 하십시오. 이미 우리 다투는 모습을 다 보셨답니다."

계 의원이 웃으며 헛기침을 했다.

계 의원이 침구 지도를 펼쳤다. 사람의 전신 그림 위에 선과 점들이 표시되어 있었다. 계 의원은 나긋나긋 경혈 지도에 대해 설명했다. 선과 점은 경락과 경혈이라고 하며, 경혈에 침을 놓고 뜸을 뜨면 경락을 따라서 기혈이 순환한다고 했다. 은우는 눈빛을 반짝이며 계 의원의 말을 들었다.

"누가 뜸 좀 맞을 테냐? 입분이?"

계 의원이 방 밖에 대고 소리쳤다.

"싫어. 뜸 한 장보다 침 열 대가 나아."

입분이 내뺐다.

"제가 맞지요. 단, 우리 유 의원님한테……."

남해댁이 들어왔다.

"복부에 뜨지요?"

남해댁이 윗방으로 들어갔다가 다시 나왔다. 속저고리와 속바지 차림이었다. 은우가 놀란 눈으로 남해댁을 보았다.

"괜찮아요."

남해댁이 벌러덩 누워 속저고리를 걷어 올렸다.

"저기……."

은우가 당황하여 속저고리를 붙잡아 내렸다.

"괜찮아요. 괜찮아."

남해댁이 다시 속저고리를 올렸다.

"배때기 좀 까고 뜸 좀 뜬다고 해서 큰일 안 나요. 오히려 꽁꽁 싸매고 침도 뜸도 거부하고, 병을 키워서 진짜 큰일 치르지요."

세풍은 쑥가루를 뭉쳐서 남해댁의 배꼽 아래에 올려놓았다.

"이제 태울 겁니다. 눈을 세 번 깜박거리는 동안 병자는 꽤 고통스럽습니다."

세풍이 불붙인 향을 애주에 붙였다. 애주가 타들어 가자 남해댁이 얼굴을 찡그리면서 몸을 움찔거렸다.

"하실 수 있겠습니까?"

"네."

은우가 고개를 끄덕였다.

"문제는 뜸자리인데……."

계 의원은 뜸을 뜨는 자리만 찾으면 누구나 뜸을 뜰 수 있다고 했다. 침구 지도를 보면서 병자의 뜸자리를 알려 주었다. 배꼽 아래 기해와 관원이었다. 기해는 배꼽에서 한 치 반 아래에, 관원은 배꼽에서 세 치 아래에 있었다.

계 의원이 세풍을 눕혔다. 세풍이 복부를 드러내자 은우가 고개를 돌렸다.

"괜찮아요. 이건 그냥 구리 모형이라고 생각하세요. 불편하시면 내가 누울까요?"

"아닙니다."

세풍이 은우 대신, 대답했다.

"이 구리 모형의 배때기, 아니 복부에서 기해와 관원을 찾아보세요."

은우가 세풍의 배꼽 아래로 새끼손가락을 대보았다. 제 새끼손가락 두 마디가 한 치 길이였다. 양손을 이용하여 경혈을 찾았다.

"눌러 보세요. 아주 세게."

계 의원이 말했다. 은우가 세풍의 기해와 관원을 눌렀다.

"이 느낌을 기억하세요. 병자의 경우는 이보다 단단하고, 세게 누르면 통증을 느낄 거예요."

계 의원이 부드러운 말투로 설명했다.

세풍과 은우가 병자에게 갔다. 은우가 방 안에 들고, 세풍은 방 밖에 앉았다. 은우가 경혈을 찾고 병자의 배 위에 애주를 올렸다. 애주가 타들어 갈 때 병자가 비명을 질렀다.

"눈, 깜빡."

은우가 병자를 달랬다. 처음 놓는 사람답지 않게 침착하고 능숙해 보였다.

은우가 뜸을 마치고 방을 나왔다. 은우의 얼굴이 상기되어 있었다.

"잘하셨습니다."

"침은 어렵겠지요?"

"예. 침은 수련이 많이 필요합니다."

은우가 고개를 끄덕였다.

"그래도 뜸이라도 뜰 수 있어서 다행입니다. 다 아씨 덕분입니다. 아주 잘하셨습니다."

은우와 세풍이 마주 보고 웃었다.

4

다음 날. 은우는 다시 계수 의원을 찾았다. 병자에게 뜸을 뜨기 위해서였다. 은우는 병자를 만나기 전에 세풍에게 어젯밤에 일어난 일을 들었다. 병자는 잠자리에 누웠다가 한밤중에 일어나서는 온몸에 찬물을 들이부었다.

"가슴에 열이 나는 것 같지만 하복부와 수족은 냉합니다. 찬물을 맞으시면 안 됩니다."

세풍이 병자를 말렸지만 병자는 이렇게라도 하지 않으면 가슴이 답답해서 죽을 것 같다며 울음을 터뜨렸다고 했다.

은우는 병자를 만났다.

"좀 어떠세요?"

"아직도 가슴이 답답하고 화가 치밀어요."

"남편 때문이지요?"

"예. 자긋자긋해요. 아주 자긋자긋해 죽겠어요. 나는 병이 들고 죄인이 되었는데 남편은 첩년과 희희낙락하고 있겠지요. 그 생각만 하면 잠을 이룰 수가 없어요."

"나쁜 놈."

은우가 주먹을 쥐었다. 병자가 눈을 동그랗게 뜨고 은우를 바라보았다.

"나쁜 놈이잖아요."

"……예. 그렇지요."

병자가 고개를 끄덕였다.

은우는 병자의 방에서 나왔다. 세풍이 은우를 기다리고 있었
다.

"탕약과 뜸만으로는 한계가 있습니다."

"그럼 어찌 하면 되나요?"

"그래서 말인데, 아씨의 도움이 또 필요합니다."

"예. 제가 할 수 있는 건 뭐든지 하겠어요."

"한데 이번은 뜸을 뜨는 것보다 더 어렵습니다."

세풍은 은우의 역할을 알려 주었다. 세풍의 말을 다 듣고 은우
가 눈을 가늘게 떴다.

"제가 할 수 있을까요?"

"이미 병자의 생각을 두 번이나 바꾸지 않으셨습니까? 이번에
도 하실 수 있습니다."

세풍은 다녀올 곳이 있다며 은우를 남겨 놓고 출타했다.

은우는 세풍의 부탁을 생각하면서 마음을 가다듬었다. 할 수
있어. 아니, 못 해. 고개를 저었다. 병자를 위해서 해야 돼. 유 의원
님은 나 때문에 더한 일도 하셨어. 아니야, 할 수 없어. 은우가 다
시 이마를 찡그렸다. 난 의원이 아니잖아. 은우는 도저히 할 수 없

을 듯하였다.

　저녁이 되었다. 남해댁이 병자의 밥상을 차렸다. 은우는 부엌으로 가서 병자의 상에 자신의 밥과 국도 올렸다. 단희가 달려와 상을 받으려 했다. 은우는 단희를 물리고 직접 상을 들고 병자가 머무는 방으로 갔다.

　병자가 상을 달라고 하였다.

　"괜찮아요."

　은우가 소리 나게 상을 탁 내려놓았다.

　병자와 은우가 마주 앉았다. 은우는 밥그릇을 들더니 국에 밥을 말았다. 숟가락으로 밥을 휘휘 저은 다음, 국그릇을 박박 긁어 국밥을 입에 넣었다. 양반들은 상스럽다고 하여 국에 밥을 말아 먹지 않았다. 병자가 당황한 얼굴로 은우를 쳐다보았다. 은우가 천진하게 웃었다.

　"이게 더 잘 넘어가요. 밥 따로 먹고 국 따로 먹고 번거롭기도 하고요."

　은우는 후루룩 소리를 내며 또 한술을 떴다. 병자가 입을 벌린 채, 은우를 쳐다보았다.

　"맛있네요. 어서 드세요."

　병자가 얌전히 숟가락을 들었다. 밥을 다 먹고 나서 은우가 방을 두리번거렸다. 놋쇠 타구를 찾아 침을 탁 뱉었다. 병자가 토끼눈을 뜨고 은우를 쳐다보았다. 은우는 배를 긁으며 방바닥에 큰대자로 누웠다. 병자가 참다못하고 물었다.

"반가의 아씨께서 어찌 이리 언행이 거칠단 말이어요?"

"양반은 사람 아닌가요? 배고프고, 피곤하고, 화나고, 답답하고…… 다 똑같지요."

"사람들이 상스럽다 하지 않나요?"

"그 사람에게 답하고 싶네요. 그리 보는 당신 생각이 상스럽다고요."

은우가 머리를 긁었다.

"양반 여인이라고 자별난 건 아니에요. 희노애락애오욕 똑같이 감정을 갖고 있는 사람이에요. 왜 양반 여인만 제 감정을 숨기고 늘 참아야 하나요? 기쁘면 소리 내서 웃고, 화나면 인상 쓰고 화내는 거지요."

"……상은 제가 갖고 나갈게요."

병자가 상을 들고 나갔다. 은우는 벌떡 일어나 얼굴을 찡그렸다.

세풍은 병자가 반가 여인은 음전해야 한다는 생각에 지나치게 사로잡혀 있다고 했다. 그래서 병자는 부당한 대우를 받고 억울한 일을 당해도 말 한마디 하지 못하고 참고 살면서 병을 키웠다고 했다. 이제부터라도 병자가 생각을 바꾸고 감정을 표현해야 된다고 했다. 하지만 병자의 반응을 보니 별 효과가 없는 것 같았다.

은우는 밖을 내다보았다. 날이 저물었는데 세풍은 아직 돌아오지 않았다. 은우는 방 밖으로 나왔다. 대청에서 장군이 저를 바라보고 있었다. 은우가 아는 척을 하며 장군에게 다가갔으나 장군은 안방으로 들어가 버렸다. 은우는 아쉬운 표정으로 방 안을 바라보았다.

세풍은 다음 날 아침나절에야 돌아왔다. 문밖에서부터 남녀의
악다구니로 계수 의원이 시끄러웠다. 들어가 보니 사내는 도망을
다니고 아낙은 사내를 쫓고 있었다. 계 의원이 부리는 약초꾼 부
부였다. 아낙의 손에는 낫이 들려 있었다.

"그놈의 거시기 내 오늘 작살을 낼라니까."

"잘라 버려!"

할망이 들마루에 앉아 소리쳤다.

"조강지처 두고 기집질하는 놈들은 거시기를 싹둑 잘라야 한
다."

사내가 보이는 사람마다 붙잡고 도와 달라고 소리쳤다. 마당에
있던 남해댁과 입분, 단희가 사내를 외면했다. 아랫방에 있던 병
자와 은우가 밖을 내다보자 사내는 도와 달라고 사정했다. 병자
가 방문을 닫아 버렸다.

만복이 아낙을 붙잡고 말렸다.

"오냐, 네놈 먼저 잘라 주랴?"

아낙이 낫을 쳐들자 만복은 아낙을 얼른 놓아 주었다. 그새 사
내가 의원 밖으로 내뺐다. 아낙이 낫을 들고 사내를 쫓았다.

세풍은 의원 여인들을 유심히 살폈다. 언제나 하고 싶은 말 다
하고, 하고 싶은 대로 하고 사는 약초꾼 아낙, 남해댁, 입분이는 심
병에 걸리지 않았다. 화와 울분을 꾹꾹 삭이고 산 할망, 은우, 방

화범 병자는 심병에 걸렸다.

세풍은 병자에게 뜸을 뜨고 나오는 은우를 불렀다.

"우리도 합시다."

"뭘요?"

"우리도 낫으로 자릅시다. 병자가 남편에게 그동안 쌓였던 화를 분출하게 합시다."

"그래도 그건 좀……."

은우는 고개를 갸울이면서 자리를 떴다.

잠시 후 은우가 돌아와 세풍에게 낫을 건네며 물었다.

"이래도 될까요?"

"병자를 위해서입니다."

저녁 어스름이 피어오를 때, 세풍과 은우는 병자와 단희와 만복과 함께 첩의 집으로 갔다. 병자의 등골을 빼먹고 얻은 초가집이었다. 방 한 칸이 불에 타 시커멓게 그슬려 있었다.

"잘하셨습니다. 하지만 방화는 중죄이니 다음부터는 참으셔야 합니다."

세풍이 말했다. 병자가 눈을 동그랗게 뜨고 세풍을 보았다.

"참지 말라고 하셨잖아요?"

세풍이 미소를 지었다.

"부인께서 중죄인이 되지 않고도 화를 내는 방법이야 많습니다. 머리카락을 쥐어뜯는다든가, 욕을 한다든가, 물을 뿌린다든

조선 정신과 의사 유세풍

가, 침을 뱉는다든가……."

"그냥 확 걷어차세요, 거기를. 그게 속이 제일 후련할 거예요."

은우가 거들었다. 세풍이 놀라고, 병자가 웃었다.

"이리 오너……."

만복이 말을 끝맺기도 전에 병자가 사립문을 밀고 들어갔다. 세풍과 은우, 단희, 만복이 그 뒤를 따랐다.

방 안에서 병자의 남편과 첩실의 웃음소리가 들렸다. 세풍이 문을 열었다. 남편과 첩실이 웃음을 멈추고 세풍을 쳐다보았다.

"잠시 나오십시오."

세풍이 정중히 말했다.

"누구신지……."

"부인께서 잠시 볼일이 있으시답니다."

"부인이라면……."

첩실이 말끝을 흐렸다.

"뭐요? 지금 그년이 왔단 말이오?"

남편이 씩씩거리며 밖으로 나왔다. 마당에 생각보다 사람이 많았는지 잠시 주춤거리다가 병자를 발견하고 소리를 질렀다. 서방 죽이겠다고 불 지른 죄인이 감옥에 있지 않고 어디를 찾아왔느냐고 고함을 쳤다.

"당신!"

병자가 소리를 질렀다. 남편이 말을 멈추었다.

"날 이렇게 만든 건 당신이야."

"뭐야?"

세풍이 남편의 어깨를 잡았다. 만복이 곁으로 다가와 낫을 흔들었다.

"오늘은 부인의 말씀을 들으십시오."

첩실이 도둑고양이처럼 살금살금 기어가 사립문을 찾았다. 단희가 문을 막아섰다. 세풍이 남편과 첩실을 들마루에 앉혔다. 세풍이 병자에게 고개를 끄덕였다.

"……난 최선을 다했어. 우리 아버지께서 마련해 주신 재물로 당신과 당신 부모님의 집을 사고, 당신과 당신 부모님의 입에 쌀과 고기를 넣어 주고, 당신과 당신 부모님의 몸에 비단옷을 입혔어. 내가 양처였다는 건 하늘이 알고 땅이 알아. 하지만 당신은 아니야. 보리 한 숟갈도 못 벌어 오면서 내가 마련한 재물로 눈만 뜨면 오입질에 계집질에, 무시에 욕설뿐이었어. 내가 잘못한 건 사람의 신분을 나누어 놓고, 양반만 귀하게 대접하는 이 나라에 태어난 거 딱 하나. 당신이 잘한 건 나와 혼인해서 가난에서 벗어난 거 딱 하나밖에 없어."

남편이 몸을 일으켰다. 세풍이 남편의 어깨를 눌러 다시 앉혔다. 병자가 첩실에게 손가락을 뻗었다.

"그리고 너. 네가 먹고 입고 쓰는 돈이 어디서 오는지 알면서 그렇게 살면 안 되는 거야."

병자가 남편을 다시 보았다.

"나는 양반이 아니야. 당신 말대로 국법이 정한, 내 신분은 천해. 하지만 당신 생각과 행동은 나보다 더 천해. 당신은 천인보다 못한 개망나니야."

병자는 남편과 첩실을 번갈아 보았다.

"짐승보다 못한 것들이야. 오물 덩어리는 퇴비로도 쓸 수나 있지 너희들은 오물보다 못한 것들이야. 둘 다 나한테 사과해."

"뭐 개망나니? 짐승보다 못해? 오물보다 못해? 이년이 뭘 잘했다고 큰 소리야? 역시 상것이라 본 데가 없어……."

"야!"

병자가 소리를 지르며 만복의 손에서 낫을 낚아채 머리 위로 쳐들었다. 사람들의 시선이 병자의 손끝에 모였다.

"위험해요!"

만복이 병자의 팔을 잡으려는 순간, 병자가 남편의 아랫도리를 향해 낫을 힘껏 내리쳤다.

5

은우가 첩실의 머리를 잡아당겨 들마루 밑으로 떨어뜨렸다. 세풍이 발로 남편을 밀었다. 남편이 바닥으로 굴러떨어졌다. 병자가 낫을 내려치는 순간, 쩍 소리를 내면서 들마루에 금이 갔다. 낫이 들마루 한가운데 꽂혔다.

남편이 몸을 떨었다. 하반신이 젖어 있었다. 병자가 땅바닥에 주저앉아 대성통곡을 했다. 그간의 설움과 한을 다 쏟아냈다. 첩실이 무릎을 꿇었다.

"잘못했어요. 이제 나으리 근처에는 얼씬도 안 할게요. 데리고 가세요. 잘못했어요."

병자가 울음을 그치고 피식 웃었다.

"너 가져. 저런 개망나니는 필요 없어."

남편이 눈을 크게 뜨고 병자를 보았다.

"사과하세요. 당신이 부인에게 잘못한 일, 다 사과하세요. 아니면 내가 당신을 낫으로 잘라버릴지도 몰라요."

은우가 낫을 빼느라 낑낑댔다. 만복이 은우를 말리며 단번에 낫을 빼서 들었다. 은우가 만복을 가리켰다.

"보셨죠? 이 사람은 부인보다 힘이 더 세요. 그러니까 어서 사과하세요."

은우가 남편을 노려보았다.

"미안……하오."

남편이 마지못해 입을 열었다.

"뭘요?"

은우가 물었다.

"그냥 다……."

"그냥 다, 뭘요? 구체적으로 무얼 잘못했는지 말씀하세요."

남편이 은우를 쳐다보았다. 만복이 낫을 빼들고 은우의 곁에서 눈을 부릅떴다. 남편이 고개를 숙이고 입을 열었다.

"당신을 천하다고 한 일. 당신을 무시한 일. 어머님이 당신을 구박할 때 당신의 편에 서지 않은 일. 당신에게만 집안 살림을 맡긴 일. 밖으로만 돈 일. 딸아이가 아플 때 외면한 일. 다 미안하오."

"그걸 알면서도 부인을 한 번도 위로해 주지 않은 것. 부인에게 고마워하지 않은 것. 그 잘못을 이제야 용서를 구한 것. 그게 가장 큰 잘못이에요."

은우가 말했다. 세풍이 은우를 바라보았다. 미소가 지어졌다. 은우의 낯선 모습이 싫지 않았다.

"내가 잘못했소. 미안하오."

남편이 병자에게 용서를 구했다.

은우와 단희가 병자를 데리고 집을 나갔다. 세풍이 남편에게 다가갔다.

"당신의 사과가 언젠가는 진심이 되기를 바라오."

남편이 세풍을 보며 씩씩거렸다.

"당신이 같은 사내라는 사실이 참 부끄럽소."

세풍이 돌아섰다. 만복이 첩실에게 다가갔다.

"저 양반이랑 살려면 마음이 많이 상할 거예요. 계집질은 불치병이지요. 못 고쳐요. 마음이 아프면 계수 의원. 유 의원님을 찾아와요."

세풍과 만복이 웃으며 집을 나섰다.

은우는 병자를 눕히고 잠이 드는 모습을 지켜보았다. 달빛이 열린 문을 통해 방 안으로 스며들었다. 세풍이 툇마루에 앉아 은우와 병자를 보았다. 은우의 옆모습에 시선이 머물렀다.

"아내가 병이 든 것도 몰랐어요. 아내가 위독하다는 말에 의원인 제가 의원을 부르라고 하고서는 대궐로 갔습니다. 아내가 죽던 순간에도 대궐로 가고 있었죠. 아내는 아직 낯선 사람이었고, 평생 내 곁에 있을 줄 알았고, 아내를 치료할 시간이 많을 줄 알았고, 내겐 아내보다 출세가 더 중요했으니까요."

"의원님이 잘못하셨네요."

은우가 몸을 돌려 세풍을 바라보았다.

"사과하세요."

세풍이 멀뚱히 은우를 바라보았다. 달빛에 은우의 눈빛이 반짝거렸다. 세풍이 고개를 숙였다.

"제가 잘못했습니다."

"아니요. 돌아가신 부인께 사과하셔야지요."

은우가 미소를 지었다.

"아……."

세풍이 겸연쩍게 웃었다. 은우에게 사과라니, 또 바보 같은 짓을 했다.

"하나 괜찮아요. 다음부터 잘하시면 되죠."

"제게 다음이 있을까요?"

은우가 가볍게 고개를 끄덕이며 웃었다.

병자가 옥사로 돌아갈 날이 되었다. 죄인의 몸으로 계속 의원에 머무를 수는 없었다. 세풍은 채비를 마친 병자에게 말했다.

"부인 잘못이 아닙니다. 부인은 혼자서 가난한 살림을 꾸리면서 며느리와 아내와 어머니의 도리를 다 해내셨습니다. 저라면 그렇게 못 했을 겁니다. 정말 장하십니다."

병자가 고개를 끄덕였다. 더는 눈물을 흘리지 않았다.

은우가 밖에서 병자를 기다렸다. 병자가 계수 의원에 머무는 동안 은우는 매일 와서 병자에게 뜸 치료를 했다. 세풍은 인사를 하고 돌아서는 은우를 붙잡았다.

"아씨 덕분에 병자의 병증이 많이 좋아졌습니다."

"제가 도움이 되었다니 다행이에요."

은우가 미소를 지었다.

"하여 드리는 말씀인데…… 의술을 제대로 배워 보지 않으시겠습니까?"

은우가 눈빛을 반짝였다.

"침과 뜸을 거부하는 부인들이 너무 많습니다. 의원을 멀리하다가 병을 키우고 죽어 가는 경우가 허다합니다. 여인 침의가 꼭 필요합니다. 아씨께서 그 일을 해주면 아니 되시겠습니까?"

"정말이세요?"

"네. 이 일을 천하다 여기지 않으신다면……."

"사람을 살리는 일을 어찌 천하다 하겠습니까? 가장 의로운 일인걸요. 다만……."

은우의 표정이 시무룩해졌다.

"부모님의 허락을 받아야겠지요."

"현령 나으리께서 허락을 안 하시겠지요?"

"아마도……"

은우를 시댁에서 데려온 일만 해도 현령에겐 어려운 결심이었으리라. 세풍도 더는 권할 수 없었다.

세풍은 은우와 병자를 보내고 큰방을 기웃거렸다. 계 의원은 병자 네 명을 눕혀 놓고 침을 놓느라 정신이 없었다. 세풍은 제 방으로 돌아와 병자를 봤다.

날이 저물고, 계수 의원이 조용해지고 나서 세풍은 큰방으로 건너갔다.

"고생이 많으십니다."

계 의원이 이거 왜 이래, 하는 표정으로 세풍을 보았다.

"혼자서 시침을 하시느라……"

"네가 좀 도와주게?"

"아닙니다."

세풍이 손을 내저었다.

"저 말고…… 우리 계수 의원도 생도를 받으면 어떻겠습니까?"

"바쁘긴 해도 의원이 셋씩이나 필요 있냐?"

"여의는 필요하지 않습니까?"

"은우 아씨 말이냐?"

계 의원이 웃었다. 세풍은 제 의도를 들켰을까 봐 얼굴이 화끈거렸다.

"개, 부랄에 똥침 맞고 처자빠지는 소리."

"아, 진짜! 아씨 앞에서도 그리 말하면 진짜 지, 지, 지, 지랄 떠는 게 뭔지 보시게 될 겁니다."

세풍의 얼굴이 벌게졌다.

"그래서 안 돼. 말도 제대로 못하고…… 불편해. 양반 아씨를 어떻게 의생으로 거느리겠냐? 후생 하나도 이렇게 힘든데……."

"아, 좋습니다. 마음대로 하십시오."

계 의원이 세풍을 슬쩍 보고서는 눈동자를 굴렸다.

"부인 병자들을 위해서냐?"

"물론입니다. 부인 병자들에겐 여인 침의가 꼭 필요하지요. 부인 병자를 위해서 참으십시오."

"아씨를 위해서는 아니고?"

세풍이 잠시 머뭇거리다가 대답했다.

"물론 아씨도 원하는 바이니 아씨에게도 좋은 일이겠지만 어쨌든 병자를 위해서 여의가 꼭 필요합니다."

"널 위해서는 아니고?"

계 의원이 눈을 크게 뜨고 세풍 앞에 얼굴을 들이밀었다. 세풍이 뒤로 물러났다. 계 의원이 눈을 깜빡거리며 세풍을 바라보았다. 세풍은 계 의원의 시선을 피했다. 대답하지 못했다. 저도 제 마음을 잘 몰랐다.

은우는 별채와 안채를 오갔다. 현령은 밤이 늦도록 동헌에서 돌아오지 않았다. 은우는 뒤뜰을 서성거리다가 동헌으로 나갔다. 아버지의 집무실 앞에 섰다. 문창지에 아버지의 그림자가 어른거렸다.

은우는 난생처음 계수 의원에서 침구 지도를 보았을 때 가슴이 뜨거웠다. 두 개의 경혈만 익히고, 병자에게 뜸을 떠 주었을 뿐인데도 마음이 낙낙히 찼다. 처음 글을 배울 때 이후 느껴 보지 못하던 감정이었다.

어릴 적에 글자를 배우고, 그 글자를 써서 함에 차곡차곡 넣었더랬다. 글자가 쌓여 갈 때마다 배가 부르곤 하였는데 그보다 더 마뜩하고 그득한 느낌이 들었다. 이런 게 보람이구나 싶었다. 글을 배워서 제 스스로 만족했다면 의술을 배워서는 남을 위해 쓸 수 있었다.

자기가 이제 '무엇'을 하고 '무엇'이 되리라고는 생각하지 못했다. 규방에서 책을 읽거나 바느질을 하며 한평생을 지내야 한다고만 생각했다. 그런데 이제 자기가 할 수 있는 일, 하고 싶은 일이 생겼다. 계 의원의 방에 있던 의학 책도 다 읽고 싶었고, 인체에 촘촘히 박힌 삼백육십여 개의 경혈에 대해서도 더 알고 싶었다. 자신이 배운 지식과 기술로 의원에게 몸을 보이지 않으려는 여인들을 치료하고 싶었다.

은우는 내아로 돌아와 현령을 기다렸다. 이경이 지나서 현령이 돌아왔다. 은우가 현령에게 인사를 했다.

"어찌 잠들지 않고 나와 있느냐?"

"드릴 말씀이 있어요."

현령은 눈을 비볐다. 무척이나 고단해 보였다.

"……방화 죄인을 잘 부탁드려요."

"그래. 고단하구나. 가서 자거라."

현령은 방 안으로 들어갔다. 은우는 한숨을 쉬었다.

6

며칠 후, 은우는 계수 의원을 찾았다. 동헌으로 돌아간 병자와 함께였다. 방화는 중죄이기는 하나 자수를 하였고, 재산상 피해가 크지 않았고, 인명 피해가 없었고, 병자인 점을 감안하여 사건은 벌금형으로 종결되었다. 병자가 세풍에게 감사하다며 허리를 굽히고 절을 했다. 세풍도 같이 허리를 굽혔다.

"제가 먼저 이이를 청했어요. 진작 버릴걸. 반가의 조강지처 자리가 뭐라고 내 몸, 내 마음 병든 줄도 모르고 붙잡고 있었네요. 버리니 이리 시원한걸요. 이름난 심의시라더니 제가 십 년 동안 못한 걸 의원님이 해주셨네요."

병자가 은우에게도 절을 했다.

"그리고 의원님께도 감사드려요. 의원님께서 치료해 주지 않으셨다면 이렇게 빨리 낫지 못했을 거예요."

"전 의원이 아니에요."

은우가 손을 내저었다.

"병자를 치료해 주시는데 의원이시지요."

세풍이 은우를 보며 고개를 끄덕였다. 의원이라는 말에 은우의 얼굴이 상기되었다.

"이제 어떻게 지내실 건가요?"

은우의 질문에 병자가 세풍을 보았다.

"그래서 말인데 당분간 의원에서 허드렛일을 하면 안 될까요? 벌금을 벌어야 하거든요."

"그건 곤란합니다."

세풍이 거절했다.

"의원님……."

병자 대신 은우가 원망스러운 눈으로 세풍을 보았다. 세풍이 어깨를 으쓱하며 대문간으로 시선을 던졌다. 한 사내가 의원으로 들어왔다.

"널 데리러 왔다. 우리 집에 가자. 네 올케가 너 좋아하는 음식을 잔뜩 해놓고 네 방도 치우고 널 기다리고 있다."

병자의 눈에 눈물이 맺혔다. 고향에 있는 양오라비였다.

"어찌 왔어요?"

"이것아, 힘들면 오라비한테 의논을 했어야지. 의원님이 먼 데까지 걸음 하시게 하나?"

은우가 세풍을 보았다. 일전에 병자를 부탁하고 출타했던 세풍을 떠올렸다.

"면목이 없어서……."

"오라비 면목도 세워 다오. 내 나중에 우리 아버님을 무슨 수로 뵙겠느냐?"

세풍과 병자와 오라비가 방에 들었다. 세풍은 병자를 맥진하고 약방문을 썼다. 병자의 오라비가 약방문을 챙겼다.

은우는 세풍에게서 시선을 거두고 안방을 보았다. 안방에서는 계 의원이 병자들에게 시침을 하고 있었다.

병자의 오라비는 돌아가기 전, 작은 성의라며 노복에게 큰 짐을 내려놓게 했다. 남해댁과 입분의 눈이 휘둥그레졌다. 한 번도 본 적이 없는, 최고급 비단이었다. 은우도 처음 본 상품上品이었다. 대대로 청국을 오가며 무역을 한다더니 병자의 집이 꽤 부유한 듯하였다.

"너무 과합……"

계 의원이 손바닥을 뻗어 세풍의 입을 막았다.

"감사히 받겠습니다."

병자가 의원 식구들에게 인사를 하고, 오라비와 함께 의원을 나섰다. 병자의 얼굴이 환했다.

"병자의 웃는 얼굴. 이것이 바로 의원의 보람이지. 허허허."

계 의원이 병자의 뒷모습을 보며 웃었다. 세풍이 떨떠름한 표정으로 계 의원을 쳐다보았다.

"왜 그러시나? 유 의원."

"의원님이야 말로 왜 그러십니까?"

"내가 뭘 말인가?"

세풍이 웃었다.

"의원님은 도대체 어떤 분이십니까? 좋은 사람입니까. 나쁜 사람입니까?"

"우리 제자님에게 여쭈어 보시게."

"그게 무슨 말씀입니까?"

세풍이 물었다.

계 의원이 은우를 가리켰다.

"우리 계수 의원의 첫 의생. 앞으로 부인과를 담당하여 계수 의원의 영락과 번영을 도모할 인재이시다."

세풍이 은우를 바라보았다. 세풍의 입매가 올라갔다.

"내의원 출신 심의 유세풍 덕분에 심병 병자도 늘고, 여인 침의 덕분에 부인 병자도 늘 터이니…… 이제 소락 일대의 재물이란 재물은 다 쓸어 모아서 의원을 확장할 일만 남았구먼. 허허허."

계 의원이 큰 소리를 내면서 웃었다.

"비단 잘 챙겨요."

계 의원은 남해댁에 한마디 하고 뒷목을 주무르면서 슬그머니 큰방으로 사라졌다.

의원 식구들이 각자의 자리로 흩어지고, 세풍과 은우가 남았다. 둘 다 손을 앞으로 모으고 처마 아래에 나란히 서 있었다. 은우가 고개를 돌려 세풍을 보았다. 세풍이 은우와 눈을 마주치고 서는 어색하게 웃었다. 은우가 고개를 숙였다.

"잘 부탁드립니다. 의원님."

"저도요. 아씨."

세풍이 은우에게 고개를 숙였다.

"한데 어떻게 된 일입니까?"

은우는 며칠을 고민하다가 어머니께 털어놓았다. 이 기회를 놓치지 않고, 꼭 의원이 되고 싶다고 하였다.

"반가에서는 사내들도 잘 하지 않는 일인데……."

어머니가 한숨을 쉬었다.

"여인인 제가, 그것도 과부인 제가 어찌 할 수 있겠냐는 말씀이시지요?"

은우가 여유롭게 웃었다.

"세상이 그러하니……."

"그럴수록 이 세상에 필요한 사람이 되고 싶어요. 어머니. 힘들다는 걸 알지만 열심히 해보고 싶어요."

"그래. 우리 딸 덕에 이제 아파도 걱정이 없겠구나."

어머니가 근심스러운 얼굴로 말했다. 아버지가 걱정이었다. 우선 어머니가 아버지에게 언질을 주었다. 다음 날, 계 의원이 아버지를 뵙고 갔다는 소식을 들었다. 은우는 그날 저녁, 어머니와 아버지가 함께 있는 자리에서 말을 꺼냈다. 아버지는 가타부타 말이 없었다.

"허락하신 게다."

아버지 대신 어머니가 대답했다.

은우는 세풍에게 이야기를 마치고 뒤를 돌아보았다. 대청에서 장군이 은우와 세풍을 보다가 고개를 돌렸다. 은우는 장군의 곁으로 갔다. 장군이 약장 앞으로 몸을 옮겼다. 은우는 장군을 따라 대청으로 올라갔다. 장군이 약장을 뒤지며 딴청을 피웠다.

"장군이지?"

장군은 은우를 보진 않았으나 은우의 말에 귀를 기울였다.

"그날, 약사발 던진 일…… 미안했어."

장군이 약장에서 손을 거두고, 손가락을 꼼지락거렸다. 살짝 고개를 끄덕인 듯도 하였다.

"앞으로 잘 부탁해."

장군은 은우를 슬쩍 보았다. 은우가 미소를 지었다.

다음 날 아침부터 은우가 의원으로 등원했다. 단희도 함께였다. 세풍은 일찍부터 일어나서 마당을 서성거리고 있다가 은우를 맞았다. 남해댁은 일손이 늘었다며 좋아했고, 입분은 군식구가 늘었다며 입이 부루퉁했다. 세풍은 은우를 계 의원이 머무는 큰 방으로 안내했다.

"제 첫 제자이십니다. 감개무량합니다."

계 의원이 은우를 보며 인상 좋게 웃었다. 말투도 부드러웠다.

"평소 하던 대로 하십시오."

대청에서 세풍이 돌멩이를 던지듯 말을 뱉었다.

"평소 하던 대로 해볼까?"

"아니요."

세풍이 손을 들어 계 의원을 말렸다.

계절이 다섯 번 바뀌고 봄이 왔다.

은우가 계수 의원의 의생이 된 지 한 해 하고, 여섯 달이 지났다. 계수 의원 뒤뜰은 연둣빛 물이 들었다. 약초밭에는 싹이 오르고 나무숲에는 꽃망울이 맺혔다. 제비가 안채에 둥지를 틀고 바쁘게 날아다녔다. 그동안 은우는 하루도 쉬지 않고 의원으로 나왔다. 오전에는 세풍의 곁에서 맥진과 약 처방을 배우고, 오후에는 계 의원 곁에서 침술을 배웠다. 저녁이면 세풍과 의서를 읽었다.

아침, 병자들이 하나둘씩 계수 의원으로 들어섰다. 아낙이 입분을 붙잡고 유 의원을 찾았다.

"우리 의원에는 유 의원이 둘이 있는데, 심의요? 침의요?"

만복이 거들었다.

"맘이 아프면 심의 유 의원에게, 몸이 아프면 침의 유 의원에게. 어디가 아프셔요?"

잠시 후, 입분이 소리쳤다. 어조가 날카로웠다.

"유 의원님!"

"저 목소리 들으니 아씨네, 아씨."

남해댁이 말했다.

"네."

은우가 방긋 웃으며 얼굴을 내밀었다.

오줌싸개와 장군의 비밀

1

"오줌싸개 똥싸개, 뒷골로 가다가, 달기 똥에 미끄러져라."

아이들의 노랫소리가 봄바람에 실려 담을 타고 넘어왔다. 예닐곱 먹은 사내아이가 키를 눌러쓰고 의원으로 뛰어들었다.

"아이고, 우리 도련님 오셨네."

남해댁이 망태기를 메고 뒤뜰에서 나오면서 아이를 반겼다. 단희와 할망도 망태기 하나씩을 메고 따라왔다. 뒷산에서 봄나물을 캐오던 길이었다. 남해댁이 부엌에서 소금을 한 바가지 퍼 와서 키에 담아 주었다.

"고맙습니다."

아이는 기어가는 목소리를 내며 고개를 숙였다.

"도련님, 왜 이렇게 풀이 죽었어?"

아이는 말이 없었다. 벌을 받고 있다고는 하나 아이의 표정이 너무 어두웠다. 남해댁이 아이의 머리를 쓰다듬으며 안쓰럽게 바라보았다.

오늘의 오줌싸개는 새말 반쪽짜리 도련님이었다. 양반인 아버지가 첩실에게서 본 아이였다. 어미가 계 의원에게 치료를 받은 적이 많아서 아이는 강보에 싸여 있을 때부터 계수 의원에 자주 드나들었다.

아이들의 노랫소리가 멀어지고 늙은 노복이 의원으로 들어왔다. 노복은 대청 아래에 서서 큰방에 있는 계 의원에게 인사를 했다. 계 의원이 대청으로 나왔다. 노복에게 알은체를 하고 아이를 찾았다. 아이는 할망과 장군과 함께 있었다. 셋이 들마루에 나란히 앉아 감자를 하나씩 베어 물었다.

"배앓이와 물똥은 나아졌는가?"

"네. 의원님께서 주신 약재를 달여 드렸더니 좋아졌습니다. 한데 요즘은 물똥 대신 오줌을 싸시네요."

계 의원은 아이를 불러 맥을 짚고, 노복과 함께 돌려보냈다. 계 의원은 아이와 노복이 사라진 자리를 보며 잠자코 있었다. 은우가 다가왔다.

"유뇨 아닌가요? 왜 그냥 보내시는지요?"

"소아 유뇨의 원인이 무엇이지요?"

계 의원이 점잖게 물었다. 은우를 대할 땐 딴사람 같았다.

"『제병원후론』「소아잡병제후」에 따르면 유뇨자는 방광에 냉기가 있어 소변의 방출을 제약할 수 없다고 했습니다. 고지산을 처방하라 하였지요."

"맞아요. 하나 저 아이의 경우는 달라요. 하초가 차기는 하나

약을 먹을 정도는 아니에요."

"그럼……."

"맘이 아픈 게지요, 맘이. 모든 병의 문제는 맘에 있지요."

부엌 앞에 앉아 나물을 다듬던 만복이 끼어들었다.

"의원 개 삼 년에 뜸을 뜬다더니."

계 의원이 웃었다.

"충청부 청주목 유 참봉 댁 씨종 만복이, 우리 서방님을 따라서
이십 년을 넘게 다녔어요. 그렇고 그런 노비가 아니어요. 하늘 천
따 지도 알고, 목화토금수도 알지요. 우리 서방님 바쁘실 때는 우
리 식솔들이 다 저한테 왔어요. 토사곽란에 제 침 한 방이면 금방
나았어요. 태충, 합곡 맞지요?"

"정작 침을 잡아야 할 놈은 못 잡고 있으니……."

계 의원은 한숨을 얕게 뱉었다.

"못 잡는 거 아니에요. 우리 서방님이 얼마나 이름난 침의였는
데요. 종친이며 대감이며 영감이며 한양 바닥에서 우리 서방님한
테 침 안 맞은 나으리가 없었다니까요."

"그래, 너희 서방님 좋아하시는 나물이나 많이 다듬어라."

계 의원이 방 안으로 들어갔다.

"한데 유 의원님께서는 왜 요즈음 시침을 안 하시는가?"

은우가 물었다.

"맘이 아프신 게지요."

만복은 한숨을 내쉬며 다시 나물을 다듬었다. 은우는 세풍의

방으로 시선을 돌렸다. 세풍에게 약방문을 받은 병자가 침을 맞기 위해 계 의원의 방으로 건너갔다.

아이는 노복을 따라 새말, 집으로 돌아왔다. 솟을대문 옆 곁문 앞에서 머뭇거렸다.

"도련님 집이에요. 들어가세요."

아이는 노복의 손을 잡고 곁문을 넘었다.

마님이 중문으로 나왔다. 아이와 노복은 죄인처럼 고개를 숙였다. 마님은 턱을 치켜들고 아이를 노려보았다. 아이는 노복의 등 뒤로 숨어 들어갔다. 마님은 노복이 든 키를 보고서는 혀를 찼다. 사랑에서 나으리가 나왔다.

"아버지."

아이는 아버지에게 달려가다가 멈추었다.

"나으리……."

아이는 마님의 눈치를 살피며 중얼거렸다. 나으리도 마님의 눈치를 살피고 방 안으로 들어가 버렸다. 아이를 보는 마님의 눈빛이 모질어졌다. 노복은 얼른 아이를 안고 바깥채를 벗어났다.

아이는 마당 한구석에 쪼그려 앉았다. 나뭇가지를 들고 바닥에 동그라미와 눈, 코, 입을 그렸다. 머리도 올렸다. 어미의 얼굴이었다. 죽어서 아이의 곁을 떠난 어미. 아이가 어미와 함께 살 때 아버지는 이따금씩 집에 들렀지만 아이를 예뻐해 주었다. 아이는 행복했다. 그러나 아이가 다섯 살이 되던 해 어미가 병으로 죽었다.

아이는 다른 소실에게 맡겨졌다.

"이제 내가 엄마가 되어 줄게."

소실은 방긋 웃으며 아이의 등을 쓸었다. 아이는 제 어미와 꼭 닮은, 소실의 보조개가 좋았다. 자식이 없던 소실은 아이를 친자식처럼 돌보았다. 그러나 새어미의 애정은 얼마 가지 않았다. 소실이 제 자식을 낳고 나자 아이의 등을 쓸어 주지도, 보조개 핀 웃음을 보여 주지도 않았다. 오히려 아버지가 올 때마다 저 아이 때문에 못 살겠다, 아이가 제 아이를 시새움하여 괴롭힌다며 거짓으로 하리놀았다. 결국 아버지는 아이의 손을 잡고 본가로 들어왔다.

아이의 삶이 달라졌다. 본가에 들어오면서부터 '나으리'가 된 아버지는 아이에게 곁을 주지 않았다. '아버지'라는 말은 입 밖에도 낼 수 없었다. 새어머니 대신 '마님'이, 형제들 대신 '도련님'이 생겼다. 마님과 도련님들은 '서자 주제에 감히'라는 말을 입에 달고 아이를 핍박했다.

여섯 살, 아이는 제가 '서자'라는 사실을 처음 알았다. 서자는 '진짜 도련님'이 아니라는 사실도 알았다. 같은 아버지의 아들이지만 마님의 아들과는 다르다는 사실도 알았다. 그래도 아이를 도련님이라 부르며 한결같이 모시는 할아범이 있었다. 아이가 날 때부터 어미와 함께 살던 노복이었다. 노복은 이 집에서 유일하게 아이를 챙겨 주었다.

아이가 서당에 다니면서부터 진짜 도련님들의 동무들까지 아이를 괴롭혔다. 아이는 공부를 못하면 훈장에게 혼이 나고, 잘하면 형제들과 양반 도련님들에게 혼이 났다. 아이는 서당에 갈 시간이 되면 배가 아프고 물똥을 싸기 시작했다. 노복이 아이를 업고 계수 의원으로 달려왔다.

계 의원 덕분에 복통과 설사가 낫자 아이는 다시 서당으로 가야 했다. 노복은 가기 싫다는 아이를 달랬다. 아이는 노복의 손을 잡고 무거운 발걸음을 뗐다.

대문을 나서자 봄바람이 불어와 아이의 이마를 적셨다. 얼어붙었던 냇가가 거짓말처럼 녹아내렸다. 아이는 냇가로 달려갔다. 물속으로 퐁당 뛰어 들었다. 냇물은 어미 품처럼 따뜻하고 아늑했다. 아이는 눈을 감았다. 이대로 눈을 감고 있으면 어머니를 만날지도 몰라, 생각했다.

"도련님, 도련님."

놀란 노복이 달려와 소리쳤다. 냇가로 들어와 아이를 건져냈다. 아이가 발버둥을 쳤다.

"싫어. 싫어. 어머니한테 갈 거야."

"도련님, 도련님, 눈 좀 떠 보세요."

아이가 눈을 떴다. 아랫도리와 이불이 따뜻한 냇물에 젖어 있었다.

아이는 칼 찬 죄인처럼 키를 쓰고 집 밖으로 쫓겨났다. 오줌싸개가 된 아이는 더 놀림을 받아야 했다. 노복은 놀리는 아이들을 쫓아내며 소금을 구걸했다.

만복이 안방에 누웠다. 얼굴이 희멀겠다. 입을 벌리고 눈을 깜빡거렸다.

"살려 주세요."

만복의 목소리에 힘이 없었다.

"살려 줄게. 벗어."

계 의원이 말했다. 만복이 눈동자를 움직여 주위를 훑어보았다. 계 의원의 옆에 은우가 앉아 있었다. 그 뒤로 단희, 장군, 입분, 남해댁, 할망이 앉아 있었다. 문가에 세풍이 서 있었다.

"정녕 이러셔야겠어요?"

"부랄에 뜸뜨고 벗을래, 똥구녕에 침 맞고 벗을래?"

만복이 우는 소리를 냈다.

"지는 여적까지 우리 서방님 외에 몸을 온전히 맡긴 적이 없어유."

"어쩌나? 네 서방은 저기서 구경만 하겠다는데……."

만복의 시선이 세풍에게 향했다. 세풍이 고개를 끄덕였다. 벗으라는 뜻이었다. 만복이 눈을 감으며 짐승 우는 소리를 냈다.

오늘 석반 찬이 문제였다. 된장을 풀고 끓인 냉잇국, 참기름과 깨에 버무린 취나물 무침, 익어가는 밥 위에서 쪄낸 머위, 데쳐서 된장에 무친 원추리, 메밀가루를 묻혀 부쳐낸 달래전 등 봄나물 찬은 아무거나 잘 먹는 만복도 아무거나 잘 안 먹는 세풍도 좋아하는 것들이었다. 쌀가루와 쑥을 버무린 쑥버무리까지 밥상 끝에 나왔다.

"서방님, 이거 우리 어렸을 적에 많이 먹었던 거네요."

만복이 쑥버무리를 집어 들었다.

"만복아. 내가 언제 너 많이 먹는 거 가지고 뭐라고 한 적 있더냐? 한데 오늘은 그만 먹어라. 탈난다."

계 의원이 만복이를 말렸다.

"봄나물은 약인데……."

만복이 젓가락을 들고 망설이다가 입으로 가져갔다. 결국 쑥버무리까지 거뜬하게 해치웠다. 처음엔 그저 속이 답답했다. 김칫국물을 마시고 트림을 하고 뒷간을 갔다 왔다. 명치 부근이 아리고 머리가 지끈하고 손발이 싸늘해지면서 식은땀이 나기 시작했다. 속이 거북하여 구토를 하고 싶은데 나오지 않았다. 계 의원의 방으로 기어들어갔다.

"죽겠시유."

계 의원이 만복의 상복부를 촉진했다. 만복이 아프다고 소리를 지르고, 계 의원이 웃었다.

"그래, 너로 결정했다."

계 의원은 은우를 불렀다.

"의원과 병자 사이에는 남녀가 없고, 상하귀천이 없습니다."

"잘 알고 있습니다."

"그럼 병자를 진료하세요."

은우가 고개를 들고 계 의원을 쳐다보았다. 계 의원이 고개를 끄덕였다. 그동안은 계 의원이 혈자리를 잡아주면 은우가 부인들을 시침하였다. 오늘은 처음부터 끝까지 계 의원의 도움 없이 시침을 하라는 뜻이었다.

만복이 바지를 걷었다. 저고리 고름을 풀다가 다시 한번 주변을 보았다.

"의원과 병자 사이엔 남녀가 없대도."

"저들은 의원 아니잖아유?"

만복이 단희, 남해댁, 입분, 할망을 가리켰다. 계 의원이 그들을 쫓아냈다. 우리 아씨 첫 시침은 봐야 하는데……. 돼지. 언젠가는 일 낼 줄 알았다. 그러게 작작 좀 처먹어야지. 계곡이니 태산이니 뭐라고 할 때부터 알아봤어. 여인들이 툴툴대며 방을 나갔다. 풍이는 색시 옆에 있어. 할망이 나가다가 세풍의 손을 잡고 당부했다.

만복이 옷을 벗고 누웠다. 은우가 손을 들어 명치와 배꼽 사이에 있는 중완을 눌렀다. 만복이 통증을 호소했다. 은우는 마음을 가다듬고 숨을 고르게 하였다. 만복의 오른손목에 중지를 올려 관부를 찾은 다음 검지와 약지를 올려 촌부와 척부를 찾았다. 만복의 팔이 길어 손가락 사이를 조금 벌려야 했다. 손끝에 힘을 달리하며 부중침을 판단하였다. 맥관을 세게 눌렀을 때 잠기면서도 가는 맥이 느껴졌다.

"소화가 계속 안 되었을 텐데……."

"많이 먹어서 그런가 보다 했지요. 그래도 김칫국물 마시고 등을 두드려 주면 괜찮았는데, 오늘은 죽을 것 같았어요."

"비위가 많이 약해졌다네. 앞으로 소식하고 천천히 꼭꼭 씹어 드셔야 하네."

"소식이요?"

만복이 울상을 지었다.

"오래 살고 싶으면 의원님 말 들어."

계 의원이 말했다.

"사혈하겠습니다."

은우가 침을 들었다. 엄지 끝 소상, 검지 끝 삼양, 새끼손가락 끝 소충, 소택에 침을 찔러 피를 뽑았다.

"시침하겠습니다."

다음 복부 태충, 손등 합곡, 손목 내관, 팔 곡지, 무릎 아래 족 삼리, 발등의 태충에 침을 꽂았다. 계 의원이 약방문을 가리켰다. 은우가 붓을 들었다. 반하, 황금, 인삼, 감초, 건강, 황련, 생강, 대조를 써 넣었다. 잠시 망설였다. 새 종이를 들었다. 인삼, 백출, 백복령, 후박, 진피, 산사육, 지실, 백작약, 신국, 맥아, 사인, 감초, 생강, 대조를 써 넣었다. 비위장의 기능이 허해졌기 때문에 반하사심탕보다는 삼출건비탕이 나을 것이라고 판단하였다. 계 의원이 보고서는 고개를 끄덕였다.

"닷새 동안 조석으로 한 첩씩 부탁해."

은우가 장군에게 약방문을 건네주었다. 장군이 얼굴을 붉히며 방을 나갔다. 은우가 고개를 돌려 세풍을 찾았다. 역시 세풍의 모습은 보이지 않았다. 세풍 대신 의원 식구들이 얼굴을 내밀고 은우의 첫 시침과 처방을 축하해 주었다.

2

은우는 뒤뜰 입구에서 멈추어 섰다. 세풍과 할망의 목소리가 들렸다.

"내가 의원이 맞을까? 시침을 하기는커녕 보지도 못하는데?"

"엄마는 알아. 우리 풍이가 훌륭한 의원이라는 거. 아픈 병자들 많이 낫게 해줬잖아."

"그래도 내의원으로는 못 돌아갈 것 같아."

"내의원에 가서 뭐 하는데?"

"어의도 되지."

"어의가 돼서 뭐 하는데?"

"출세하지."

"엄마는 우리 풍이가 출세하는 것보다 행복하게 사는 게 좋은데……. 내의원에 안 돌아가고, 출세 안 해도 괜찮아. 엄마한테는 우리 풍이가 제일이니까."

할망이 일어섰다. 세풍이 할망을 바라보았다.

"색시 왔다. 아픈 데 고쳐 달라고 해."

할망이 사라진 자리에 은우가 서 있었다. 세풍이 일어났다.

"송구합니다. 끝까지 자리를 지키지 못하여……."

은우는 사혈하겠다고 말하고 침을 들었을 때 세풍이 자리를 뜰지도 모르겠다고 짐작하였다.

"너무 정신이 없어서 의원님이 안 계신 줄도 몰랐어요."

은우가 자리에 앉자 세풍도 앉았다. 세풍의 손에 은우가 준 침통이 들려 있었다.

"아, 이건……."

세풍이 침통을 들었다 놓았다.

"시침은 물론, 잘 하셨겠지요?"

"처방도 하였어요. 의원님께서 가르쳐 주신 거죠."

"제가 한 게 뭐가 있다고……."

"하나부터 열까지……는 아니고, 일곱 여덟까지는 다 가르쳐 주셨죠."

세풍이 힘없이 웃었다. 은우가 세풍을 유심히 보았다.

"해서 말인데…… 속이 불편하세요?"

"네. 체기가 좀 있습니다."

은우가 세풍의 손을 잡았다. 세풍이 놀라서 눈을 동그랗게 떴다. 은우가 합곡을 찾아 지압을 하기 시작했다.

"괜찮습니다."

세풍이 손을 빼려 했다. 은우가 세풍의 손을 잡아당겼다.

"의원과 병자 사이는 남녀 사이가 아니랍니다."

"제가 하겠습니다."

세풍이 손을 빼서 지압을 했다. 은우가 일어섰다.

"가십니까?"

"아니요."

은우가 세풍의 등 뒤에 앉았다. 세풍의 등으로 손을 뻗었다. 세풍이 숨을 멈추었다.

"어허, 긴장 푸세요."

은우가 손가락으로 흉추 주위를 더듬었다. 비수와 위수를 찾아 꾹꾹 눌렀다. 별빛이 은우와 세풍의 머리 위로 쏟아졌다.

"의원님."

"네?"

세풍이 어깨를 움찔했다.

"저도 언젠가는 병자의 마음까지 다스릴 수 있는 심의가 되고 싶어요."

"그리 되실 겁니다. 훌륭한 심의가 되실 겁니다."

"그럼 의원님의 심병도 고칠 수 있을까요?"

은우는 진심이었다. 세풍이 제 심병을 고쳐 준 것처럼 저도 세풍의 심병을 고쳐 주고 싶었다.

"혹 의원님의 마음을 털어놓을 이가 필요하다면 제가 들어 드릴게요."

세풍은 가만히 있었다. 은우가 지압을 멈추고 세풍의 손을 잡았다.

"몸이 따뜻해졌어요. 이제 좀 나아지고 있나 봐요."

은우가 맑게 웃었다.

노복이 아이를 데리고 왔다. 계 의원이 아이를 보면서 물었다.

"이름이 석철이었느냐?"

아이는 풀이 죽은 채 고개를 끄덕였다.

"석철이는 돌과 쇠처럼 강한 사내이지 오줌싸개가 아니야. 지금은 마음에 병이 들어서 오줌을 싸는 게야. 병이 하는 짓이지 네가 하는 짓이 아니다."

"그럼 어떻게 하면 병이 나아요?"

"저 방에 있는 못난 의원님 보이지? 저 의원님께서 네 병을 꼭 쫓아 주실 게다."

계 의원이 장군을 불렀다. 장군은 아이를 들마루로 데려갔다. 둘은 마당에서 누룽지를 나누어 먹었다. 그동안 세풍은 방에서 노복의 이야기를 들었다. 어미의 죽음, 아버지와 계모의 배신, 마님의 차별과 핍박, 형제와 그 친구들의 괴롭힘까지, 여섯 살 아이가 감당하기엔 너무나 아픈 고통이었다.

노복의 이야기를 듣고 세풍이 아이에게 다가갔다.

"우리 스승님의 스승님도 서자셨어. 하지만 조선에서 가장 훌륭한 의원이 되고, 의원들에게 꼭 필요한 가르침도 책으로 남기셨어."

"계 의원님보다 더 훌륭했어요?"

세풍은 계 의원 쪽을 쳐다보았다. 또 무슨 일인지 입분이와 이년 저년, 하면서 실랑이를 벌이고 있었다.

"그럴걸."

아이가 세풍의 얼굴을 빤히 쳐다보았다.

"하고 싶은 말이 있니?"

"의원님, 안 못났어요."

"응?"

"계 의원님이요. 의원님이 못났다고 했어요. 한데 잘생겼어요."

세풍이 아이의 머리를 쓰다듬으며 웃었다.

세풍은 노복에게 당부했다.

"하초를 따뜻하게 보하는 약을 처방하겠네. 유뇨는 좋아질 걸세. 하나 아이의 사정이 달라지지 않는 한, 마음의 고통이 사라지지 않을 게야. 그럼 또 다른 곳에 탈이 나겠지."

"하면 어찌 합니까?"

"아이에게 필요한 건 변치 않는 애정이야. 자네라도 아이를 많이 아껴 주게."

세풍은 노복과 아이를 보내고 방으로 돌아왔다. 장군이 따라 들어와 세풍의 팔을 잡아끌었다.

"석철이 아프다. 많이많이 아프다."

"약 잘 먹으면 나을 거야. 걱정하지 마."

"석철이 아프다. 많이많이 아프다."

"괜찮아. 나을 거야."

세풍이 장군의 어깨를 두드렸다. 장군은 눈을 깜빡거리며 아프다 소리만 반복했다. 오늘따라 장군의 태도가 이상했다. 세풍은 장군의 이마를 짚었다. 열이 끓었다.

조선 정신과 의사 유세풍

세풍은 장군을 눕히고 입분에게 물수건을 부탁했다.

장군과 만복이 한 방에 나란히 누웠다. 계 의원이 장군을 보고 나갔다. 입분이 장군의 곁을 떠나지 않았다. 계 의원과 입분 다 장군을 극진히 보살폈다.

"오라비, 좀 어때?"

입분이 장군의 이마에 놓인 물수건을 갈아 주었다.

"아프다. 석철이 아프다. 많이많이 아프다."

"나도 많이 아픈데……"

만복이 한숨을 쉬었다.

"서방님 있잖아."

"요사이 그 서방님이 내 서방님이 아닌 것 같다."

만복이 세풍을 보며 한숨을 쉬었다.

"뭔 소리야?"

세풍이 물었다.

"모르시는 게 약이유. 나도 물수건이라도 줘."

만복이 입분과 장군의 사이를 부러운 듯이 바라보았다.

"넌 안 돼."

세풍이 만복의 복부에 손바닥을 올렸다. 손바닥으로 배를 쓸었다.

"넌 배를 따뜻하게 해야 돼."

은우가 침통을 들고 들어섰다. 세풍이 만복의 배에서 얼른 손을 떼고 일어섰다.

"그래유. 모르는 게 약이유. 알면 괴롭기밖에 더 하겠어유?"

만복이 세풍과 은우를 번갈아보면서 중얼거렸다.

은우가 세풍의 앞을 지나쳤다. 세풍이 몸을 움찔거리며 뒤로 물러났다. 은우가 세풍을 보며 미소를 지었다.

"그럼 저는 이만 나가보겠습니다."

세풍이 은우에게 절을 하고 방을 나왔다. 세풍이 방 안에 든 은우를 보다가 고개를 돌렸다. 이상한 일이었다. 전날 은우에게 지압을 받은 날부터 은우가 불편했다.

밤이 되어도 장군은 열이 떨어지지 않았다. 계 의원이 장군을 큰방으로 데려와 돌봤다. 세풍도 곁을 지켰다. 계 의원은 세풍에게 그만 가서 자라고 했다.

"몸은 건강했는데……."

세풍은 좀처럼 일어나지 않고 말했다.

"마음도 건강하지. 우리 장군처럼 몸도 마음도 건강한 사람 있으면 나와 보라고 해."

"장군은 의원님 친척입니까?"

"여태 우리가 무슨 사이인 줄도 몰랐냐?"

"친척이겠거니 했지요."

"친척 아니고 아들."

"네……."

장군이 눈을 떴다. 일어나려다가 쓰러지듯 누웠다. 기진맥진하여 몸도 가누지 못했다. 계 의원이 장군의 뺨을 어루만졌다.

"우리 장군, 걱정하지 마라. 내일이면 장군님처럼 벌떡 일어날 거야."

"석철이 아프다."

"그래? 어디가?"

계 의원이 이마를 꿈틀거렸다.

"의원님!"

밖이 소란스러웠다. 세풍이 일어나 방을 나갔다. 노복이 아이를 업고 의원으로 들이닥쳤다.

"말을 못 해요! 우리 도련님이 말을 못 해요!"

3

"석철아, 저녁으로 뭐 먹었니?"

세풍은 아이와 눈을 맞추며 물었다.

"바바바바밥 밥."

구연증? 세풍은 고개를 갸웃거렸다. 아이가 제때에 말을 못하고 더듬거리는 구연증은 유아에게만 나타나는 증상이었다. 석철이는 말을 하는 데 아무런 문제가 없었는데 갑자기 왜?

"석철이 많이많이 아프다."

장군이 어느새 나와 손으로 제 옆구리와 가슴을 쳤다. 세풍이 눈을 곧추뜨고 아이의 옷을 벗겼다. 아이의 몸에 붉은 줄과 푸른 멍이 들어 있었다.

"누구 짓인가?"

노복이 머뭇거리며 시선을 피했다.

"제대로 말하게! 누가 이런 건가?"

세풍은 노복의 어깨를 잡아끌고 소리쳤다. 노복의 눈에서 눈물이 뚝뚝 떨어지기 시작했다.

석철의 아버지가 첩실의 집에 머무느라 돌아오지 않는 밤이면 마님은 어김없이 아이의 방으로 들이닥쳤다. 자고 있는 아이의 멱살을 낚아채 끌고 갔다. 노복이 마님에게 매달렸으나 마님의 발길질에 나가떨어졌다.

마님은 아이를 헛간으로 끌고 가 구석으로 내동댕이쳤다. 아이가 신음을 토하며 쓰러졌다. 마님이 아이에게 채찍을 후려쳤다. 아이고 마님, 잘못했습니다. 노복이 달려와 아이를 감싸며 용서를 구했다. 아이와 노복이 함께 맞았다.

그리고 오늘 낮, 노복과 아이가 세풍을 만나고 돌아왔을 때 마님이 말했다.

"똑똑하다 들었는데 바보 천치로구나. 하긴 그 어미에 그 자식이지. 하니 양인의 딸이 첩살이를 했지."

노복은 눈을 치뜨고 마님을 보았다. 오늘따라 참을 수 없었다.

"도련님도 서출로 태어나고 싶어서 태어난 게 아니에요. 지금 도련님이 많이 아픕니다. 마님도 그만 좀 하십시오."

아이와 노복은 헛간으로 끌려왔다.

"늙은 놈이 정신이 나간 게로구나. 누가 네 주인인지 내 오늘 똑똑히 알려 주마."

마님은 노복에게 채찍을 쥐어 주었다.

"시작해라."

"마님, 잘못했습니다. 쉰네가 죽을죄를 지었습니다."

노복은 무릎을 꿇고 머리를 바닥에 찧으며 빌었다.

"어서!"

"마님, 살려 주십시오."

"여봐라."

"마님, 잘못했습니다."

마님의 명에 노복 하나가 불에 달군 인두를 갖고 들어왔다. 인두를 노복의 입술 앞에 들이댔다.

"그럼 그 주둥아리를 지져 주랴?"

노복은 채찍을 들었다. 채찍이 아이의 등을 부드럽게 스치고 지나갔다.

"힘을 주지 못할까?"

노복은 아이의 등짝을 내리쳤다. 아이는 눈물이 그렁한 눈을 들어 노복을 바라보았다.

"아이고, 도련님. 이 늙은것이 노망이 난 게지요."

노복이 아이를 안고 울었다. 마님은 노복을 밀쳐 내고 아이를 발로 찼다. 구석에 놓인 방망이를 휘둘렀다. 노복은 다시 아이를 안았다. 아이와 노복에게 사정없는 매질이 쏟아졌다.

"입 다물고 죽은 듯이 살아라. 밥은 먹여 줄 테니."

마님이 아이와 노복을 남겨 놓고 헛간을 나갔다.

노복은 눈물과 콧물을 쏟아내며 이야기를 마치고, 아이 앞에 무릎을 꿇었다.

"도련님, 쇤네가 잘못했어요. 쇤네가 잘못했어요."

노복이 손바닥으로 제 뺨을 때렸다.

"하하하할아범."

아이가 노복의 손을 잡았다. 노복과 아이가 부둥켜안고 울었다. 아이와 노복의 울음이 잦아들고 세풍이 아이를 달랬다.

"석철아, 할아범은 나으리 댁 종이란다. 할아범이 네게 채찍을 든 건 할아범 뜻대로 한 게 아니야. 노비는 주인이 시키면 시키는 대로 할 수밖에 없단다."

아이가 고개를 끄덕였다.

"네 잘못도 아니야. 네가 원해서 서자로 태어난 게 아니잖니. 하니 네가 벌을 받을 이유도, 입을 다물 이유도 없어."

세풍은 노복과 아이를 건넌방에 두고 나왔다. 대청에서 장군이 식은땀을 흘리며 서성거리고 있었다. 계 의원이 방에 들어가 눕자며 장군을 설득했지만 장군은 세풍의 방만 응시하면서 왔다 갔다 했다.

세풍은 아이를 데려와 큰방에 눕혔다. 장군은 아이가 잠드는 모습을 보고 곁에서 잠이 들었다.

조선 정신과 의사 유세풍

장군은 어릴 때부터 남달랐다. 옹알이를 하지 않았다. 장군의 부모는 아이가 듬직한 것이 장군감이라고 여겼다. 그러나 너무 오랫동안 듬직하였다. 다른 아이들이 말문을 틀 때에도 장군은 말하지 않았다. 사람들과 눈도 맞추지 않았다. 말을 해도 듣지 않았고 말을 걸어도 답하지 않았다. 얼굴엔 표정이 없었다. 가끔씩 괴상한 소리를 질러댔다. 사람들의 말을 따라 하기도 했다. 몸을 흔들어댔다.

"장군이 아니라 바보를 낳았구먼."

사람들이 수군댔다.

장군의 부모는 장군이 남들과 다른 '바보'라는 이유로 장군에게 욕을 하고 매질을 했다. 깜깜한 헛간에 가두었다.

소문을 듣고 계 의원이 장군의 집으로 찾아갔다. 장군은 너무 맞아서 사경을 헤매고 있었다. 계 의원이 어린 장군을 업고 와 보살폈다. 다음 날 부모란 사람들이 찾아왔다. 남의 아이를 데려갔으니 값을 치르라면서 소란을 떨었다. 계 의원은 그들이 원하는 값을 지불했고, 한밑천 잡은 그들은 소락을 떴다.

계 의원은 장군에게 글과 약재를 가르쳤다. 장군은 한번 배운 건 절대 잊지 않았다. 잘린 약재의 냄새와 촉감으로 약재를 구별했다. 한 번도 실수한 적이 없었다.

다음 날, 밤새 계 의원과 입분이 번갈아 장군의 곁을 지킨 덕분에 장군의 열은 떨어졌다. 장군은 몸을 일어나자마자 곧바로 일을 시작했다. 계 의원이 방에서 나왔다. 장군의 이마를 짚었다.

"괜찮네."

계 의원이 장군과 눈을 맞추었다.

"장군아, 아픈 건 말을 해야 된다."

장군은 고개를 돌리고 제 일에 집중했다. 계 의원은 계속 장군에게 얼굴을 들이밀었다.

"남 아픈 거 말고, 너 아프면 꼭 말을 해야 된다. 응? 알았지? 응?"

장군은 여전히 대답이 없었다. 반응도 없었다. 계 의원이 장군의 머리를 한번 쓰다듬고서는 마루를 내려왔다.

세풍이 계 의원을 바라보았다. 시선이 따뜻했다. 계 의원이 그 눈빛을 느꼈는지 세풍을 멀뚱히 보았다. 세풍이 눈빛을 거두고는 입을 열었다.

"제가 어디 가서 못생겼다는 소리는 안 들어봤습니다."

"그래서?"

"뭐, 그렇다고요. 의원님도 허준 어의님만큼 훌륭한 의원이라고요."

세풍의 시선이 다시 따뜻해졌다. 계 의원의 눈빛이 잠시 부드러워졌다가 이내 눈을 깜빡였다.

"고맙다."

"네."

계 의원이 상체를 비틀며 대문간으로 향했다. 세풍이 계 의원에게서 시선을 거두고 장군에게 옮겼다. 장군이 정리를 마치고 내려왔다.

세풍이 장군에게 다가갔다. 장군을 툇마루에 앉히고 그 곁에 앉았다.

"이제 괜찮네."

세풍이 장군의 이마를 짚었다.

"너도 아팠던 거지? 석철이처럼 많이."

세풍은 장군의 이마에서 손을 떼지 않고 말했다.

"많이많이 아팠다. 내가 잘못했다."

"네 잘못이 아니야. 그 사람들이 나빠. 어른들이 잘못한 거야."

"나는 바보다. 바보는 맞아야 된다."

"장군 바보 아니야. 장군이 아니면 계수 의원 약은 누가 관리하 겠어? 장군이 없었으면 석철이가 왜 아픈지 몰랐을 거야. 장군 덕 분이야. 고마워."

세풍은 장군을 안으려다가 어깨를 두드려 주었다. 장군이 얌전 히 있었다. 세풍이 장군을 안았다.

"석철이, 많이많이 아프다."

"웅, 넌 다 알고 있었지. 한데 의원인 나는 왜 몰랐을까?"

세풍은 마음이 어수선했다. 장군의 말을 귀담아듣고 아이를 더 자세히 살펴보았다면 구타 흔적을 보았을 텐데, 저 때문에 아 이의 몸과 마음이 더 상했다는 자책감이 밀려왔다.

"실수하면서 배우는 거잖아요."

큰방에서 은우가 나왔다. 장군이 얼른 일어나 약재 창고로 사라져 버렸다.

"계 의원님 말씀이에요."

은우에게는 늘 낫낫한 계 의원이었다.

"한데 석철이는 왜 어린아이들만 겪는 구연증을 보이는 건가
요?"

"더 어린 시절로, 어머니와 아버지에게 사랑받던 시절로 돌아가
고 싶었나 봅니다."

세풍과 은우는 동시에 눈매를 늘어뜨렸다.

4

아이는 한동안 계수 의원에 머물렀다. 장군은 일이 없을 때면
아이 곁을 맴돌았다. 아이가 장군의 시선을 알아차리고 쳐다보면
장군은 딴청을 피웠다. 아이가 장군에게 다가가면 장군은 어디론
가 사라졌다.

"찾았다."

약재 창고에서 아이가 소리쳤다. 아이는 장군의 팔을 잡고 흔
들었다.

"이제 형이 술래야. 내가 숨는다."

아이는 창고를 나가 부엌으로 숨었다. 장군은 부엌 앞에서 몇
발작 서성거리다가 대청으로 올라가서 약재를 정리했다.

"이건 뭐야?"

어느덧 아이가 부엌에서 나와 장군의 곁으로 왔다. 장군은 말 없이 아이의 시선을 피했다.

"이건 저기다 넣는 거지? 형이 하는 거 다 봤어."

아이는 약재를 약함에 넣었다.

"당귀. 뿌리를 말렸다. 성질은 따뜻하고 맛은 달면서도 맵다. 심경, 간경, 비경에 작용한다. 혈이 부족할 때 쓴다. 혈을 생겨나게 하면서 혈액 순환을 촉진하고 월경을 고르게 하며 통증을 멎게 한다. 대변을 통하게 하고 출혈을 멎게 한다."

"형 진짜 똑똑하다. 그럼 이건?"

이번에는 아이가 장군을 쫓아다녔다. 낮에는 장군과 함께 달고 쓴 백출, 맵고 쓴 천궁, 달고 매운 복령을 익혔다. 밤에는 장군 곁에서 잠이 들었다. 그사이 아이는 유뇨증도 사라지고, 구연증도 좋아졌다.

아이가 집으로 돌아가기 전, 세풍은 아이를 데리고 뒤뜰 고욤나무 그늘로 왔다. 두 사람은 짚방석 위에 나란히 앉았다.

"옛날 옛날, 아주 먼 옛날에는 해와 달이 종일 함께 떠 있었단다. 둘은 사이좋은 동무여서 언제나 함께하기로 약속했거든. 한데 해가 그만 변덕을 부린 거야. 달보다는 꽃과 풀, 나무와 바위가 더 좋아져서 산 아래로 모습을 감추어 버렸어. 달은 하늘을 원망했어. 해를 돌려 달라고 떼를 썼지. 내가 해를 감춘 게 아니야. 하늘이 말했지만 달은 믿지 않았어. 아니, 제가 좋아하는 해가 그랬다고 믿고 싶지 않았어. 대신 하늘을 미워하고 저주했어. 하늘은 너무 괴로운 나머지 그만 병이 들었어. 오랫동안 아파하고 눈물을 흘렸단다. 그리고 세상에는 물난리가 나고 사람들은 고통을 받았단다."

"하늘은 잘못이 없어요. 해를 탓해야지요."

"맞아. 달이 모자라서 엉뚱하게 해를 탓한 거야. 하니 하늘이 아파할 이유가 하나도 없어. 너도 마찬가지란다. 네가 잘못하지 않은 일로 기죽고, 서러워하고, 괴로워하지 마. 해의 잘못이지, 하늘의 잘못이 아니야. 달이 아무리 원망해도 하늘이 흔들려서는 안 돼. 늘 처음처럼 맑고 푸르게 제 모습을 지켜야겠지."

세풍은 은우와 골목까지 나와서 아이를 배웅했다. 장군도 따라나왔다. 아이는 세풍과 은우에게 인사를 하고, 장군에게 손을 흔들었다. 장군은 시선을 두리번거릴 뿐 반응하지 않았다. 아이는 노복과 손을 꼭 잡고 걸어갔다. 은우가 물었다.

"저 아이는 괜찮을까요?"

세풍은 확신할 수 없었다. 마음이 편치 않았다.

"괜찮지 않을 겁니다. 아이는 어리고 약하고, 어른들은 악하고 강하니까요."

세풍과 은우는 아이와 노복이 사라진 자리를 한동안 응시하였다.

은우는 아버지에게 석철의 사정을 전했다. 아버지는 현령이 아니라 임금이 오셔도 제 아이와 노복을 때리는 일을 벌할 수 없다

조선 정신과 의사 유세풍

고 했다. 조선에는 그 아이를 보호해 줄 법이 없다고 했다.

"너무해요. 국법은 강자를 위해 존재하는군요."

"그들이 만들었으니까."

아버지는 은우에게 더 이상 나서지 말라고 했다.

다음 날 아침, 은우는 어머니와 석철의 집을 방문했다. 마님은 어머니와 은우를 친절하게 맞아 주었다. 다과를 앞에 두고 세 사람이 마주 앉았다. 마님과 어머니가 담소를 나누었다. 은우가 눈매를 찡그리고 마님을 힐끔댔다.

"왜 그러세요?"

"가슴이 답답하고, 음식을 드셔도 잘 내려가지 않으시지요?"

"어찌 아세요?"

"아침엔 속도 쓰리시고요?"

"네, 맞아요. 참말 용하시네."

마님이 손바닥을 마주치며 고개를 끄덕였다.

"우리 딸이 맥을 짚고 침을 놓습니다."

"제가 맥을 한번 짚어 볼게요."

마님이 손목을 내밀었다. 은우는 맥을 짚으며 이마를 찡그렸다.

"병이라도?"

"아닙니다. 체기가 있으시군요. 침을 맞으면 좋아지실 거예요."

마님이 안도하며 웃었다.

"한데……"

마님이 몸을 앞으로 내밀고 귀를 기울였다.

"마음에 미움이 가득 차 있고, 잦은 화와 신경질로 화기가 많이 뭉쳐 있습니다."

"심각한 병이에요?"

"네."

은우는 진지한 표정으로 고개를 끄덕였다.

"이제부터 절대로 화를 내시면 안 됩니다. 화를 크게 한 번 내실 때마다 수명이 한 해씩 줄어들 겁니다. 남을 미워해서도 아니 되시고요. 어깨와 팔은 아프지 않으신가요?"

"네. 아파요."

마님이 제 어깨를 주무르면서 고개를 끄덕였다.

"혹 채찍 같은 걸 휘두르셨습니까?"

"아니요, 그럴 리가요."

마님이 몸을 뒤로 뺐다.

"그렇지요? 귀하신 부인께서 그 험한 물건을 휘두르실 리가 없지요. 그러면 방망이인가."

은우가 혼잣말하듯이 중얼거렸다. 마님은 침을 꼴깍 삼켰다.

"다듬이질을 직접 하셨군요."

"네. 네."

마님은 고개를 여러 번 끄덕였다.

"앞으로는 다듬이질을 삼가셔요. 어깨와 팔에 무리가 가면 아예 팔을 쓰지 못할지도 모릅니다."

은우가 마님을 눕혔다. 침으로 체기를 내리고 어깨와 팔의 통증을 줄여 주겠다고 했다. 은우는 발등 태충에 침을 꽂았다.

"으아!"

마님이 비명을 질렀다. 너무 아프다며 울먹였다.

"원래 좋은 침은 아픈 법이에요."

은우가 웃으며 다시 침을 들었다.

은우는 새말 어귀에서 어머니와 헤어졌다. 어머니는 내리막길을 내려가 소락성 동문으로 가야 했고, 은우는 새말과 개말을 나누는 개울을 건너야 했다.

은우와 단희는 한 줄로 서서 좁은 돌다리를 건넜다. 돌다리를 반 넘게 건넜을 때 맞은편에서 갓을 쓴 사내가 노복을 거느리고 돌다리에 올랐다. 은우는 멈추었다. 은우가 건너온 길이 훨씬 길었다. 사내가 비켜 주었으면 좋겠다 싶었다. 하나 사내는 물러날 생각이 없었다. 앞으로 몇 보 전진하다가 은우를 보고 멈추었다. 물러서라는 뜻이었다.

"우리가 먼저 왔는데……"

단희가 원망스러운 듯 중얼거렸다.

"되었다. 돌아가자."

은우는 돌아섰다. 돌다리를 되돌아와 갯가에 내려섰다. 쓰개치마를 다시 여미고 돌다리에서 비켜섰다.

사내는 비칠거리며 돌다리를 건너왔다. 돌다리 끝에서 내려오지 않고, 은우를 빤히 내려다보았다. 계 의원 또래의 사내였다. 거나하게 취했는지 얼굴이 벌겋고 술 냄새가 은우에게까지 미쳤다. 은우는 사내의 시선을 피해 몸을 움츠렸다. 사내는 은우에게서 눈을 떼지 않았다. 은우가 옆으로 물러섰다. 사내는 돌다리에서 내려와 은우에게 다가왔다.

"무슨 일이십니까?"

세풍이 은우의 앞을 막아섰다. 세풍은 만복과 새말 쪽에서 내려왔다. 왕진을 다녀오는 길이리라.

"의원님!"

단희가 울 듯한 목소리로 세풍을 불렀다.

"의원? 의원 나부랭이가 감히 양반의 앞길을 막는 게냐?"

"그러는 나으리께서는 무슨 일이신데 부녀자의 앞길을 막으십니까?"

"네놈이 상관할 바가 아닐 터."

"상관할 만하니 여쭙는 것입니다."

"내 볼일이 있느니라. 썩 물러나지 못할까?"

사내는 눈을 부릅뜨고 소리를 질렀다. 세풍은 은우와 단희에게 고개를 돌렸다.

"아시는 사람입니까?"

세풍은 그가 낯이 익었다. 언젠가 할망이 '개지랄 괴롭히는 게 저분한 재숫대가리'라고 한 말이 기억났다.

"아니요. 돌다리에서 마주쳐서 자리까지 비켜드렸는데 괜히 저러십니다."

단희가 말했다.

"이쪽은 볼일이 없는 듯합니다만."

"오호라. 차림새가 분명 과부일 터. 네놈이 저 여편네와 사통이라도 한 게로구나."

"말씀을 삼가십시오."

세풍은 목청을 높였다.

"많이 취하셨으니 어서 모시고 가게."

세풍이 사내의 노복에게 말했다.

"의원 나부랭이가 이제는 양반 흉내까지 내느냐?"

"우리 서방님은 보통 의원이 아니에요."

만복이 끼어들었다.

"뭐라. 내 오늘 너희들의 버릇을 싹 다 고쳐 주겠다."

사내가 흥분하여 소리를 지르는데, 그의 노복이 사내에게 다가와 뭐라고 속삭였다. 사내는 불쾌한 얼굴로 세풍과 은우를 번갈아 보다가 새말로 올라갔다.

"괜찮으십니까?"

세풍이 은우를 살피며 물었다. 은우가 하얀 얼굴로 고개를 끄덕였다.

사내가 다가올 때 은우는 덜컥 겁이 났다. 과부를 함부로 대하는 사내들이 있었다. 은우가 계수 의원에 나간다고 했을 때 아버지와 어머니도 가장 염려하는 바였다. 사내들이 은우를 쉽게 여기고 함부로 대할까 봐 노심초사했다. 그러나 계 의원이 병자들 앞에서 은우에게 예를 차리는 덕분에 계수 의원에 오는 병자들은 은우에게 깍듯했다.

"주기가 있는 자이니 마음에 담아 두지 마십시오."

세풍이 자기 마음을 짐작하고 위로를 건넸다. 하지만 은우는 여전히 마음이 풀리지 않았다. 세풍이 오지 않았다면 봉변을 당했을지도 몰랐다. 속상했다. 여인과 과부들에게만 외출을 삼가라고 하는 세상에 화가 났다. 만약 봉변을 겪었더라도 사내가 아니라 저를 탓할 인심들이 섬뜩했다.

"저자의 잘못이지 아씨의 잘못이 아닙니다."

"제가 만만히 보이는 게지요."

"만만하지 않습니다."

세풍이 눈을 크게 떴다.

"어렵습니다. 아씨, 제게는 어렵고 불편한 사람입니다."

"네? 의원님께 어렵고 불편한 사람은 되고 싶지 않은데요."

은우가 이마를 찌푸렸다. 일 년 하고 여섯 달을 같이 지냈는데 아직도 자기가 어렵고 불편하다니 좀 서운했다.

"아니, 그게 아니라…… 싫어서 그런 게 아니라……."

만복이 세풍을 보며 눈살을 찌푸렸다.

"아씨를 좋아합니다. 아니, 그렇게 좋아하는 것이 아니라……."

세풍이 손을 내저었다.

"저도 의원님이 좋습니다. 계 의원님, 남해댁, 입분이, 장군이,

만복이, 우리 의원 식구들 다 정말 좋아요."

은우가 미소를 지었다.

"그러니 저를 편하게 대해 주십시오."

"네."

세엽이 고개를 숙였다.

"한데 여기엔 무슨 일이십니까?"

"석철이 집에……. 석철이도 보고 그 댁 부인께 시침도 하고 왔어요."

"앞으로 택진은 저와 함께 다니십시오."

은우가 세풍을 보았다. 세풍이 고개를 돌렸다.

"아니, 만복이를 데리고 다니시든가요."

세풍이 걸음을 뗐다. 만복이 한숨을 쉬며 은우에게 먼저 가시라는 손짓을 했다. 은우가 세풍이 멀어지기를 기다렸다가 걸음을 옮겼다.

소락 산야에는 봄꽃이 고개를 들고 웃고 있었다.

고시생 남편과 양처의 꿈

1

병자가 손목을 들어 소매를 바로 접으면서 물었다.

"침은 아씨께서 놓으시지요?"

얼굴이 시커먼 병자가 은우를 보고 웃었다.

"아니요."

세풍이 병자에게 약방문을 내밀며 대답했다. 병자는 머리를 긁으며 일어섰다.

"계 의원님, 이 병자는 대침으로 놓아 주십시오."

세풍이 큰방에 있는 계 의원에게 소리쳤다.

"그럼 전 대침을 보러 갈게요."

은우가 웃으며 방을 나왔다. 큰방으로 건너가다가 대문간을 보았다. 무명옷을 입은 부인이 의원 안을 기웃거렸다. 며칠째 본 얼굴이었다. 대문간에서 의원을 흘금대다가 돌아가곤 했다. 은우는 부인에게 다가갔다.

"요 며칠 오셨지요? 어디가 안 좋으세요?"

"예, 아니······."

"의원님을 뵙기가 불편하시면 제게 말씀해 보세요."

"계수 의원에 계신다는 여의이시군요."

"전 아직 의생이고 의원은 아니에요."

"그럼 뭐라고 불러야 할지······."

"글쎄요. 다들 아씨라고 부른답니다."

은우는 부인을 끝방으로 데려왔다. 큰방은 계 의원이, 건넌방은 세풍이, 은우는 그 옆 끝방에서 부인 병자들을 보았다. 은우가 붓을 들고 부인의 이름을 물었다.

"제 이름······. 이름을 불린 지가 십 년이 넘어서 가물가물해요."

부인이 헛웃음을 지었다. 볕에 그을린 얼굴 위로 흰 이는 가지런하고 눈가에 잔주름이 깊었다. 음성은 은우 또래로 들렸으나 겉모습은 은우보다 나이가 들어 보였다.

"처녀 적에는 진선이라고 불렸더랬죠. 지금은 그냥 여주댁, 민씨예요."

부인의 나이는 스물여덟, 강말에 산다고 했다. 행색은 남루하고 고생을 많이 한 듯 보였으나 말투나 태도는 우아하고 고상한 데가 있었다. 어디가 아프냐고 묻자 그냥 몸이 안 좋은 듯하다며 손목을 내밀었다.

"맥진과 처방은 계 의원님이나 유 의원님께서 하세요. 저는 의원님들의 처방대로 침, 뜸을 시술하고요."

"아, 그럼 괜찮아요."

부인은 손목을 거두었다.

"불편하시면 발을 내리고 무명천을 올려놓고 하셔도 돼요."

"그게 아니라……."

부인은 손을 맞대고 손가락을 꼼지락거렸다.

"증상을 말씀해 보세요. 병중에 따라 제가 맥진할 수 있는 부분도 있으니까요."

"아이를 갖고 싶은데……."

"회임이 어려우시군요."

"아니, 그게 아니라…… 아이를 가지려면, 임신을 하려면 우선……."

부인의 얼굴이 붉어졌다. 손끝을 만지작거리며 망설였다.

"의원 앞에서 병자는 무치無恥랍니다. 무엇이든지 괜찮아요."

부인은 한숨을 토했다.

"아이를 가지려면 서방님이…… 그러니까 밤이 되면 서방님이……."

은우는 부인이 하지 못하는 말을 알아차렸다. 은우 역시 이런 이야기에 익숙하지 않았지만 태연한 척하였다. 병자 앞에서 자신은 규방의 여인이 아니라 의원이었다.

"남편분께서 문제가 있으시군요."

부인은 고개를 끄덕이며 남편의 증상을 털어 놓았다.

부인이 돌아가고 은우는 사잇문 앞에서 귀를 기울였다. 옆방에서 병자가 나가자 세풍을 불렀다.

"예, 아씨."

세풍이 여느 때처럼 정중하게 대답했다.

"저…… 사내의 양사불거 말인데요."

"예……. 음위증 말씀이시군요."

"음위증이라 하는군요. 그럼 고칠 수 있는 병증인지요?"

"누가?"

계 의원이 열린 방문 사이로 고개를 내밀고 물었다.

"혹시 너?"

계 의원이 세풍을 보았다.

"아, 아니요. 저 아닙니다. 전 아주 건강합니다."

세풍이 은우와 계 의원을 번갈아 보며 손을 내저었다.

"저 아무 문제 없습니다."

세풍은 은우를 보며 다시 한번 강조했다.

"유 의원님이 아니라 낮에 오신 어떤 부인의 남편이……."

은우의 목소리가 잦아들었다. 세풍은 얼굴이 붉어졌다. 계 의원은 웃으며 문을 닫았다. 세풍은 안색을 고치고 말을 이었다.

"음위증은 성욕은 있으나 양경이 제대로 발기되지 않는 병입니다. 신기가 부족하거나 명문지화가 부족한 때, 심한 정신적 타격으로 심비가 상하거나 간신음이 허하여 허화가 떠오를 때, 외상, 습열사가 아래에 몰려서 종근이 이완되었을 때 생깁니다."

"원인이 한 가지가 아니군요. 병자를 보셔야 처방을 내릴 수 있으시겠지요?"

"그럼요. 원인에 따라 쓰는 약재도 다르니까요. 또 마음의 문제일 수도 있고요."

"병자와 내원을 하라고 청하였는데 다시 올 것 같지는 않아요."

은우는 얌전히 인사를 하고 나가던 부인의 모습을 떠올리며 고개를 돌렸다.

'남편분을 모시고 오세요. 우리 의원님들께서 꼭 고쳐 주실 거예요.'

은우의 말에 부인은 대답하지 못했다. 남편에게 의원에 가자고 말할 수 없었다. 부인은 좁은 골목을 돌고 돌아 집 앞에 다다랐다. 남편은 사립문에 서서 골목길을 내다보다가 고개를 돌리고 딴청을 피웠다. 부인이 집 안으로 들어오자 헛기침을 했다.

"어젯밤에는⋯⋯."

남편은 부인의 눈치를 살피며 말을 꺼냈다.

"서방님, 드릴 말씀이 있어요."

남편은 긴장한 채 방 안으로 들었다. 부인은 남편을 따라 들어와 윗목에 앉았다.

"악양자와 두목지를 아시지요?"

남편은 고개를 끄덕였다. 후한 사람 악양자는 공부를 하다가 중간에 돌아오는 일은 베를 짜다가 중간에서 자르는 것과 같다는 부인의 말을 듣고 학문에 전념하였고, 당나라 시인 두목지는 밤에 가까이 하지 말라는 부인의 꾸지람을 듣고 나서 과거에 급제하였다.

"한낱 상사의 정으로 대업을 그르치실 때가 아닙니다. 제가 바라는 일도 서방님의 입신양명뿐이고요. 하니 한양으로 올라가 과거를 보십시오."

"부인……"

"내일 떠나실 채비를 하겠습니다."

부인은 부엌으로 나왔다. 쌀독을 열었다. 한숨부터 나왔다. 시렁을 뒤적거려 보았다. 배추가 있었으나 이미 다 짓물러 있었다. 봄기운을 원망하며 배추를 붙잡고 바닥에 앉았다. 무른 부분을 칼로 도려냈다. 된장을 풀어 국을 끓이고 쌀독을 털어 밥을 안쳤다. 남편이 들 석반과 조반은 차려 낼 수 있을 듯했다.

부인은 빈 병을 들고 술청으로 갔다. 입맛이 없는 남편에게 술이라도 받아 주자 싶었다. 주모는 더 이상 외상은 어렵다고 했다. 부인은 빈 병을 들고 이웃에 술을 꾸러 다녔다. 서방님이 오셨다더니 좋은 데 쓰려나 봐, 속 모르는 아낙들은 부인을 놀려댔다. 부인은 결국 빈 병을 쥐고 집을 향해 터벅터벅 걸었다.

저녁노을이 부인의 얼굴을 붉게 물들였다. 부인의 눈에서 눈물이 떨어졌다.

2

갓밝이부터 계수 의원은 소란스러웠다. 맨상투 사내들이 웃통을 벗고 의원을 들락날락거렸다. 남해댁은 아낙들과 음식을 장만하고, 입분과 단희는 일꾼들에게 술과 음식을 날랐다. 약재 창고 옆에 짓고 있는 두 칸짜리 객방 때문이었다.

그동안 병자가 계수 의원에 머물 때, 여인 병자는 부엌 아랫방에서 남해댁, 입분, 할망과 함께 지내고, 사내 병자는 끝방에서 만복과 장군과 함께 지냈다. 계 의원은 오래전부터 병자만 머물면서 시료를 받을 수 있는 방이 필요하다고 생각했다.

일꾼들이 지붕에 이엉을 얹었다. 계 의원은 건넌방 앞에 서서 벅찬 기분으로 새 집채를 바라보다가 세풍을 보았다.

"이 집 짓느라고 재물 많이 썼어. 앞으로 화객님 더 잘 모시고, 더 많이 벌어 와."

세풍은 대꾸하지 않았다. 딴 데 정신이 팔려 있었다. 어제 자신에게 다녀간 병자를 생각했다.

"의원님, 제가 죽을병에 걸린 듯합니다."

병자가 자리에 앉자마자 말했다. 얼굴이 창백하고 몸이 마른 사내였다.

"어디가 많이 아프십니까?"

"어디가 어떻게 아픈지도 잘 모르겠습니다."

세풍이 병자의 맥을 짚었다. 병자가 초조한 얼굴로 입술을 꾹 다물었다.

"중병이라도 들었습니까?"

"아닙니다."

"그럼, 제 몸에 대체 무슨 문제가 있나요?"

"잠도 잘 못 주무시겠군요. 음식도 잘 들지 못하시고요."

"예……."

병자의 표정이 어두워졌다.

"음위증입니다. 지나치게 생각하고 근심하신 탓에 심비가 상하여 나타난 병증입니다."

"고작 근심 때문에 병이 생겼단 말입니까?"

"근심은 만병의 근원입니다."

세풍이 병자와 시선을 맞추고 고개를 살짝 끄덕였다. 병자가 한숨을 쉬었다.

"과로도 하셨습니다. 일을 많이 하십니까?"

세풍이 병자의 하얀 손으로 시선을 옮겼다.

"보시다시피 논 갈고 밭 매는 일이라면 아닙니다."

병자가 세풍의 시선을 의식하고 손을 들어 보였다.

"하루 종일 글을 읽고 외우고, 읽고 외우고 합니다."

병자가 자조하듯 웃었다.

"한데 심중에 괴로운 일이라도 있으십니까? 과로만으로 나타나는 병증이 아닙니다. 말씀드렸다시피 오랫동안 걱정을 많이 하셨습니다. 불안해하셨고요."

"유생이 근심하는 일이라면 과거밖에 더 있겠습니까?"

"하나 모든 유생이 음위증을 앓지는 않습니다. 무엇 때문에 근심하셨는지 말씀해 주시겠습니까?"

병자는 또 한숨을 쉬었다.

"병증의 원인을 파악하고자 합니다."

병자는 부친이 진사를 지낸 향반이었다. 돌아가신 부친에게 논한 섬지기와 밭 쉰 마지기를 상속받았다. 그러나 지난 십이 년 동안 과거를 보느라 다 잃었다. 남아 있는 거라곤 지금 살고 있는 세 칸짜리 초가가 다였다.

"과채가 그리 많이 듭니까?"

"의원님도 과거를 보셨다고 들었는데 필경 댁이 한양이시겠군요."

"예."

지방 유생들은 한양까지 올라가는 데에도 말과 짐꾼과 말몰이꾼, 이불과 양식이 필요했다. 과거를 보기 몇 달 전에 한양에 와서 준비하는 데에도 비용이 들었다. 하다못해 시지試紙까지 직접 장만해야 했다.

"십이 년 동안 이 짓을 해왔으니 가산을 탕진하고도 남을 일이지요."

아침 일찍 일어나 과장으로 들어가서 시험을 치르고 나와 집으로 돌아갔던 세풍은 이제야 병자의 사정이 이해가 되었다.

병자는 지난해에 본 과거에도 낙방했다. 노숙을 하고 걸어서 집으로 돌아왔지만 집 안으로 들어갈 수 없었다. 열두 해 동안 저를 뒷바라지한 아내를 차마 볼 수 없었다. 거지꼴로 집 주위만 서성거리다가 아내에게 들켰다.

아내가 저녁상을 봐왔다. 쌀밥과 나물과 전. 잔칫집 일을 도와주고 얻어 온 음식이었다. 아내가 따로 마련한 된장국과 김치도 있었다. 모두 아내의 땀과 눈물이었다. 병자는 밥 한술을 뜨다가 말았다. 목이 멨다. 아내의 정성을 생각하니 밥을 아니 먹을 수도 없었다. 겨우 밥알을 씹어 넘겼다.

"앞으로도 정성껏 내조할 테니 서방님은 과거 준비에만 전념하세요."

상을 물리고 아내가 말했다. 병자는 아무 말도 하지 못하고 두루주머니를 열었다. 마지막 노자를 털어 산 비녀 하나를 내밀었다.

다음 날 아내는 그 비녀를 되팔아 병자를 산사로 보냈다. 아내는 때마다 옷과 양식을 보내 주었다. 병자가 책을 펴면, 검은 글자는 아내의 야윈 얼굴과 거친 손으로 변했다. 밤을 새워 바늘을 잡고, 남의 집 부엌에서 손을 적시고, 남의 집 밭에서 낫을 들 아내의 모습이 어른거렸다. 병자는 책을 덮고 산을 내려왔다. 그리고 아내를 대하자 병증이 나타났다.

세풍이 병자를 보았다. 아내의 심정도, 병자의 상황도 이해되었다.

"선비께서 원하시는 바는 무엇입니까?"

병자가 망설이다가 대답했다.

"글쎄요. 아내가 원하는 게 제가 원하는 거죠."

"과거 급제요?"

"그럴 테지요. 초시, 복시, 문과까지 제가 급제해야 아내가 행복해질 테니까요. 아직 초시도 넘지 못했지만……."

"그럼 선비께서는요? 과거 급제가 진정 원하는 바가 맞습니까?"

"물론, 나도 급제를 해서 관복을 입고 싶습니다. 하지만 불가능한 일이라는 걸 알고 있습니다. 되지 않는 걸 붙들고 있는 게 괴롭습니다. 이게 내 병이겠군요."

병자가 눈을 찡그린 채 입을 살짝 벌렸다. 우는 양도 웃는 양도 아니었다.

"지금 제가 해드릴 수 있는 건 약과 침 처방뿐입니다. 나머지는 선비님께서 직접 해결하셔야 합니다."

병자가 한숨을 쉬었다.

"알고 계시지요? 부인을 설득해서 선비님의 행복을 찾아야 합니다. 그래야 병이 완치될 수 있습니다. 마음의 문제가 해결되지 않으면 증상이 계속 나타날 겁니다."

세풍이 병자에게 약방문을 건넸다. 병자는 약방문을 들여다보았다. 병자의 이마에 주름이 졌다.

"저…… 약을 꼭 먹어야 할까요?"

"약값 걱정은 안 하셔도 됩니다. 우선 드시고 훗날 갚을 수 있을 때 갚으시면 됩니다."

병자가 방을 나갔다. 세풍은 의안을 기록하다가 고개를 들었
다. 대청에서 병자가 자기를 물끄러미 바라보다가 큰방으로 들어
갔다.

3

소락산에서는 포근한 바람이 살랑거리고, 계수 의원에는 꽃잎
이 하늘거리는 날이었다. 빛은 밝고 날은 따뜻했다. 봄기운이 소
락을 감쌌다.

음위증 병자가 세풍을 찾아왔다. 닷새 만이었다.

"그렇지 않아도 내내 궁금했습니다. 병증이 나으셨습니까?"

"아니요."

병자가 고개를 숙였다.

병자는 지난번 세풍을 보고서 밤새 제가 원하는 삶이 무엇인
지 생각해 보았다. 답은 아내와 정답게 사는 것. 아내와 정답게 살
기 위해 과거 급제가 필요하지 과거 급제를 위해 아내가 필요하지
는 않았다. 제 삶은 주객이 전도되었다. 그런데도 아내는 십이 년
동안 희생하였고, 병자는 아내와 떨어져 지냈다. 이는 병자가 바
라는 삶이 아니었다.

다음 날 아내가 새벽밥을 지어 들어왔다. 어디서 구했는지 생

선도 한 마리 올라와 있었다. 도성으로 떠나는 병자를 위해 마련한 상이었다. 병자는 밥숟갈을 들지 않고 아내를 보았다.

"더 이상 과거를 보지 않겠소."

"어서 한양으로 떠나십시오. 육포를 조금 챙겼으니 시장하실 때 드시고요."

"부인도 나도 최선을 다하였소. 더는 미련이 없소. 내게 중요한 건 불확실한 앞날이 아니라 지금 우리의 행복이오."

"서방님이 과거를 아니 보신다는데 우리가 어찌 행복할 수 있겠어요?"

"하여 당신은 행복하시오? 지난 열두 해 동안 행복하였소?"

"전 괜찮습니다."

아내가 단호하게 대답했다.

"괜찮은 거지 행복한 건 아니오."

"서방님께서 급제하시면 다 보상받을 수 있어요."

"급제는 내게 허락되지 않을 듯하오. 설령 급제를 하더라도 우리가 흘려보낸 십이 년은 돌아오지 않소. 더 이상 되지 않는 일 때문에 고난을 견디지 마시오."

병자가 아내의 손을 잡았다. 아내는 병자의 손을 뿌리치고 말없이 방을 나갔다.

병자는 밥상을 들었다. 돌아가신 부모님이나 아내가 봤으면 난리날 일이었다. 병자가 웃었다. 이게 뭐라고. 아내는 온갖 힘든 일을 마다하지 않으며 집안 살림을 책임졌는데 저는 이깟 상 하나를 못 들까 싶었다.

병자는 부엌에 상을 놓고 밖으로 나왔다. 아내는 보이지 않았다. 또 어디 일하러 갔구나, 생각했다. 과채를 마련하기 위해 여기저기 외상을 지고 돈을 꾼 게 분명하였다.

병자는 아내를 찾아 마을을 기웃거렸다. 아내가 일할 만한 밭에도 나가 보았고 논에도 나가 보았으나 아내는 보이지 않았다. 병자는 예전에 살던 윗마을을 바라보았다. 기와집 지붕들이 오늘따라 더 높게 보였다. 아내가 저 지붕들 사이 어느 대갓집에서 일을 하고 있구나 생각하니 가슴이 아릿했다.

한 시진이 지나고 아내가 돌아왔다. 아내는 면포를 내놓았다.

"이걸로 말을 빌려 가세요."

"아니. 더는 당신을 고생시키지 않겠소. 과거에 급제하지 않고도 당신과 행복하게 살 수 있는 방법을 찾겠소."

아내가 머리를 풀었다. 반짇고리에서 가위를 꺼내 집어 들고는 제 머리를 싹둑 잘라 버렸다. 병자는 말문이 막혔다. 반가에서 머리카락을 자르는 일은 제 목을 치는 일과 다름없었다.

"서방님께서 공부를 포기하시는 건 제가 부모님께 받은 머리카락을 잘라내는 것과 같아요. 저는 괜찮으니 서방님은 제 걱정, 집안 걱정은 마시고 과거 준비에만 전념하세요."

병자는 일어나 그길로 한양으로 올라갔다. 아내가 머리카락을 팔아 번 돈으로 과거를 보았으나 낙방하고 말았다. 이제는 정말 끝이다 생각하고 고향으로 돌아왔다.

아내는 웃는 얼굴로 병자를 맞았다. 낙담하지 말라며 병자를 위로했다. 병자가 아내의 손을 잡았다. 제 손보다 어둡고 거칠한 손이었다. 지난 십이 년간 저를 바라지한 손이었다.

"위로받아야 할 사람은 당신이오."

"비용을 마련하였으니 내일 산사로 떠나십시오."

"부인, 나 말고 이제는 당신을 돌보시오."

"전 괜찮습니다. 서방님께서 열심히 공부하시어 급제하시면 다 괜찮습니다. 이번에 낙방하시면 다음에 급제하셔도 되고요. 다 괜찮습니다."

부인이 미소를 지었다. 눈가, 입가에 잔주름이 피었다.

병자의 이야기를 듣고, 세풍이 물었다.

"이제 어찌하실 작정입니까?"

"다시 과거 준비를 해야지요."

병자가 허허, 하고 웃었다.

"그래도 제 사정을 털어놓고, 의원님께서 들어 주시니 마음은 후련합니다."

병자는 미소를 지으며 의원을 떠났다. 병자가 사라진 자리에 떨어진 그의 미소가 공허해 보였다. 세풍은 의안을 쓰다가 붓을 멈추었다. 부인에게도 의원이 필요할 듯하였다.

"아씨."

세풍은 사잇문을 향하여 은우를 불렀다. 은우가 끝방에서 건너왔다.

"안 오셔도 되는데…… 아니, 대답하시면 제가 건너갈 터인데요."

세풍이 어쩔 줄 몰라 하며 일어섰다.

"의원님, 언제까지 아씨, 아씨 하실 거예요?"

"아, 그럼…… 마님."

"예?"

은우가 이마를 찡그렸다.

"제 이름은 아시지요?"

"예. 압니다. 유 은 우…… 은우님."

"네, 의원님."

은우는 미소를 지으며 자리에 앉았다.

세풍은 은우에게 병자의 사연을 이야기하고 부인을 만나 달라고 했다.

"제가 만나서 뭘 어찌하면 될지……."

은우는 단희와 함께 의원을 나섰다. 만복도 따라 나섰다. 세풍이 대문간에서 은우 일행을 배웅했다.

은우는 자신이 없었다. 저를 찾아온 병자도 아니고, 계수 의원을 찾아온 병자도 아니었다.

"심병은 병자만 치료해서는 완치하는 데 한계가 있습니다. 가족의 도움이 있어야 합니다. 부인에게 남편의 병증을 전해 주십시오. 그리고 부인의 이야기를 들어 주십시오."

세풍이 별일 아니라는 듯이 웃었다. 하지만 은우에게는 '별일'이었다. 제가 일을 그르칠까 봐 염려스러웠다. 은우는 음위증 병자라는 사실을 듣고, 예전에 혼자 의원을 찾았던 민진선을 떠올렸다.

단희가 의원 골목을 벗어나면서 몸을 비틀었다.

"아, 이런 날은 꽃구경을 가야 하는데……."

은우가 고개를 돌려 뒷산을 바라보았다. 소락산 자락 구석구석에 붉은 철쭉이 얼굴을 들이밀고 있었다.

"아씨, 올해도 의원 일 하느라 봄꽃도 못 보셨죠?"

은우가 미소를 지었다. 두 해 동안 봄꽃을 제대로 구경하지 못했다. 아쉽기는 하지만 속상하지는 않았다. 의원 일이 더 좋았다.

은우는 강말에서 김 진사 댁을 찾았다. 맨 처음 만난 아낙에게 물었는데 아낙은 바로 알려 주었다.

만복이 사립문 밖에서 사람을 불렀다. 부엌에서 아낙이 하나 나왔다. 아낙이 은우를 보고 눈을 동그랗게 떴다. 은우가 목인사를 하며 알은체를 했다. 민진선이었다.

부인은 은우를 방으로 안내했다. 좁고 어두운 방이었다. 방 안에는 작은 궤 하나와 낡은 등잔밖에 없었다. 궤 위에는 바느질감이 쌓여 있었다.

"부인께서 부군을 보내신 게 아니라고요?"

"네. 전 서방님께서 의원에 다녀오셨는지도 몰랐어요."

부인이 남편의 상태를 물었다. 은우는 세풍에게 들은 바를 알려 주었다. 몸보다는 마음의 문제가 더 크다는 것도. 은우의 이야기를 듣고 부인은 한숨을 쉬었다. 남편이 의원을 만날 만큼 몸도 마음도 힘들었구나, 라고 생각하는지 마음이 편치 않아 보였다.

"저도 어떻게 해야 할지 모르겠어요."

"부인이 애쓴 걸 알아요."

은우가 부인의 손을 잡았다. 부인의 눈가가 붉어졌다.

"그동안 얼마나 고생이 많으셨어요?"

부인이 눈물을 흘렸다.

"눈물이 뭐람."

부인이 제 눈물을 타박하며 옷고름으로 눈물을 훔쳤다.

"눈물 흘려도 괜찮아요. 소리 내어 우셔도 되고요."

부인의 눈에서 다시금 눈물이 떨어졌다. 은우가 부인을 안아 주었다. 부인이 몸을 떨며 흐느끼기 시작했다. 부인이 한참 울고 났다. 은우가 부인에게 무명 수건을 건넸다. 부인이 얼굴을 닦았다.

"이제 부군을 내려놓고 부인의 삶을 돌보세요."

"저 힘든 건 괜찮아요. 제 삶은 서방님을 내조하는 거예요. 서방님의 입신양명이 제 성공이고요."

부인은 제 마음을 억누르듯 가슴에 손을 얹고 말했다. 가슴도 손도 떨렸다. 머리로 마음을 억누르고 있었다.

"서방님이 과거에 실패하면 저도 실패한 거예요."

"부인, 인간사가 참 공평하지 않지요. 둘 다 가질 수 있는 사람, 하나를 가지고 하나를 잃어야 하는 사람, 둘 다 가지지 못한 사람들이 있지요. 그래도 부인께는 아껴 주시는 부군이 계시잖아요. 부군의 병이 나으면 아이도 가지실 거고요. 부인의 삶은 결코 실패한 게 아니에요. 희망은 얼마든지 있어요. 없는 하나를 갖기 위해 지금 갖고 있는 걸 놓치지 않으셨으면 해요."

"서방님께서 과거를 포기하시면 전 무얼 하고 사나요?"

"지금처럼 사시면 되죠. 부인은 무엇보다 남편을 내조하는 일을 좋아하고 잘하시니 계속 남편을 내조하세요. 다만, 과거 공부가 아니라 부군께서 잘하시는 일을 내조하면 어떨까요? 부인 같은 분이 곁에 계시니 부군께서는 더 잘해 내실 거예요. 또 부인이 고생을 덜 하시면 부군의 병증도 나아질 테고요."

부인은 은우를 마을 어귀까지 배웅하였다. 은우는 부인과 인사를 나누고 걸음을 옮겼다. 부인이 은우의 팔을 잡았다.

"저기 아씨……."

"유은우예요. 은우라고 불러주세요. 의원에서는 '은우님'이라고 부른답니다."

부인이 고개를 끄덕였다.

"은우님은 어느 쪽이신가요?"

"전 둘 다 가지지 못했네요. 하지만 괜찮아요. 하늘이 맑아서, 소락산을 물들인 봄꽃이 고와서, 길가에 고개 든 풀꽃이 정겨워서, 아침에 먹은 나물 무침이 맛나서, 부인과 이야기를 나눌 수 있

조선 정신과 의사 유세풍

어서 지금이 좋아요."

은우가 돈을 별처럼 빛나게 웃었다.

"은우님은 이미 하나를 얻으셨어요. 이름을 찾으셨잖아요. 그리고 은우님은 훌륭한 의원이 되실 거예요."

"감사합니다, 진선님."

부인, 진선이 웃었다.

"그리고 은우님이라면, 둘 다 가지실 수 있을지도 몰라요."

은우가 고개를 갸웃거렸다.

"저기 저분, 계수 의원에 계시는 의원님이죠? 아까부터 은우님을 기다리시는 듯해요."

진선의 시선이 은우의 등 너머, 느티나무 아래로 향했다. 은우는 그 시선을 따라 고개를 돌렸다. 세풍이 고개를 돌려 먼 산을 바라보았다.

은우가 진선과 작별하고 세풍에게 다가갔다.

"의원님."

은우가 세풍을 반갑게 불렀다. 세풍이 고개를 돌려 은우를 보다가 정면으로 고개를 돌렸다. 세풍이 주변을 살피며 단희의 곁으로 갔다. 단희가 세풍과 은우 사이에 끼었다. 만복이 단희를 불러냈다.

"어찌 오셨어요?"

"병자의 일이 걱정이 되어……."

"예."

세풍이 손을 들었다.

"아니, 은우님을 못 믿는 게 아니라⋯⋯."

"곧 꽃이 질 것 같아서 오셨답니다."

만복이 세풍의 말을 받아 이었다. 은우가 미소를 지었다.

"날이 좋아요. 꽃구경이나 하셔요."

은우가 강가를 향해 손을 뻗었다. 세풍이 앞장섰다. 단희와 은우가 나란히 세풍을 따랐다. 만복이 그 뒤를 쫓았다. 네 사람은 한 줄로 서서 강둑길을 걸었다. 강바람에 꽃잎이 하늘거렸다.

"부인이 울었어요. 한데 울어서 다행이라는 생각을 했어요."

은우는 부인을 만난 일을 전했다.

"은우님이 의원의 마음을 갖고 계시기 때문입니다. 역시 은우님께는 훌륭한 심의가 될 자질이 있습니다."

"심의⋯⋯."

"은우님이 오늘 부인의 아픈 마음을 돌보셨습니다."

은우의 가슴이 그득해졌다. 뿌듯한 감정이 차올랐다. 병자의 마음은 공부를 많이 하고 의술이 뛰어나게 된 뒤에야 치료할 수 있을 줄 알았다.

"병자에게 관심을 가지고 병자의 마음을 듣는 것. 그것이 심의의 시작이라고 하셨어요. 계 의원님께서⋯⋯."

세풍이 가던 길을 멈추고 뒤를 돌아보았다. 은우, 단희, 만복도 차례로 걸음을 멈추었다.

"은우님은 훌륭한 침의도, 약의도, 식의도, 심의도 되실 겁니다.

제가 의학을 공부하고 이십 년이 지나서 깨달은 걸 은우님은 이 년도 안 되어서 알고 계시니까요."

세풍이 미소를 지었다. 입을 열어 무언가를 말하려다가 멈추고 뒤돌아섰다. 세풍이 다시 걷기 시작했다. 은우는 세풍의 등을 바라보았다. 오늘따라 세풍의 등이 쓸쓸해 보였다. 은우는 진짜 훌륭한 심의가 된다면, 세풍의 마음도 돌볼 수 있을까, 궁금해졌다.

세풍은 의원으로 돌아와서 진료 의안을 작성하였다.

"민진선이에요."

세풍이 고개를 들었다. 은우가 세풍이 쓴, '부인 민 씨'라는 글자를 가리키고 있었다. 세풍이 그 아래에 '민진선'이라고 썼다.

"입신양명은 사내들의 꿈이죠. 제 꿈도 입신양명이었고요. 한데 남편의 입신양명이 부인들의 꿈일 줄은 몰랐습니다."

"조선은 부인들이 제 꿈을 꾸고 그 꿈을 키울 수 있는 나라가 아니니까요."

세풍이 고개를 끄덕였다.

"한데 의원님께서는 입신하셔서 양명을 바라보셨을 때 행복하셨어요?"

"행복이요?"

세풍이 가만히 생각했다. 병자들에게는 행복에 대해서 묻곤 했지만 제 행복에 대해서 생각해 본 적은 없었다.

'내의원 시절, 내가 과연 행복하였던가?'

세풍은 의과에 장원으로 급제하였고, 실력도 동년배들보다 뛰어났고, 양반 출신 내의였기 때문에 선대왕이 훙서하기 전까지는 탄탄대로 출셋길이 보장되어 있었다.

'하여 내가 행복하였던가?'

"아니요. 행복하지 않았습니다."

"그럼, 지금은요?"

세풍이 잠시 생각하고 답했다.

"지금은 행복한 것 같습니다."

이상한 일이었다. 내의원 내의 시절보다 시골 의원, 이름 없는 의원 생활이 더 만족스러웠다.

"은우님은요? 은우님은 행복하십니까?"

은우의 눈동자가 위로 향했다. 은우가 생각할 때 보이는 습관이었다.

"예."

은우가 고개를 끄덕였다.

"더 이상 불행하다고 느끼지 않았는데……. 그것만으로도 감사했는데, 불행하지 않은 것만으로도 다행이었는데……. 제가 행복해지고 있었어요."

은우가 미소를 지었다.

"다 의원님 덕분이에요. 의원님을 만난 이후로 행복해졌어요. 의원님을 만나지 않았다면 전 벌써 죽었거나 죽음보다 못한 삶을 살았겠지요. 그저께보다 어제가, 어제보다 오늘이, 오늘보다 내일이, 매일매일이 더 행복해졌어요. 고맙습니다. 의원님."

조선 정신과 의사 유세풍

은우가 소락에 핀 봄꽃처럼 활짝 웃었다.

보름 후, 세풍과 은우가 함께 의원을 나섰다. 강말, 음위증 병자의 집으로 갔다. 진선이 웃으며 두 사람을 맞았다. 두 사람은 마당 한가운데 놓인 들마루에 앉았다. 진선은 화채와 화전을 내왔다.

"물 한 잔이면 충분합니다. 대접이 과하십니다."

세풍이 미안해했다.

"이 정도는 괜찮습니다. 서방님 덕분에 형편이 나아졌거든요."

진선은 건넌방으로 시선을 옮겼다. 병자가 아이들에게 글을 가르치고 있었다.

"서방님께서 서당을 열고 입에 풀칠하는 걱정은 덜었어요."

은우가 진선을 만난 날, 진선은 은우를 배웅하고 집으로 돌아왔다. 남편이 사립문 곁에 서 있다가 자기가 오는 걸 보고서 방 안으로 들어갔다. 남편의 글 읽는 소리가 들려왔다.

진선은 쪽마루를 내려다보았다. 쪽마루에는 살구꽃 한 바구니가 놓여 있었다. 진선이 꽃을 들고 숨을 깊게 들이마셨다. 열두 해만에 맡아보는 꽃내음이었다. 이 좋은 걸 보지도, 맡지도, 느끼지도 못하고 살았구나, 싶었다. 진선은 바구니를 들고 방 안으로 들어갔다. 남편이 글 읽기를 멈추고 진선을 보다가 시선을 피했다.

"잠시 산책하면서 꺾었다오. 시간을 많이 빼앗기진 않았소."

"잘하셨어요."

남편이 진선을 쳐다보았다.

"고마워요. 여름에는 실한 열매도 따 주세요. 가을에는 고운 단풍잎도 주워다 주시고요. 내년 봄에는 개나리, 진달래, 철쭉도 꺾어다 주세요."

남편은 고개를 끄덕였다.

진선이 남편을 보며 꽃처럼 웃었다. 잘 익은 살구처럼 발그레한 뺨이 보기 좋았다.

세풍과 은우는 병자의 집을 나와 강둑길을 걸었다. 세풍은 고개를 들고 시선을 멀리 두었다.

"뭘 그리 보세요?"

은우가 세풍을 올려다보며 물었다.

"그네를 봅니다."

세풍이 은우를 보고, 그네로 다시 시선을 돌렸다.

"그네를 타야겠습니다."

"지금요? 이따 밤에 탈 건데요."

"은우님 말고, 저 말입니다."

"이 차림으로요?"

"왜 여인만 그네를 탈 수 있습니까? 사내는 그네를 타서는 안 된다, 여인만 그네를 타야 된다는 소리는 억압입니다. 그런 억압이 사람을 병들게 합니다."

"예……."

은우가 웃었다. 세풍이 은우를 따라 함께 웃었다.

"저도 은우님을 만난 이후로 행복해졌습니다. 전 그냥 병자 몸에 난 병증만 치료하는 침의였고, 그것조차 못 해 계수 의원에서 밥이나 축내고 있었습니다. 한데 은우님 덕분에 병자의 목소리를 듣고 병자의 마음을 읽는 심의가 되었습니다. 저도 매일매일 더 행복해지고 있습니다. 고맙습니다, 은우님."

세풍이 은우에게 고개를 숙였다.

"제가 더 고맙습니다, 세풍님."

은우도 세풍처럼 고개를 숙였다.

밤이 늦도록 세풍과 은우의 공부는 끝나지 않았다. 오늘은 여인들이 밤 외출을 하는 날이라 은우는 귀가를 서두르지 않았다. 남해댁과 입분, 단희, 할망은 외출했다. 장군과 만복은 창고에서 약재를 손질하고 있었다. 계 의원은 큰방에서 진료 의안을 정리하고 있었다. 모처럼 의원이 조용했다.

갑자기 할망이 세풍의 방에 들어와 방문을 닫았다.

"할망 언제 왔어?"

할망은 대답도 하지 않고, 서둘러 등불을 껐다. 벽장에서 이불을 꺼내 세풍과 은우를 싸버렸다. 세풍이 놀라 눈을 동그랗게 떴지만 어둠 속, 그것도 이불 속에서는 아무것도 보이지 않았다. 세풍이 몸부림쳤다.

"할망, 뭐 하는 거야?"

"쉿. 꼼짝 말고 있어."

할망이 힘을 주고 이불을 꽁꽁 싸맸다. 세풍과 은우가 이불 속에 꼼짝없이 갇혔다.

"할망."

"가만있어. 엄마가 지켜 줄게. 우리 풍이도, 풍이 색시도 엄마가 지켜 줄게."

"알았어요, 할망. 저희 걱정은 마세요."

은우가 할망이 시키는 대로 잠자코 있었다.

사방이 고요했다. 세풍은 침을 꼴깍 삼켰다. 눈을 감아버렸다. 확실해. 난 음위증은 아니야. 이런 미친 거야? 지금 무슨 생각을 하는 거야?

"의원님."

은우가 세풍을 불렀다. 세풍이 눈을 더 꼭 감았다.

"의원님."

세풍이 주먹을 꼭 쥐었다.

"의원님."

은우가 세풍의 어깨를 두드렸다.

"송구합니다."

세풍이 정신을 차리고 고개를 숙였다.

"할망이 나간 것 같아요."

"아……."

세풍은 가만히 있었다. 은우가 이불을 걷어내고 다시 불을 밝혔다.

조선 정신과 의사 유세풍

"의원님."

"송구합니다."

"아니에요. 할망이 아파서 그런 건데요. 그보다 의원님 얼굴이⋯⋯."

"제 얼굴이요? 아무 생각도 안 했는데요?"

"아니, 열이 많이 나시나 봐요."

세풍의 얼굴이 뜨거웠다. 벌겋게 달아올라 있었다.

"아닙니다. 제가 잠깐 미쳐서. 아니 아무 생각도 안 했는데, 아니 조금 생각했는데⋯⋯ 제가 미쳐서 송구합니다."

세풍이 벌떡 일어나 밖으로 뛰쳐나갔다. 은우가 세풍을 보며 고개를 갸웃거렸다.

새벽닭이 울었다. 밖이 소란스럽기 시작했다. 의원 식구들이 일어나 아침을 맞는 소리였다.

세풍이 눈을 떴다. 피곤이 몰려왔다. 밤새 자다 깨다를 반복했다. 밖으로 나왔다. 만복이 세숫물을 툇마루 위에 올려 주었다. 세풍이 세수를 하다가 세숫물을 손으로 내저었다. 한숨을 쉬었다. 조반을 들다가 국그릇을 덮었다. 또 한숨을 쉬었다.

세풍이 심각한 얼굴로 계 의원에게 물었다.

"담기울결로 인한 전증 아시죠?"

"왜, 전증 병자가 왔어?"

"그게 아니라, 제가 혹시 전증이 아닐까 해서⋯⋯. 담기울결은 아닌데……."

세풍이 자신의 맥을 짚으며 혼란스러워 했다.

"눈앞에 자꾸 헛것이 나타나?"

"예."

세풍이 맞장구를 치며 고개를 끄덕였다.

"뭐가 보이는데?"

"선녀요."

"어떤 선녀?"

"천상에 사는 선녀요. 선녀가 자꾸 나타나서 절 보고 웃어요."

계 의원이 세풍의 손목을 끌어당겨 맥을 짚었다. 곧 손을 떼고
웃었다.

"이거 전증이 아니라 사랑이구먼. 하긴 사랑도 병이지. 그게 제
정신으로는 못하는 거거든. 전증만큼 미쳐야 하는 거지."

"예?"

"처방은 하나. 고백해. 네 마음을 털어놔야 돼. 물론 후유증은
장담 못하지만 선녀가 눈앞에 나타나는 증상은 진정될 거야."

계 의원이 웃으며 일어났다.

"자, 오늘도 화객님, 고객님 맞을 준비하자."

"고객님은 또 뭡니까?"

"높을 고. 손 객. 높은 손님."

"그런 말은 처음 들어보는데요?"

"내가 만들었어. 우리랑 병자들 밥 먹여 주시는, 높으신 분. 상

감보다 더 높으신 분들을 향한 내 마음이라고 할까?"

계 의원이 미소를 지으며 방을 나가면서 중얼거리듯이 말했다.

"나이 서른에 첫정이라. 남들은 곧 며느리도 보겠구먼……."

"며느리는 무슨요?"

세풍이 구시렁대며 계 의원을 따라 대청으로 나왔다.

"그럼 첫정은 맞나?"

계 의원이 고개를 돌리고 물었다.

"깜짝이야."

세풍이 헛기침을 하며 댓돌로 내려섰다. 은우와 단희가 마당으로 들어서고 있었다. 은우가 세풍을 보고 인사를 했다. 세풍은 환하게 웃다가 정색하였다. 너무 지나치게 웃은 것 같았다. 세풍은 마당으로 내려오면서 괜히 팔을 폈다가 굽혔다.

"서방님!"

여인의 목소리가 들렸다. 세풍이 목소리를 쫓아 대문간을 향해 고개를 돌렸다. 화려하게 치장을 한 여인이 세풍에게 팔을 벌리며 달려왔다. 세풍이 뒤로 물러났다. 여인이 눈웃음을 흘리며 세풍에게 달려들었다. 세풍이 여인의 시선을 피해 고개를 돌렸다. 발을 떼려는 찰나, 여인이 세풍을 안고 뺨에 입술을 맞추었다. 세풍의 눈이 휘둥그레졌다. 은우의 시선이 제게 머물러 있었다.

퇴물들의 망상

1

순식간에 일어난 일이었다.

낯선 여인이 세풍의 뺨에 입을 맞추었다. 분내와 사향이 코를 찔렀다.

은우와 남해댁, 입분, 단희, 할망의 시선이 세풍에게 쏟아졌다.

세풍이 은우를 보면서 고개를 저었다. 전 모르는 일입니다, 라는 뜻이었다.

"서방님."

여인이 세풍에게 들러붙었다. 세풍의 가슴에 얼굴을 묻었다.

"사람을 잘못 보셨습니다."

세풍이 여인을 떼어냈다.

"우리 서방님 맞는걸 뭐."

여인이 애교스러운 말투를 내뱉고서는 다시 안겼다.

"이러지 마십시오."

세풍이 여인을 매몰차게 밀어냈다. 은우를 보면서 눈빛으로 제 결백을 주장했다.

여인은 세풍에게 찰싹 붙어서 떨어지려고 하지 않았다.

남해댁이 부엌에서 밥주걱을 들고 나왔다. 입분이 싸리비를 찾아 들었다. 단희가 약재 창고 앞에 놓인 작두를 들다가 내려놓았다. 너무 무거웠으리라. 대신, 절굿공이를 찾아 들었다.

모두 낯선 여인을 향해 시선을 겨누고 한 발짝씩 뗐다.

"이년이!"

할망이 고함을 치며 낯선 여인에게 달려들었다. 여인의 가채를 잡고 세풍에게서 떼어 놓았다. 여인의 풍성한 가채 위에서 떨고 있던 떨잠과 머리꽂이가 바닥으로 굴러떨어졌다.

"이년이 감히 누구 아들을 건드려?"

할망이 여인의 머리채를 쥐고 흔들었다. 가채마저 떨어졌다.

"이 할멈이 미쳤나?"

여인이 할망의 머리채를 움켜쥐려고 손을 뻗었으나 닿지 않았다. 되는대로 손을 뻗어 할망을 꼬집기 시작했다.

"노인입니다."

세풍이 여인을 말리기 위해 여인의 팔을 붙잡았다가 손을 뗐다.

할망의 어깨를 붙잡고 떼어내려고 했다. 그러나 할망의 힘을 당할 수 없었다.

세풍은 할망에게 질질 끌려 다녔다. 할망은 여전히 여인의 머리를 움켜쥐고 흔들어댔다.

여인도 할망의 팔을 잡고 소리를 질렀다.

"좀 말려 줘요."

만복이 일어났다.

"한 발짝도 떼지 마라."

남해댁이 인상을 썼다. 은우가 움직이자 입분이 은우를 잡았다.

"놔두세요. 저건 머리카락 다 뜯겨야 돼요."

계 의원이 소리를 듣고 밖으로 나왔다.

"그만들 해."

고함을 질렀으나 그만둘 리가 없었다.

"안 말리고 뭐 하나?"

모두 구경만 했다. 장군은 약환을 만드는 데에만 집중했다.

계 의원이 버선발로 마당으로 내려가 여인의 팔목을 잡았다.

여인이 팔에 힘을 주고 할망을 놓지 않았다.

할망도 온 힘을 다해서 여인의 머리를 뜯었다.

"아, 이 미친 할멈아, 놓으라고!"

"미친 건 너야. 감히 우리 풍이한테 주둥아리를 대? 네년은 오늘 내 손에 죽었어."

"아, 이 할멈 뭐야? 장사야?"

여인이 비명을 질렀다. 할망과 여인, 세풍과 계 의원, 네 사람이 붙어서 빙빙 돌았다.

"소사가 먼저 손을 떼."

계 의원이 여인에게 소리쳤다.

"할멈이 내 머리를 놓아야 떼지."

"할망, 그만 안 하면 대침 놓는다."

계 의원이 목소리를 깔았다.

"이 개지랄, 너 지금 누구한테 엄포 놓네? 너도 혼나 볼래?"

할망이 한 손으로는 계 의원의 감투를 쥐어뜯었다. 감투가 떨어지고, 상투가 풀어졌다.

계 의원의 정수리 위로 민둥산이 허옇게 드러났다. 소갈머리 앞으로 머리카락이 없었다. 이마가 너무 넓어서 횅했다.

"할망, 이제 그만 하자."

세풍이 애원했다.

"안 돼. 남의 서방한테 껄떡대는 년은 혼구녕이 나야 돼."

네 사람이 소리를 치고, 비명을 지르고, 악을 썼다.

"움직이지 마세요."

은우가 다가와 여인을 붙잡았다.

"아픈데 어떡해?"

"잠시만 참으세요."

"내가 움직이는 거 아니야."

"자, 다들 움직이지 말고 멈추세요."

은우가 네 사람을 향해 소리쳤다. 세풍이 발을 멈추고, 계 의원과 여인이 발을 멈추었다. 할망도 더는 발을 움직이지 않았다.

"예. 가만있어요."

은우가 할망에게 미소를 지었다.

"할망, 이제 그만해요. 네?"

"우리 풍이 색시 괜찮아?"

"예, 저는 괜찮아요. 자 이제 손 떼고, 감자 먹으러 가요."

은우가 할망의 손을 잡고 살며시 움직였다. 할망이 은우의 손에 제 손을 맡긴 채, 여인의 머리채에서 손을 뗐다.

세풍과 계 의원, 여인이 바닥에 주저앉았다. 다들 숨을 헐떡였다. 세풍이 탕건을 고쳐 쓰고, 감투를 주워 계 의원에게 내밀었다. 계 의원이 감투를 쓰고 민머리를 가렸다. 여인은 옷고름이 뜯겨서 너덜너덜했다. 머리를 산발하고, 할망을 보며 씩씩거렸다.

"나쁜 년. 한 번만 더 우리 풍이한테 껄떡대 봐라."

할망이 손을 탈탈 털었다. 은우를 보고 미소를 지었다.

"아가, 이제 괜찮아. 네 서방은 내가 지켜 줄 거야."

은우가 할망의 손을 잡고 툇마루에 앉혔다.

잠시 후, 사십 대 아낙이 의원으로 들어섰다.

여인이 아낙을 보자마자 울먹였다. 손가락으로 할망을 가리켰다. 저 할망이 나를 이렇게 만들었다며 고자질을 했다.

"송구합니다."

아낙이 할망을 탓하는 대신, 계 의원과 세풍에게 허리를 굽혔다.

계 의원과 세풍이 일어섰다. 만복이 달려와서 세풍의 옷에 묻은 먼지를 털어냈다.

아낙은 다시 한번 계 의원과 세풍에게 사과했다. 할망을 탓하는 여인을 데리고 의원을 떠났다.

"아이고. 우리 할매 오늘 힘 많이 썼네. 이리 와. 감자 먹고 다시 힘 넣자."

"내 니 할매 아니래."

"할매면 어떻고 아니면 어때? 우리 할매 오늘 장한 일 했다."

남해댁이 할망을 데리고 부엌으로 들어갔다.

"네 눈앞에 자꾸 나타나는 선녀가 저 여인이었냐?"

계 의원이 은우와 세풍을 번갈아 보며 물었다.

"선녀가 아니라 귀녀 같다."

계 의원이 큰 소리로 웃었다.

"그런 거 아닙니다."

세풍이 은우를 보면서 대답했다. 은우는 큰방으로 들어가고 있었다. 단희가 마른걸레를 들고 은우를 따라 들어갔다.

세풍은 한숨을 쉬었다.

할망이 양손에 감자를 쥐고 부엌에서 나왔다. 남해댁이 따라 나오면서 할망의 엉덩이를 두드렸다.

"할망. 장하다. 많이 먹어."

"할망. 다음에 오면 머리카락 다 뽑아 버려. 다시는 못 오게."

입분이 야무지게 말했다.

"싸움은 말려야지. 다들 말릴 생각은 안 하고 왜 그래?"

계 의원이 툇마루에 앉으며 물었다.

"그걸 몰라서 물어요?"

남해댁이 반문했다.

"모르니까 묻지."

"감히 우리 유 의원님을 건드렸잖아요."

"유 의원이 남해댁과 무슨 상관인데?"

"내 이상남."

"뭐?"

계 의원이 눈매를 찡그렸다.

"딱 내가 원하는 낭군 상."

계 의원이 피식 웃었다.

"나도. 사실 남해댁 아주머니 이상남은 늙은 유 의원님이고, 내 이상남은 지금 유 의원님이야."

"지랄이 똥 싸다가 벼락 맞고 똥통에 자빠지는 소리 하고들 있네. 남해댁이 유 의원한테 가당키나 해요? 우리 입분이라면 모를까. 아니, 유 의원은 홀아비인데 우리 입분이도 아깝지."

"지랄 똥은 개지랄 의원님만 할까요? 누가 저이를 갖고 싶다고 했어요? 그냥 그대로 모셔두고 보고 싶은 거지. 어쨌든 유 의원님은 공공의 보석이야. 입분이 너도 안 돼."

남해댁이 입분이를 향해 손을 저었다.

"왜요? 지금이 딱 내 이상남인데……."

"입분아, 입분아, 어린 입분아. 이상남은 가지는 순간 진상남이 되는 거야. 그냥 한 발짝 떨어져서 보는 게 제일 좋은 거야."

조선 정신과 의사 유세풍

계 의원이 남해댁과 입분을 보며 혀를 찼다.

"둘 다 제 정신이 아니야. 미쳤어. 이상남한테 가서 치료나 받아."

계 의원이 마루로 올라섰다. 단희가 걸레를 들고 큰방에서 나왔다. 계 의원이 큰방으로 들어가려는 찰나, 세풍이 계 의원을 앞질러 큰방으로 들어갔다.

은우는 쑥가루를 뭉쳐서 애주를 만들고 있었다. 세풍이 은우의 눈치를 살피며 맞은편에 앉았다. 세풍도 쑥가루를 뭉치기 시작했다. 세풍이 넌지시 말을 건넸다.

"전 모르는 여인입니다."

"전 아는 여인입니다."

"그렇습니까?"

세풍이 입을 벌려 미소를 짓다가 입매를 다물었다.

"소락현 관기입니다."

"관기요?"

세풍은 여인의 화려한 단장과 차림새를 떠올렸다.

"기방에서 의원님을 보고 찾아왔나 봅니다. 의원님은 기억이 나지 않으실 테지만요."

"기방이라니요? 제가 기방에 드나들 일이 무에 있다고요? 아니, 일이 있다 하여도 저는 기방 같은 데 가지 않습니다. 한 번도 안 가봤습니다."

은우가 세풍의 뺨을 빤히 쳐다보았다.

"맹세할 수 있습니다. 지금까지 가본 적도 없고, 앞으로도 가지 않을 겁니다."

"뺨에 연지가 묻었어요. 닦으셔야겠어요."

은우가 방을 나갔다. 세풍이 은우의 뒷모습을 바라보며 뺨을 문질렀다.

저녁나절에 동헌에서 사령이 왔다. 현령의 심부름이었다. 세풍에게 동헌으로 들러달라는 전갈을 보냈다. 시신이라도 들어왔나, 세풍이 사령에게 무슨 일인지 물었으나 사령은 거기까지는 알지 못한다고 했다.

계 의원은 은우도 이만 일을 정리하고 세풍과 함께 들어가라고 했다. 은우는 뒷정리를 끝내고 가겠다고 했다.

"곧 어두워질 텐데 어차피 갈 거 같이 나가면 든든하지."

"늘 다니는 길인걸요. 괜찮아요."

"은우님 말고 유 의원. 유 의원이 위험해. 아침에 온 그 귀녀가 잡아가면 어쩐대?"

세풍이 계 의원을 보고 우락부락 얼굴을 구겼다. 남해댁이 계 의원에 말에 맞장구를 치며 같이 나가라고 하였다.

세풍과 은우가 함께 의원을 나섰다.

은우가 멈추고, 세풍이 앞장섰다. 몇 보 뒤에서 은우와 단희와 만복이 따랐다.

네 사람은 한 줄로 들길 위에 섰다. 저 멀리 소락성 깃발이 보이고, 들에는 곡식이 새파랗게 익어가고 있었다. 세풍이 걸음을 멈추고 뒤를 돌아보았다. 은우가 걸음을 멈추고 쓰개치마를 여몄다.

"곱습니다. 노을이……."

세풍이 은우의 어깨 너머로 시선을 옮겼다. 북녘강 동쪽 보장산 하늘 위로 저녁 어스름이 짙어지고 있었다. 세풍은 몸을 돌려 다시 걸었다. 은우도 다시 걷기 시작했다.

현령이 정청에서 세풍을 맞았다. 동헌에 들어온 것은 시신이 아니라 죄인이었다. 한데 그 죄인이 좀 이상하네. 현령이 미간에 주름을 잡으며 말했다.

죄인은 일흔이 넘은 노인이었다. 제 나이를 정확히 모르는 듯하였다. 아는 것은 '이규'라는 이름뿐이었다. 죄인은 자신이 인조 대왕의 숨겨진 아들이라고 주장했다. 이를 빌미로 사람들에게 재물을 갈취하고 사기로 고발당해 동헌으로 잡혀 왔다.

그런데 죄인을 신문하다 보니 이상한 점이 있었다. 하나는 인조의 아들이라면서 광해군을 복권시키기 위해 재물을 모았다는 점, 둘은 자신이 진짜 왕손이라고 믿고 있다는 점이었다. 현령이 세풍을 부른 이유이기도 했다.

"하니 죄인의 입장에서는 사기를 친 게 아닌 게지. 저자는 진심이었어. 진심으로 자신이 왕손이라고 믿고, 광해군을 복권하기 위해 재물을 모았던 걸세."

"인조반정으로 쫓겨난 광해군을 그리워하는, 인조 대왕의 아들이라. 하니 사기가 아니겠습니까?"

세풍이 고개를 갸웃거리며 반문했다.

"일단 죄인을 만나 보시게."

세풍은 죄인을 보기 위해 옥사로 갔다. 만복도 따라 들어왔다. 죄인은 차가운 바닥에서 불상처럼 좌정하고 눈을 감고 있었다.

"저…… 인조 대왕의 아드님이시라고요?"

죄인이 눈을 뜨고 세풍을 보더니 다시 눈을 감았다.

"한데 왜 광해군의 복권을 도모하셨습니까? 아드님이시라면 응당 인조 대왕을 지지해야 하지 않습니까?"

죄인은 눈을 감은 채 말이 없었다.

"제 조부께서 광해군이 집권하였을 때 관직에 계셨죠."

죄인이 눈을 뜨고 세풍을 보았다.

"혹 조부께서 인조반정 때 죄를 받으셨는가?"

죄인은 세풍에게 하대를 했다.

"말씀을 가려 하세요."

만복이 죄인에게 눈치를 주었다.

"왕손인 내가 존대라도 하여야 하나?"

죄인의 음성이 엄중했다. 세풍이 만복에게 나가 있으라고 했다. 왕손은 무슨, 만복이 툴툴대며 감옥을 나갔다.

"제 조부님께서는 반정 전에 낙향하셨습니다."

세풍은 제 조부가 폐모론에 반대하여 낙향했다는 사실은 말하지 않았다. 죄인은 그럼 관심 없다는 듯이 다시 눈을 감았다.

세풍은 병자를 찬찬히 살폈다. 몸채가 큰데 근육보다는 살들이 많다. 가슴과 엉덩이가 발달해 있고, 수염이 없었다. 내관? 세풍은 물어보려다가 입을 다물고 뒤돌아섰다.

"우리 전하께서는 죄가 없으시오."

세풍이 다시 옥을 향했다. 죄인이 눈을 뜨고 정면을 응시하고 있었다. 병자의 진지한 눈빛을 보며 세풍이 생각했다.

'거짓이 아니야. 진심이야.'

세풍은 정청으로 돌아왔다. 현령에게 자신이 짐작한 바를 말하였다.

"내관이면 내시부에 기록이 남아 있을 겁니다. 그리고……."

세풍은 현령에게 병자를 의원으로 보내 달라고 청했다. 세풍은 현령의 허락을 받고 정청을 나왔다. 아문에 은우가 서 있었다. 세풍이 은우의 뒷모습을 잠시 보다가 곁으로 갔다.

"은우님."

"일은 끝나셨어요?"

"예. 일단 오늘 일은……. 옥사에 병자가 있습니다. 현령께서 내일 은우님이 등원하실 때 의원으로 보내시겠다고 하셨습니다."

"무슨 병자예요?"

"그것이 아직은 잘 모르겠습니다. 내일 좀 더 자세히 봐야 할 것 같습니다."

은우가 고개를 끄덕였다.

"무슨 일인지 궁금해서 나오셨지요?"

"아니요. 의원님을 기다리고 있었습니다."

"저 말입니까? 제게 화난 게 아니셨습니까?"

"화요? 제가 의원님께 화낼 일이 뭐가 있나요?"

은우가 눈을 동그랗게 떴다.

"아, 화 안 나셨구나."

세풍은 안도했다.

"제게 화낼 일이 없으시구나."

한편으로는 서운하기도 하였다.

"그럼, 무슨 일로?"

"어머님께서 석반을 들고 가라고 청하셨습니다."

"폐가 되지 않을지……."

"유 의원님!"

현령 부인이 반갑게 세풍을 맞았다. 부인이 세풍을 보며 방긋 웃었다. 부인의 눈가에 잔주름이 곱게 피어났다. 세풍이 현령 부인의 안내를 받아 방으로 들었다. 현령이 오고 나서 상 두 개가 들어왔다.

"차린 건 없지만 아무쪼록 많이 드세요, 유 의원님."

현령 부인이 세풍 가까이에 육찬을 당겨 주었다. 현령과 세풍이 수저를 들었다. 현령 부인은 나가지 않고 세풍의 곁에 머물렀다.

"우리 유 의원님 나이를 여쭤 봐도 될까요?"

"올해 서른입니다."

"아, 보기보다 나이가 좀 있으시군요. 우리 은우는 스물여섯이에요. 아시겠지만……."

세풍이 젓가락질을 하면서 고개를 끄덕였다. 현령 부인이 또 방 긋 웃었다.

"상처는 언제 하셨을까요?"

"삼 년 전입니다."

"아이는 없고요?"

"예."

현령 부인이 미소를 지었다.

"뭐, 아직 젊으시니까."

"고향은 어디일까요?"

현령이 헛기침을 했다.

"부인."

"괜찮죠?"

현령 부인이 세풍을 보며 고개를 갸울였다.

"예."

"그럼, 고향은?"

"충청부 청주목에서 태어났습니다. 아버님께서 부평부사로 부 임하셔서 부평에서 자라다가 한양으로 올라왔습니다."

"어머, 부평이요? 거긴 제 친정이에요. 우리 나으리 고향은 경기 부 고양이고요. 내가 은우를 가지고 입덧이 심해서 부평 친정에 있다가 은우를 출산했죠. 나으리가 급제하면서 다같이 한양으로 올라왔고요."

현령 부인이 손바닥을 마주치며 좋아했다.

"그러고 보니 우리 유 의원님, 우리 은우랑 일찍이 인연이 있으셨네. 비슷한 점도 너무 많으시고요."

현령 부인이 호들갑을 떨었다. 은우가 부평에서 태어났다는 말에 세풍도 적잖이 놀랐다. 하지만 따져 보니 은우가 부평에서 태어나고 그 이듬해 아버지가 부평으로 부임했다. 은우와 만날 일은 없었다.

"은우야."

현령이 웃으며 목소리를 내리깔았다.

"어머니 모시고 나가거라. 유 의원 체하겠다."

"우리 은우가 왔어요?"

현령 부인이 방문 쪽으로 시선을 돌렸다. 아무도 없었다. 현령이 웃으며 숟가락을 들었다. 밖에서 방 안을 살피고 있던 은우가 놀라서 별당으로 내빼는 소리가 들렸다.

다음 날, 은우가 등원하면서 나졸과 함께 죄인을 데리고 왔다. 계 의원이 죄인을 살피고서는 맥을 짚었다.

"이 노인네, 곧 죽겠는데?"

세풍과 은우가 계 의원을 바라보았다. 평소와 달리 계 의원의 얼굴이 진지했다.

2

"저 좀 보십시오."

세풍이 계 의원을 끌고 방을 나왔다.

"병자 앞에서 왜 그렇게 말씀하십니까?"

"그럼, 죽을 날 받아 놓은 노인네한테 당신은 백 살까지 살 터이니 널리리야 굿거리 치라고 할까?"

"죽는다니요? 전광癲狂 아닙니까?"

"알면서 왜 나한테 보래?"

계 의원이 세풍을 흘겼다.

"의서에서만 보던 병증이라……."

전광은 담과 칠정, 심혈 부족, 비위 허한, 심화, 고량적열, 심기 허 등 여러 가지 원인으로 정신이 실조되어 망상에 시달리는 병이다. 양이 허하고 음이 성하면 전증癲證이 되고 음이 허하고 양이 성하면 광증狂證이 되며, 전증을 오래 앓으면 담痰이 몰렸던 것이 화火로 변하여 광증이 나타날 수 있고, 광증이 오래 되면 전증이 나타날 수 있다고 하였다. 병자의 경우는 광증이 오래되어 병세는 조금 완만해진 음허화왕을 지나 신체가 허약한 상태에서 담결하여 전증이 나타나는 기허담울. 말수가 줄어들고, 환청 환시에 시달리는 상태였다.

"완치는 안 된다고 들었습니다."

"물론 완치는 불가능해. 한데 완치가 되더라도 그 전에 죽겠는데? 허로야."

"그럼 진짜 죽는다 말입니까?"

"내가 말했잖아. 죽는다고."

"그걸 병자 앞에서 말씀하시면 어떡하십니까?"

"저 노인네도 이미 알고 있어. 정리할 시간이 필요할 게야."

"하지만 의원이 죽는다고 말하는 순간, 병자에게는 단 한 줄기 희망이 사라질 겁니다."

세풍은 방 안으로 들어왔다. 병자를 찬찬히 보았다. 얼굴빛이 검고, 손발이 부어 있었다. 병자의 맥을 짚었다. 폐, 간, 신에 폐증이 심해 죽을 날이 멀지 않은 상태였다.

"그래. 병자가 살아 있는 한 희망을 놓을 순 없지."

계 의원이 방문 사이로 얼굴을 내밀고 말했다.

이틀 후, 은우가 현령의 전갈을 가지고 등원했다. 내시부에 이규라는 사람은 없었다. 죄인은 자신이 인조의 아들인 이규라고 했으나 이름도 가짜였다. 호패도 없었다. 이제 죄인의 입을 통해서 신원을 파악할 수밖에 없었다. 아니, 신원은 중요하지 않았다. 세풍은 병자가 하필이면 인조의 아들이라는 망상에 사로잡힌 사연이 궁금했다. 세풍은 병자가 머무르는 방으로 갔다.

"이름이 무엇입니까?"

"이규."

"나이는요?"

"살 만큼 살았지."

"전 의원입니다. 어르신을 신문하는 사람이 아닙니다. 어르신을 시료하기 위해 왔습니다."

병자는 눈을 감고 입을 다물었다.

"약 잘 드십시오. 우리는 어르신을 살리기 위해 최선을 다할 겁니다."

세풍이 일어섰다.

"도와줘."

병자가 신음하듯이 말했다.

"네. 도와드리겠습니다. 어르신을 돕기 위해서 제가 있습니다."

세풍이 병자의 곁으로 바투 다가갔다. 병자가 일어나 앉았다.

"이름은 이명규. 나이는 쉰둘."

세풍이 눈매를 가늘게 떴다. 이 노인이 쉰둘이라니 믿기지 않았다. 쉰둘이면 계 의원보다도 젊다는 소리인데 쉰둘은커녕 예순 후반은 훌쩍 넘어 보였다.

"믿지 않는구면."

"아닙니다."

"고생을 많이 하면 쉬이 늙는다네."

"네……."

세풍은 미심쩍었지만 잠자코 있기로 했다.

"우리 어머니는 부왕께서 잠저에 계실 때 부왕을 모시던 노비였네. 난 그때 태어났어. 내가 열세 살 되던 해 반정이 일어나고 부왕께서는 우리 어머니의 신분이 천하다는 이유로 나와 어미를 잠저에 두고 궁으로 가셨어. 임금의 아들은 이름이 외자가 많다고 하여 '규'라는 이름은 내려 주시더군. 하나 부왕께서는 그 후 우리 모자를 다시 찾지는 않으셨지. 매정하기가 말로 다 이를 수 없는 분이지. 자네도 알지 않는가? 며느님과 손자들에게 어찌했는지……."

"지금 하신 말씀, 모두 다 진정입니까?"

세풍이 병자의 눈을 들여다보았다. 병자가 세풍의 시선을 받아 내며 고개를 끄덕였다.

"진정이야."

거짓이 없었다. 병자의 눈과 음성과 표정에 거짓이 없었다. 이 점이 세풍을 혼란스럽게 했다.

"그럼 저는 뭘 도와드리면 됩니까?"

"광해군 전하를 복권시켜야 하네. 이 일을 바로잡을 수 있는 사람은 인조의 아들인 나밖에 없어. 자네가 도와줘. 사람과 재물을 모아 줘."

세풍이 한숨을 쉬었다. 병자가 세풍의 손을 잡았다.

"부탁이야. 제발 도와주게."

"쉬십시오."

세풍이 일어섰다. 방에서 나와 큰방으로 급히 갔다. 계 의원은 없었다.

"계 의원님."

"왜?"

밖에서 계 의원의 목소리가 들렸다. 요즈음 계수 의원에서는 약재 창고 옆에 입원 병자를 위한 방을 두 칸 짓고 있었다. 계 의원의 오랜 숙원이자 재물을 끌어모으는 이유 중 하나이기도 했다. 계 의원은 새 집채 앞에 있었다. 세풍이 계 의원을 향해 뛰어내려갔다. 다짜고짜 계 의원의 손을 들어 제 이마를 짚게 했다.

"열이 나는 것 같습니다."

"괜찮은데?"

세풍이 계 의원의 손을 들어 제 맥을 짚게 했다.

"저 많이 아픈 것 같습니다."

계 의원이 싱글거리며 세풍을 보았다.

"여전히 선녀는 보이는데 아직 고백은 못 했고……."

"의원님."

세풍이 주변을 살피며 얼른 손을 뗐다.

"몸은 괜찮은데…… 왜?"

"전광 병자 말입니다. 모르겠습니다. 어찌해야 할지 모르겠습니다. 이건 매병이나 울증, 화병, 유노, 구연증, 음위증과는 다릅니다. 제 능력 밖입니다."

"희망을 놓을 수 없다며?"

세풍이 양손으로 제 얼굴을 감쌌다.

"그 희망을 찾으려고 저는 최선을 다하려는데……. 글쎄, 쉰둘이랍니다. 저 노인이 쉰둘로 보이십니까? 의원님보다도 젊다는 게 믿기십니까?"

계 의원이 웃었다.

"그러고 보면 나도 꽤 젊어 보이는 얼굴인걸."

"거짓이잖아요."

"병자가 쉰둘이라면 쉰둘인 거야."

세풍이 입을 벌린 채 이마를 찡그렸다.

"병자는 진실을 말하고 있어. 병자의 진실을 외면하지 마."

계 의원이 고개를 들었다. 일꾼들이 지붕에 이엉을 얹고 있었다. 세풍이 계 의원을 물끄러미 바라보았다. 헛소리인 것 같지만 쓸 만한 소리만 하는 양반이었다.

"이제 다음 목표는 기와집이다. 고객님들 잘 모시고, 많이 벌어와라."

그럼 그렇지. 늘 헛소리를 하는 양반이었다.

"서방님!"

세풍이 고개를 돌렸다. 일전에 온 낯선 여인이었다. 여인이 세풍을 향해 돌진해 왔다. 세풍이 계 의원 뒤로 자리를 피했다.

"서방님! 자꾸 모른 척하시기예요?"

여인이 웃으며 세풍에게 매달렸다.

"사람을 잘못 보셨다니까요."

세풍이 제게 달라붙은 여인을 떼어내고 자리를 피했다. 서방니임, 여인이 한층 더 간드러진 목소리로 세풍에게 매달렸다.

"이년이 또 왔네. 이거이 완전히 미친년이래. 야, 이 미친년아."

할망이 여인에게 달려들었다. 여인의 목덜미를 낚아채서 당겼다. 여인이 비명을 지르며 세풍의 허리춤을 꼭 안았다. 세풍이 여인의 팔을 잡아 풀었다. 그럴수록 여인은 더 힘주어 세풍을 안았다. 세풍이 계 의원에게 도와 달라고 소리쳤다.

"우리 할망 서당 개처럼 풍월을 읊네. 할망의 말이 맞아. 네 병자야. 희망을 놓지 마."

계 의원이 웃으며 사라졌다.

세풍이 몸을 비틀었다. 여인의 힘도 만만찮았다. 이 미친년, 할망이 욕을 해대며 여인의 허리를 잡았다. 할망은 여인의 허리를 잡아당기고, 여인은 세풍의 허리를 잡아당겼다.

"만복아!"

세풍이 툇마루 기둥을 잡고 소리쳤다. 뒤뜰에서 만복이 달려나와 세풍을 잡아당겼다. 세풍이 빠져나오면서 할망과 여인이 뒤로 나자빠졌다. 할망이 누운 채로 여인의 가채를 잡았다. 여인이 할망에게 벗어나기 위해 바둥거리며 소리를 질렀다. 만복이 여인을 떼어냈다.

여인이 몸을 돌려 다시 할망에게 대거리를 시작했다. 이년 저년, 미친년. 이 할멈, 저 할멈, 노망 난 할멈, 고성이 오가며 두 사람이 엉겨 붙었다. 만복이 할망을 붙잡았다. 남해댁과 입분이 나와서 여인을 붙들었다. 할망도 여인도 서로를 놓지 않았다.

"이거 미친년 맞네. 원래 미친것들이 힘이 장사거든."

남해댁이 소리를 지르며 헉헉댔다.

세풍은 여인을 찬찬히 보았다. 모르는 남자를 붙들고 놓아주지 않으며 수치심을 모르는 병증. 화전? 세풍이 고개를 갸웃거렸다. 『석실비고』에서 여인들에게 오는 전증으로, 간목고고, 내화번성하기 때문에 생기는 병이라 하였다. 세풍도 본 적은 없었다. 순간, 여인이 쓰러졌다.

"만복아. 어서."

만복이 여인을 업고 가서 큰방에 눕혔다. 큰방에는 사내 병자가 허리에 침을 꽂은 채 엎드려 있었다. 세풍이 여인의 맥을 짚었다. 계 의원과 은우가 세풍을 보았다. 여인이 눈을 감은 채 입매를 올리고 미소를 지었다.

"간의 기운이 부족하고, 내화가 치성해졌습니다. 화전입니다."

병자가 눈을 뜨고 배시시 웃었다.

"그럼, 서방님께서 침을 놓아 주시나요?"

세풍이 여인의 손목에서 손을 뗐다.

"저는 그쪽의 서방이 아니라 의원입니다. 시침은 계 의원님이 하십니다."

세풍이 계 의원을 보았다. 계 의원을 보고 병자가 벌떡 일어났다.

"어디다 늙다리를 갖다 붙여? 나 지금 퇴물이라고 무시하는 거야? 의원도 똑같아. 귀한 사람 천한 사람 구별해서 달리 대하고……"

병자가 화를 내고 밖으로 나갔다. 계 의원이 세풍을 쳐다보았다. 병자를 맡아서 치료하라는 뜻이었다. 세풍이 고개를 저었다. 세풍과 계 의원의 시선이 은우에게 향했다.

병자는 결국 은우가 맡게 되었다. 세풍은 병자들이 많았다. 더구나 요즈음은 전광 병자를 돌보는 것만으로도 힘에 부친다고 했다. 계 의원 역시 여유가 없다고 했다. 병자들을 시침하면서 틈틈이 택진을 다녀야 했다. 두 사람이 한목소리로 은우님, 하고 불렀다.

"화전 병자들은 모르는 남자를 함부로 붙들고 자기 남편처럼 대하고 놓아주지 않으려고 합니다. 사별이나 이별, 실연을 겪었을 때 정지가 억울하고 간화가 성하여 발병합니다."

"그래서 의원님을……."

"네. 모르는 여인이 확실합니다."

세풍이 제 결백을 주장하며 은우에게 의안을 내밀었다. 은우가 병자의 이름과 나이를 비워 두고, 우선 병증과 처방을 기록했다. 세풍이 종이를 한 장 더 내밀었다. 병자용 약방문이었다. 은우가 당귀, 시호, 백작약, 백출, 백복령, 포건강, 모란, 치자, 감초 등을 쓰고 세풍에게 보였다.

"덖은 향부자를 추가하십시오."

은우가 세풍의 말대로 약방문을 쓴 다음, 장군에게 주고 의원을 나섰다.

은우는 화전 병자를 따라 소락성 내에 있는 기방에 도착했다. 지난번에 병자를 데려간 아낙이 병자와 은우를 맞았다. 둘 다 기방 행랑채로 쫓겨난 퇴물 기생이라고 하였다. 은우는 아낙에게 물 한 잔을 청했다. 초여름 볕을 쬐며 한동안 걸어왔더니 목이 말랐다.

은우는 아낙과 함께 행랑채 좁은 방에 들었다. 안채에서 악기 소리가 들려왔다. 악기 소리에 맞춰 병자가 맨발로 마당을 디디며 춤을 추었다. 은우가 물을 마시고서 병자에 대해 물었다. 아낙이 한숨을 쉬었다.

"저년이 저러지는 않았어요. 얼마나 총기가 남달랐는데요."

병자의 이름은 향금, 나이는 서른여섯이었다. 관기의 딸이었다고 한다. 향금의 어미는 향금을 임신하자마자 향금의 아버지에게서 버림받았다.

"향금아, 너는 좋은 낭군과 짝을 지어 이 기방에서 벗어나거라."

향금의 어미는 향금이 뱃속에 있을 때부터 세뇌하듯 말했다.

어미의 바람대로 향금이 열다섯이 되었을 때 양반의 아들과 사랑에 빠졌고, 향금은 그의 정인이 되었다. 양반의 아들은 향금을 소실로 삼아 기방에서 해방시켜 주겠다고 약조했다. 그러나 과거를 치르기 위해 한양으로 간 정인은 돌아오지 않았고, 그를 기다리던 향금에게 온 것은 한 줄짜리 서신이었다.

'나를 기다리지 말라.'

향금은 더 곱게 단장을 하고, 자신을 다독였다.

'괜찮아. 난 젊고, 아름답고, 날 사랑해 줄 사내는 많아.'

향금은 시작과 창에도 능했다. 사내들은 향금의 용모와 향금이 쓴 시와 향금이 부르는 노래를 좋아했다. 향금은 사내들을 만나 사랑에 빠지고, 약조하고, 이별했다. 몇 차례의 만남과 헤어짐 끝에 향금은 양반의 소실이 되어 기방을 떠났다.

그러나 향금이 제집 담장 안의 여인이 되자 사내의 마음이 달라졌다. 머지않아 향금은 시를 지어 장부의 체면을 깎고 있다는 이유로 쫓겨나게 되었다. 향금이 시를 짓는 일이 사랑받는 이유가 되었으나 사랑이 식으니 시를 짓는 일이 버림받는 이유가 되었다.

'괜찮아. 난 여전히 빼어나고, 나를 원하는 사내들은 많아.'

향금은 다시금 자신을 다독이며 웃음을 지었다. 향금은 지난 십수 년 세월 동안 기녀로서, 숱한 사내들과 만나 사랑에 빠지고 잊히고, 사랑에 빠지고 잊히기를 거듭했다. 그러다가 어느 날 정신을 놓고, 기녀로서의 수명도 끝내버렸다.

은우는 향금의 춤사위가 끝날 때까지 지켜보았다. 향금이 허공을 향해 날갯짓을 할 때마다 지난 세월 그녀가 겪었을 아픔과 슬픔이 너울졌다.

"당신은 제가 맡은 첫 번째 심병 병자예요. 제가 당신을 꼭 낫게 해드릴게요."

은우가 향금을 보면서 다짐했다.

3

약재 창고 옆으로 초가 두 칸이 완성되었다. 계수 의원에 머무르면서 치료받아야 할 병자들을 위한 방이었다. 그동안 여인 병자들은 남해댁, 입분, 할망의 방에서 함께 지내고, 사내 병자들은 만복과 장군의 방에서 함께 지냈다. 때에 따라 만복과 장군이 계의원의 방 윗방으로 옮겨 갈 때도 있었다.

계수 의원에 병자들과 병자 아닌 손님들이 입택 고사를 보기 위해 몰려들었다. 남해댁이 통북어를 무명천으로 묶은 다음 왼새끼를 꼬아서 새 집 기둥에 걸었다. 만복이 갓 쪄낸 시루떡을 새 방에 가져다 놓고, 입분이 술상을 그 옆에 놓았다. 계 의원이 절을 하기 위해 떡과 술상 앞에 섰다.

"주부하고 남편이 절을 해야 하는 건데……."

구경꾼 중 하나가 말을 던졌다.

"계수 의원에서는 내가 주부고, 남편이야."

계 의원이 답했다.

"남해댁이 주부하면 되지요."

맨상투 사내가 말했다. 남해댁이 사내를 흘겨보았다.

"과부 심정은 홀아비가 알고 도적놈의 심보는 도적놈이 잘 안다고……."

마른 사내가 말했다.

"어이, 거기."

남해댁이 사내를 보았다.

"나요?"

맨상투가 자기를 가리켰다.

"아니, 너 말고 멸치 대가리. 북어 대가리로 한번 맞아 볼래? 나 과부 아니고 처녀야."

"몰랐어요. 나이가 있으셔서……."

"나이 많으면 아무 영감이나 갖다 붙여도 돼?"

"계 의원님이 아무 영감은 아니지요."

"나한텐 아무 영감이야. 나도 이상남 취향이 있어. 내 심정 알아 달라고 한 적 없으니까 아무 영감이나 갖다 붙이지 마. 아무 영감 이랑 엮이느니 혼자 살 거야."

"나도 마찬가지예요."

계 의원의 말에 구경꾼들이 웃었다.

계 의원이 절을 하고, 만복이와 입분이가 집 여기저기에 떡을 떼어 가져다 두었다.

사람들이 대청과 들마루, 마당에 자리를 벌이고 술과 떡과 음식을 나누어 먹었다. 계 의원과 세풍, 은우, 남해댁은 대청에서 상을 받았다. 계 의원은 취기가 올라 얼굴이 벌겠다

"그만 드십시오."

세풍이 계 의원을 말렸다. 계 의원이 세풍의 손을 뿌리치며 다시 술잔을 들었다.

"병자 보셔야지요."

"계지한 수제자 은우님이 있잖아."

"은우님 혼자서 힘듭니다."

"그럼 잘난 유 의원님이 같이 보시면 되겠네."

계 의원이 손을 들어 세풍의 뺨을 감쌌다. 세풍이 계 의원의 손바닥에 시선을 주며 이마를 찡그렸다. 계 의원이 세풍의 뺨을 비볐다.

"세풍아, 나 너무 미워하지 마."

"누가 누구를 미워한다고 그러세요?"

"세풍아, 웃고 살아. 많이 웃고 살아. 기분이 좋아서 웃는 게 아니라 웃어서 기분이 좋아지는 거야. 하하하."

계 의원이 세풍의 뺨을 잡고 입꼬리를 늘리며 웃었다. 따라 하라는 뜻이었다.

"예. 이 손은 놓으시고."

세풍이 계 의원의 팔을 잡았다.

"웃어."

"예. 웃습니다. 웃어요."

"웃으라니까."

"예. 하하하."

세풍이 소리 내어 웃자 계 의원이 손을 놓았다.

"이리 오너라."

대문간에서 사내의 외침이 들렸다.

"들어오너라."

계 의원이 술잔을 들고 소리치고는 다시 술을 마셨다.

"이리 오너라."

사내의 외침이 다시 들렸다. 계 의원과 세풍, 은우, 남해댁의 시

선이 뜰로 향했다. 네 사람의 표정이 굳어졌다. 갓과 도포 차림의
사내가 노복을 이끌고 마당에 서 있었다.

"야, 임순만이."

계 의원이 술병과 술잔을 들고 대청을 내려갔다.

"저 인간은 좋은 날 또 무슨 재를 뿌리려고?"

남해댁이 인상을 썼다. 저자가 임순만. 세풍과 은우도 안면이
있는 자였다. 일전에 새말 앞 개울가에서 술기운이 거나해 은우를
희롱하려던 자였다. 세풍도 계 의원을 따라 마당으로 내려갔다.

"입택 고사 날 왔으면 집주인 술 한잔은 받아야지."

계 의원이 임순만에게 술을 권했다.

"향청 좌수 나으리이십니다."

노복이 말했다.

"향청 좌수."

계 의원이 피식 웃었다.

"출세하겠다고 정인 버리고 고향 떠나서 세가 데릴사위로 갈
때는 언제고, 이제 와서 소락 향청 좌수를 하겠다고?"

"계 의원, 말이 지나치군."

임순만의 표정이 싸늘해졌다.

"하기야 삼십 년 동안 과거에 낙방하는데 무슨 수로 출세를 해?
그래도 권세 있는 처가 덕에 예순 다 되어서 향청 좌수 자리 하나
꿰찼구먼. 해서 유세 부리러 왔냐?"

"자네 위아래 없는 건 여전하구만."

퇴물들의 망상

"아, 그렇습니까? 그럼 소인이 사죄의 뜻으로 좌수 나으리께 술 한잔 올리겠습니다."

계 의원이 임순만의 턱밑에 술잔을 들이밀었다. 임순만이 계 의원의 팔을 밀치고, 못마땅한 얼굴로 의원을 훑듯이 보았다. 먹고 마시고 웃고 떠들던 사람들이 조용히 임순만을 주시하였다.

"이왕이면 약방 기생한테 받지."

임순만이 팔자걸음을 옮겨 대청에 올랐다. 은우의 맞은편에 앉았다.

"따라 보거라."

임순만이 은우에게 술잔을 내밀었다.

"야, 임순만이!"

"나으리!"

계 의원과 세풍이 동시에 소리를 질렀다. 남해댁이 술병을 들었다.

"나으리. 우리 아씨는 약방 기생이 아니에요. 소락 사또 따님이세요. 쇤네가 한잔 올리겠습니다."

"닥쳐라. 상것이 어디 웃전과 말을 섞으려는 게야?"

계 의원이 다가왔다.

"그러는 너는 뭔데? 엄밀히 말하면 양반은 삼대에서 끝나는 거야. 너 사대조인지 오대조인지가 진사셨다지. 그런데 너는 문반, 무반에도 못 들었고. 그럼 너희 집 양반 노릇도 종 친 거야. 땡."

계 의원이 임순만의 얼굴 앞에서 손바닥을 치며 입으로 땡땡땡

조선 정신과 의사 유세풍

소리를 냈다.

"그럼, 여기 진짜 양반들한테 물어보지."

임순만이 세풍과 은우를 번갈아 보았다.

"자네들이 꼬박꼬박 존대하며 따르는, 이 천한 의원이 멀쩡한 사람을 도륙한 광의라는 사실은 알고 있는가?"

계 의원의 얼굴이 험해졌다. 임순만에게 달려들 기세로 움직였다. 세풍이 계 의원의 팔을 잡고 앞으로 나섰다.

"계 의원님은 소락 일대에서 가장 존경받는 의원이십니다. 좌수께서는 낭설로 계 의원님을 모함하지 마십시오."

"낭설인지 아닌지는 자네 춘부장께 여쭈어 보게."

세풍의 눈매가 가늘어졌다. 세풍도 계 의원이 아버지 때문에 내의원에서 쫓겨났다는 사실은 들어서 알고 있었다. 계 의원은 도성에 있을 때부터 광의라는 소문에 시달렸고, 이를 안 임순만이 내의원에서 쫓겨난, 미친 의원이 사람들을 잡는다며 계수 의원의 개업을 방해했다고도 들었다. 소락 향반들까지 가세해 계 의원을 괴롭혔다고 했다.

다행히 계 의원의 실력이 뛰어나서 소문은 잊히고, 계수 의원은 번창하고, 이제 소락 향반들도 아프면 계 의원을 찾지만 처음 몇 년간은 계 의원이 고생을 심하게 했다고 하였다. 그런데 아버지에게 낭설의 진위 여부를 확인해 보라니, 그럼 계 의원이 광의라는 낭설 소문이 아니라 사실이며 광의로 불린 연유는 멀쩡한 사람을 도륙했기 때문이란 말인가. 하여 아버지가 이를 발고하고 계 의원이 내의원에서 쫓겨났단 말인가.

"약방에 기생 하나 없고. 가봐야겠다."

임순만이 은우를 보고 웃으며 자리를 떴다.

"병자 보자."

계 의원이 취기가 완전히 가신 얼굴로 방 안으로 들어갔다.

세풍이 툇마루에 앉아 명치 주위를 꾹꾹 눌렀다. 만복이 다가가 세풍의 맥을 짚었다.

"가슴이 답답하면서 그득해요?"

세풍이 웃었다.

"기체요. 기체. 밥 많이 먹는 저는 식체, 생각 많이 하는 우리 서방님은 기체. 기가 체한 것이오."

"어찌하면 되겠느냐?"

"서방님 성격이 문제지요. 해도 안 되는 건 훌훌 털어버릴 줄도 알아야 하는데 서방님은 그게 안 되지요. 끝까지, 끝장을 볼 때까지 붙들고 있지요. 그래서 과거에도 빨리 급제하셨는지도 모르지만……. 그 성격이 공부할 때는 좋아도 세상 살 때는 힘들어요."

세풍이 만복을 말없이 바라보았다. 나이는 저보다 어려도 가끔 어른스러운 소리를 할 때가 많았다.

"아무리 훌륭한 의원이라도 어떻게 이 세상 모든 병자들 병을 고치겠어요? 그랬으면 병으로 죽는 사람이 없게요?"

그런데도 전광 병자를 포기할 수 없었다. 만복의 말대로 한번

372

조선 정신과 의사 유세풍

잡은 것은 놓지 못하는 성격 때문인지 아니면……

"그래도 의원이 노력하면 병자가 덜 고통스럽게 죽을 수 있지 않겠느냐?"

전광 병자가 안고 있는 마음의 짐을 덜어주고 싶었다. 병자의 가는 길이 조금은 편안해지길 바랐다.

"그렇지요. 역시 서방님은 조선팔도에서 가장 훌륭한 의원이에 요."

만복이 엄지를 치켜들었다.

"만복아."

"예."

만복이 세풍의 가슴을 문지르기 시작했다.

"나는 훌륭한 의원보다 좋은 의원이 되고 싶구나."

어느새 세풍의 눈에 병증뿐만 아니라 병자들이 보이고 있었다. 훌륭한 의원, 뛰어난 의원, 위대한 의원, 출중한 의원, 고명한 의원이 아니라 이제는 좋은 의원이 되고 싶다는 생각을 하고 있었다. 병자의 병증 뒤에 숨은 고통이 보이고 있었다. 하여 전광 병자를 놓을 수 없었다.

"만복아."

"예."

만복이 여전히 세풍의 가슴을 문지르고 있었다. 어린 시절 세풍을 키워 준, 만복 어미의 약손 같았다. 그 약손에 어린 세풍의 배앓이가 스르르 나았더랬다.

"내 가슴이다."

"그러네요. 이건 너무했지요?"

만복이 손을 떼고 자리를 떴다.

세풍이 전광 병자를 찾았다. 할망과 전광 병자가 들마루에 앉아 있었다. 할망이 손가락으로 세풍과 큰방에 있는 은우를 가리켰다.

"저건 우리 아들 풍이. 저건 우리 아들 색시. 곱지?"

병자가 고개를 갸웃거렸다. 은우는 현령의 딸이라고 들었으리라. 지난번에 동헌에서 병자를 데리고 의원에 왔다. 게다가 밤이면 은우는 집으로 돌아가고, 세풍만 의원에 남았다. 부부일 리가 없었다.

"우리 아들은 대궐에서 높은 의원이었고, 우리 며느리는 현령 따님이야."

"그럼 저 의원하고는 무슨 관계요?"

병자가 큰방에 있는 계 의원을 가리켰다.

"응. 저거. 저건 개지랄. 우리 아들 꼬봉."

"훨씬 어른 같은데?"

"저거는 과거 본다고 한양 갔다가 과거도 다 못 보고 쫓겨 왔어. 우리 아들은 한 번에 붙었는데……."

"거짓말 마라."

병자가 소리쳤다. 할망이 엄한 얼굴로 병자를 꾸짖었다.

"떽. 나이도 어린 놈이 어디다 대고 반말이래? 내 이래 젊어 보여도 너보다 손위야. 내가 십 년은 더 살았어."

병자가 할망을 아래위로 살피며 말을 이었다.

"내 환갑이 지났어. 쉰둘밖에 안 처먹은 것이 누구한테 대드네?"

"나는 칠순이 넘었어. 내가 당신보다 십 년은 더 살았어."

할망이 손을 들어 병자의 머리를 쳤다.

"내 다 들었어. 쉰둘밖에 안 처먹은 게 어디서 거짓부렁이래?"

병자가 언짢은 얼굴로 자리에서 일어났다.

"이 할마이가 미쳤구먼. 어디서 노인을 희롱해?"

"미친 건 너야. 저기 저년하고."

할망이 대문간을 가리켰다. 화전 병자가 춤을 추듯 몸을 흔들며 의원 안으로 들어서고 있었다.

"너거들 제정신 돌리려고 우리 아들, 며느리가 얼마나 고생을 많이 하는지 알아? 제발 정신 좀 차려. 이 미친것들아."

할망이 일어나 소리쳤다. 세풍이 일어나 전광 병자를 데리고 방 안으로 들어왔다.

"어르신을 돕기 전에 여쭈어 볼 것이 있습니다."

"뭔가?"

"제 조부께서는 광해군의 폐모론에 뜻을 달리하셨습니다. 해서 사직하시고 낙향하셨지요. 광해군은 서모이신 인목대비를 유폐하고, 아우인 영창대군을 죽였습니다. 하여 인조 대왕께서 반정을 일으키시지 않았습니까? 이래도 광해군을 복권해야 합니까?"

"그건…… 우리 전하의 뜻이 아니었어. 전하께서도 어찌하실 수 없었어. 해서 내 비록 인조의 아들이라도 광해군 전하의 편에 설 수밖에 없는 게야. 하니 인조의 아들인 내가 광해군 전하를 복권시킬 수밖에 없는 게야."

"광해군은 명나라에 대한 의도 저버리고 오랑캐들과 화친했습니다."

"결국 명은 망했지. 우리가 오랑캐라고 폄하한 청은 대국의 주인이 되었고. 전하께서는 알고 계셨던 거야. 명을 섬겨서 더는 우리가 얻을 수 있는 건 없다고."

"폐주는 너무 많은 사람을 죽였습니다. 동복형인 임해군마저 죽였지요. 천인공노할 짓이 아닙니까?"

"아니야. 네가 뭘 알아?"

병자가 화를 내며 목소리를 높였다.

"그럼, 어르신께서는 아십니까?"

"내가 알아. 내가 안다고. 내가 다 안다고. 우리 전하께서 얼마나 좋은 분이신지……. 우리 전하께서 얼마나 명군이신지……."

"우리 전하? 인조 대왕의 아들이시라면서요? 올해 쉰둘이시니 광해 2년, 경술년(1610년)에 태어나셨겠네요. 한데 어찌 그리 광해군에 대해서 잘 아십니까? 어린아이가 임금이 되신 광해군을 뵙기라도 했단 말입니까?"

병자가 눈을 감고, 입을 다물었다.

"광해군이 진정 좋은 분이었다면 저도 복권을 돕겠습니다."

조선 정신과 의사 유세풍

세풍이 방을 나왔다. 뒤뜰로 갔다. 숨을 내쉬었다. 계 의원의 말대로 병자의 진실을 외면하지 않으려 했다. 진지한 태도로 병자를 대했다. 그러나 병자를 대하면 대할수록 어려워졌다. 눈을 감고 의원을 봐주지 않았다. 입을 닫고 제 마음을 보여 주지 않았다. 저 병자는 만복의 말대로 해도 안 되는 경우이고, 털어버릴 때가 온 것인가.

"의원님."

은우가 다가왔다. 오미자차를 내밀었다.

"고맙습니다. 은우님."

세풍이 차를 단숨에 마셨다.

"힘드시지요?"

세풍이 한숨을 내쉬었다.

"이번 병자는 어렵습니다. 은우님은요?"

"보시다시피."

화전 병자가 서방님, 하고 달려오고 있었다. 할망이 화전 병자를 끌고 갔다.

"저도 많이 어려워요."

은우가 눈을 크게 뜨고 하늘을 바라보았다.

"해서 마음을 느긋하게 먹고 기다리려고요. 병자가 좋아지리라는 희망을 갖고요."

은우가 미소를 지었다.

날이 저물었다. 화전 병자인 향금은 돌아가지 않았다.

"나 은우님이 아프댔어. 저기 병자 방에 입원해야 돼. 그러라고 지은 거잖아."

화전 병자는 저 혼자 결정하고 의원에 눌러앉았다. 전광 병자는 새 방 첫 번째 병자, 화전 병자는 그 옆방 첫 번째 병자가 되었다.

향금이 대청에 앉아 종이에 그림을 그리고 있었다. 세풍의 곁에 는 더 이상 오지 않았다. 할망이 밖에도 나가지 않고 향금을 감시하였다.

"향금이 오늘은 곱게 미쳤네."

계 의원이 지나가면서 한마디 했다.

"늙다리가 누구보고 미쳤대?"

향금이 눈을 치뜨고 계 의원을 노려보았다.

"계 의원님. 이리 오세요."

남해댁이 대꾸하려는 계 의원을 불렀다.

"원래 미친 아들은 지가 미쳤다고 안 해요. 저런 아를 붙잡고 농 지거리를 뜨고 싶어요? 사람 봐 가면서 하세요."

"나 미친 거 아니야. 그냥 아픈 거랬어, 은우님이."

향금이 지필묵을 챙겨들고 방으로 들어왔다. 방에서 세풍이 은우와 책을 보고 있다가 불편한 얼굴로 고개를 들었다.

"유 의원님 있는지도 몰랐어. 은우님 보러 온 거야. 나는 내 할 일 할 테니까 의원님들은 하던 일 하셔."

향금이 방 한쪽 구석에 엎드려서 다시 그림을 그렸다. 노랫가락을 흥얼댔다. 은우가 곁에 다가와 그림을 보았다. 버드나무 가지 내린 담장 아래에 꽃들이 피어 있고, 그 위를 벌들이 날아다니고 있었다. 솜씨가 제법이었다.

"그림이 멋져요."

"알아. 내가 그림을 잘 그려."

"이건 무슨 꽃이에요?"

"나야. 노류장화. 이것들은 사내들이고. 잠시 머물러 꿀만 빼먹고 도망가 버리지."

향금이 꽃 위를 날아다니는 벌들을 가리켰다.

"벌들이 많네요. 이 꽃은 인기가 많았나 봐요."

"그럼. 아름답잖아."

"노래도 잘하겠죠?"

"그럼. 시, 그림은 물론 가야금, 거문고, 시조창까지…… 내가 못하는 게 없지. 소락현 최고 기생이었는걸?"

"가사가 궁금해요. 써 주세요."

향금은 가사를 쓰고 창을 하기 시작했다. 향금의 구슬픈 노랫가락이 의원 식구들의 마음을 적셨다. 모두들 하던 일을 멈추고 향금의 목소리에 귀 기울였다. 전광 병자도 방문을 열고 향금의 노래를 들었다.

세풍은 다시 방으로 돌아와 전광 병자의 곁에 앉았다.

"뵈었지. 전하께서 나를 거두어 주셨고, 내가 전하를 모셨으니까."

세풍이 병자를 보았다. 병자가 이야기를 시작했다.

병자는 임진년(1592년) 왜란이 일어났을 때 피란길에서 태어났다. 전란 중에 부모를 잃었다. 생식기를 다쳐서 길가에서 죽어가고 있을 때 광해군의 눈에 띄었다. 당시 광해군은 왕세자의 신분이었다.

"내시로 살면 배는 곯지 않으리라."

광해군은 병자에게 '전란 중에 빛나는 별'이라는 뜻을 담아 '광규'라는 이름을 주고, 그를 거두었다. 전란 중에는 상궁들이 광규를 키웠다. 전란이 끝나고 어린 광규는 내시부로 보내졌다. 내시부에서 훈육을 거치고, 동궁전 내시가 되었다.

광해군은 광규를 기억하지 못했고, 광규도 어린 시절을 기억하지 못했다. 하지만 광해군이 저를 구해 준 은인이자 제가 평생 모셔야 할 주군이라는 사실은 알고 있었다.

광규는 광해군이 왕세자였을 때도, 보위에 올랐을 때도 한결같이 그를 존경하고 사랑했다. 광해군이 보위에 오르고 나서 달라졌다는 말들이 있었지만 광규에게는 아니었다. 가까이에서 보는 광해군은 예나 지금이나 다름없었다. 여전히 명민하고, 정대하고, 공평하였다. 그리고 외로웠다.

세월이 흘렀다. 광규는 소년에서 어른이 되었다. 광해군의 머리에도 하얀 세월의 발자국들이 내려앉았다.

어느 밤, 역도들의 발자국이 대궐문을 넘었다. 인조반정이었다. 광규는 대전으로 달려갔다.

"전하, 소신이 업고 모시겠사옵니다."

광규는 광해군을 업고 늙은 상선과 함께 담을 넘었다. 속도가 늦었다. 광해군이 내렸다.

"광규야, 도망가거라."

"소신은 살아도 전하와 함께 살고, 죽어도 전하와 함께 죽겠사옵니다."

광해군이 고개를 저었다.

"넌 과인이 살린 첫 번째 백성이니라. 하니 널 꼭 살리고 싶구나."

"전하……. 소신을 기억하고 계셨사옵니까?"

광해군이 미소를 지었다.

"빛나는 별, 광규. 넌 아직 죽을 때가 아니야. 하니 어서 가라."

"전하, 그 명은 받잡지 못하겠나이다."

"네가 살면 과인도 희망을 품을 것이다. 하니 어서 가. 어서 가서, 꼭 살아서 과인에게 희망을 다오."

광해군이 광규와 시선을 맞추며 고개를 끄덕였다.

"전하, 소신이 전하를 꼭 모시러 오겠사옵니다."

광해군이 웃으며 광규를 보냈다. 광규는 광해군의 무리에서 떨어져 나와 홀로 살아남았다.

"신사년(1641년) 광해군이 사망하고부터 병증이 나타났을 게야."

세풍의 이야기를 듣고 계 의원이 말했다.

"광해군이 살아 있는 동안은 희망을 품었을 테니까요. 전하를 모시고 대궐로 돌아갈 수 있다고 기대했을 테니까요."

"그런데 희망이 사라지자 삶을 놓아 버린 게지."

그날 밤, 세풍은 직접 탕약을 들고 병자의 방으로 갔다. 병자가 탕약을 마셨다.

"광해군이 좋은 군주라고 생각합니다. 어르신도 훌륭한 내관이시고요."

"의원님, 그동안 하대해서 미안했소."

병자의 정신이 명료했다.

"나 곧 북망산으로 가지요?"

세풍이 머뭇거렸다. 계 의원의 말대로 죽음을 준비하게 해야 하는지, 희망을 주어야 하는지 아직도 정답을 알지 못했다.

"내의였다더니 나쁜 소리는 안 하는군요. 대궐에서 살아남으려면 다들 그렇게 되지요."

병자가 얼굴에 주름을 드리우고 웃었다.

"괜찮으니 사실대로 말씀해 주시오."

세풍이 고개를 끄덕였다. 정답은 병자의 바람을 따르는 게 아닐까 생각했다.

"좋아요. 전하를 뵐 수 있잖아요."

조선 정신과 의사 유세풍

"전하를 뵈면 뭘 하고 싶으십니까?"

"엎드려 절하고 용서를 빌어야지요."

"용서요?"

"내가 잘못했어. 내가 잘 모셨더라면 우리 전하께서 그리 되시지 않았을 텐데……. 죄송하다고. 전하를 모시고 잘 도망치지 못해서 죄송하다고. 전하를 다시 모시러 가지 못해서 죄송하다고."

"어르신 잘못이 아닙니다. 도망쳤어도 결국 잡혔을 겁니다. 반정군이 어떤 놈들인데요. 악랄하고 지독한 놈들이잖아요. 어르신께서 아무리 애쓰셨어도 결과는 같았을 겁니다."

병자가 가만히 세풍의 말을 들었다.

"어르신께서는 어명을 따랐습니다. 광해군의 명대로 살아남으셨고, 광해군을 모시기 위해 애쓰셨어요. 어르신은 최선을 다했습니다. 광해군도 잘 아실 겁니다. 살아남아서 잘했다, 살아남아서 고맙다고 하실 겁니다."

"정말 전하께서 잘했다고 말씀해 주실까요?"

세풍이 고개를 끄덕였다. 병자가 미소를 지었다.

병자가 잠들었다. 얼굴이 편안해 보였다. 병자가 계수 의원에 오고 나서 처음 보는 얼굴이었다.

세풍은 병자를 지켜보다가 방을 나왔다. 의원 식구들도 각자의 방으로 가 잠자리에 들어 있었다. 계수 의원이 어둠에 잠겼다. 마당에는 달빛이 조용히 부서졌다.

세풍은 달빛을 받으며 한동안 서 있었다. 잠들기 전 병자가 보인 미소와 잠들고 나서 병자가 보인 얼굴에 제 마음도 비로소 편안해졌다. 심의로서 한고비를 넘은 것 같았다. 세풍 역시 오늘 밤은 편히 잠들 수 있을 것 같았다.

"아!"

한밤중 계수 의원에 사내의 비명 소리가 터져 나왔다. 의원 식구들이 눈을 떴다.

"살려 줘."

세풍이 방에서 나와 소리쳤다.

"나 좀 살려 줘요. 은우님 어디 갔어요? 은우님 좀 불러 줘요."

4

세풍의 고함에 계 의원과 만복, 남해댁, 입분이 방문을 열고 나왔다.

"서방님."

화전 병자, 향금이 세풍의 방에서 달려 나왔다. 의원 식구들이 눈을 휘둥그레 떴다. 향금은 속곳 차림이었다. 남해댁과 입분이 제 속곳을 들여다보았다. 향금의 속곳은 제 것들과 달랐다. 맨살이 고스란히 비쳤다. 저고리는 고름을 풀고 열어젖혔다. 만복이 세풍의 눈을 가리고 침을 꼴깍 삼켰다.

"저게 저게 지금 옷을 벗다 말고 유 의원님 방에서 나온 기가?"

남해댁이 물었다.

조선 정신과 의사 유세풍

"처음부터 입다 말았겠지."

입분이 신경질을 내며 마당으로 내려섰다. 향금을 붙잡았다.

"아, 진짜 미쳤어요? 의원님께 무슨 짓을 했어요?"

"서방님."

향금이 세풍을 보고 웃었다. 세풍이 싸늘한 얼굴로 향금을 외면하고 큰방으로 들어갔다.

스스로 입원을 결정한 향금은 기어이 돌아가지 않고 의원에서 자겠다고 고집을 부렸다. 전광 병자를 가리키며 소리쳤다. 저 영감은 의원에서 살잖아. 사는 게 아니라 달리 갈 곳이 없어서 머무르는 것이고, 병이 위중하여 의원님들의 곁에 있어야 한다고 설명해도 향금은 막무가내였다.

"내관 퇴물이나 기생 퇴물이나 다 같은 퇴물인데 지금 계집이라고 무시하는 거야, 뭐야?"

향금이 떼를 썼다. 향금은 여인 병자들을 위한 새 방에 들어가 잠을 청했다. 그러던 향금이 한밤중 세풍의 방에 침입한 것이다.

"내가 안 된다고 했잖아. 다 꿍꿍이가 있었어."

입분이 향금을 방 안에 눕히고 나오면서 투덜댔다.

"입분아. 그 속곳 참 요사스럽다. 그런 건 어디서 구하지?"

"그래. 저런 미친년보다는 차라리 은우님이 나아. 아무렴."

"은우님이 저런 거 입어서 뭐 할라고?"

남해댁과 입분이 동문서답을 주고받았다.

계 의원이 하품을 했다.

"지랄이 똥 싸서 비루빡에 처바르는 소리 그만하고 들어가서
자."

계 의원이 상황을 정리하고 방 안으로 들어갔다. 세풍이 문고리
를 걸어 잠갔다.

"넌 안 가냐?"

"같이 자요."

세풍이 계 의원의 자리 옆에 앉았다.

"한겨울에도 냉방에서 혼자 자는 놈이……."

세풍이 쓰는 건넌방과 장군과 만복이 쓰는 그 옆방에는 온돌
이 없었다. 해서 겨울이 되면 남자들은 모두 큰방에서 함께 잠을
잤다. 하지만 세풍은 잠귀가 밝아 곁에 사람이 있으면 잠을 잘 수
없다며 제 방에서 혼자 잤다.

"잠귀 밝다며? 향금이 들어오는 거 몰랐냐?"

"알았으니까 이 정도로 끝났죠."

"이제 끝났으니까 네 방으로 가."

"싫어요. 무서워요. 같이 자요."

"저 좋다고 같이 자자는 여인네는 마다하고 왜 여기 와서 지랄
이 똥 싸다가 벼락 맞고 똥통에 자빠지는 소리야? 너 설마……."

계 의원이 세풍의 아랫도리로 시선을 옮겼다.

"너 정상은 맞냐?"

"예. 거기는 물론 여기도 정상이니까 싫은 건 싫은 거고 안 되는
건 안 되는 겁니다."

조선 정신과 의사 유세풍

세풍이 제 머리를 가리켰다.

"아, 네 건 선녀님을 위해 고이 간직하겠다? 한데 그 선녀님은 아시나?"

세풍이 불안한 얼굴로 계 의원을 봤다.

"네가 선녀님 대신에 '은우님 어디 갔어요? 은우님 좀 불러 줘요' 한 거."

계 의원이 세풍의 흉내를 냈다.

"아니, 왜 선녀님 대신에 은우님을 불렀을까?"

"그거야 은우님이 화전 병자를 맡고 있으니까 그렇죠."

"과연 그것뿐일까?"

세풍은 눈동자만 굴릴 뿐, 말이 없었다.

"나 좀 살려 줘요. 은우님 어디 갔어요? 은우님 좀 불러 줘요."

계 의원이 다시 세풍을 흉내 냈다.

"의원님."

세풍이 이마를 찡그렸다.

"입 다무는 데 택진 열 번."

"그만 주무십시오."

세풍이 누워서 이불을 뒤집어썼다.

"내 입을 막고 싶으면 택진 열 번이다. 응?"

계 의원이 웃으며 세풍의 곁에 누웠다.

"의원님."

세풍이 몸을 뒤척이다가 계 의원을 불렀다.

"왜?"

계 의원이 선잠에서 깨어나 대답했다.

"전 아무래도 좋은 의원은 못 될 것 같습니다."

"잘난 의원 하나만 해. 좋은 의원까지 하려고 해? 네가 좋은 의원까지 하면 나 같은 의원은 뭐 먹고 사냐?"

세풍이 웃었다. 제가 잘난 의원인 것은 확신할 수 없었지만 이제 계 의원이 좋은 의원인 것은 확신할 수 있었다.

"넌 좋은 사내야. 우리 선녀님이 그걸 빨리 아셔야 할 텐데……."

계 의원이 모로 누우면서 잠꼬대하듯 중얼거렸다.

하루 사이에 향금은 풀이 죽어 있었다. 마당에 쪼그려 앉아 한숨만 푹푹 쉬어 댔다. 은우가 남해댁에게 간밤에 무슨 일이 일어났는지 물었다.

"어휴, 말씀 마세요. 어제 의원이 또 한바탕 난리가 났어."

남해댁이 향금의 속곳을 자세히 묘사하며 간밤의 일을 전했다.

"한데 우리 유 의원님, 세상 유순할 줄 알았는데 화내시니까 너무 무서워요. 얼음이 따로 없어요."

남해댁이 손을 내저었다.

"너무 서늘해. 더 멋있게……."

세풍은 향금의 접근을 금지하게 하고, 눈길 한 번 주지 않는다고 했다. 향금이 사과를 해도 본체만체한다고 했다.

은우는 세풍의 방에서 병자가 나오기를 기다렸다가 세풍의 방으로 갔다. 세풍이 미소를 지으며 자리를 권했다. 은우는 자리에 앉아 향금의 이야기를 꺼냈다. 세풍의 얼굴에 웃음기가 가셨다.

"병자잖아요. 아파서 그랬는데 왜 화를 내세요?"

"전 좋은 의원이 아닌가 봅니다. 저 병자가 성가시고 곤란합니다."

"그래서 병자한테 화를 내시는 거예요?"

"남녀 사이는 맺고 끊는 게 분명해야 합니다. 희망을 주어서는 안 됩니다. 남녀 사이에서 희망은 독입니다."

"의원과 병자의 사이는 남녀 사이가 아니라고 하지 않으셨어요?"

"물론 저 여인은 제게 병자일 뿐입니다. 하나 저 여인이 저를 사내로 보고 있습니다. 괜한 희망을 주어서는 안 됩니다."

괜한 희망. 은우는 일전에 어머니와 나누었던 대화를 떠올렸다.

"유 의원님, 참 좋은 사람이더구나. 네가 유 의원님 같은 사람, 아니 유 의원님을 만나 행복해졌으면 좋겠구나."

"당치도 않습니다. 유 의원님은 제 병을 돌봐 준 의원이자 제 의원의 길을 이끌어 주는 선진일 뿐이에요."

"유 의원님도 상처를 하였고……."

"어머니, 조선에서 홀아버지와 과부가 같은 대접을 받을 수 있나요?"

"옛날에는 여인들도 아무렇지 않게 개가를 하였다는구나. 미망인을 후궁으로 두신 임금님도 계신다지."

"세상이 달라졌어요. 개가는 꿈도 꾸지 않아요. 의원님은 내의원으로 돌아가실 분이에요. 혹여 저 같은 것과 인연을 맺으시면 의원님께도 누가 될 거예요.”

어머니가 은우의 손을 잡았다.

“은우야. 널 딸로 낳아서 미안하구나. 네가 아들이었으면 더 자유롭게 더 당당하게 더 행복하게 살았을 터인데…….”

은우가 어머니의 손을 맞잡으며 미소를 지었다.

“그런 말씀 마세요. 전 지금이 가장 행복해요. 전 이 조선에서 가장 운이 좋은 여인일걸요? 운이 좋아서 우리 부모님의 딸로 태어났고, 유 의원님을 만났어요. 부모님과 유 의원님 덕분에 의원으로 살 수 있게 되었지요. 불행하게 사는 여인들이 얼마나 많은데요? 전 정말 행복해요. 어머니.”

은우는 세풍의 말이 맞다고 생각했다. 하지만 속마음과는 다르게 말이 나왔다.

“글쎄요. 저 병자도 정인이 돌아올 희망을 품었다면 덜 불행하지 않았을까요? 의원님도 처음에 이곳에 오셨을 때 대궐로 돌아갈 희망을 품었기 때문에 견딜 수 있지 않으셨어요? 그리고 지금도 그 희망을 품고 계시잖아요.”

세풍이 잠시 있다가 대답했다.

“못 돌아갈 겁니다.”

세풍의 얼굴이 어두워졌다.

“내의원. 이제 못 돌아갈 겁니다.”

세풍이 일어나 자리를 떴다. 은우는 세풍의 뒷모습에 마음이 쓰였다.

전광 병자, 전직 내관 이광규는 자는 동안에 죽었다. 이른 아침, 만복이 그의 죽음을 알렸다. 그의 얼굴이 아이처럼 편안했다.

"주군을 다시 만나 행복하시군요."

세풍이 웃으며 그와 작별했다.

어둠이 내리고 의원이 파했다. 모처럼 의원에 기름 냄새가 났다. 단희와 입분이 마당에서 배추전을 구웠다. 배추를 소금에 절였다가 메밀가루를 묻혀서 부쳐내는 음식이었다. 장군이 곁에서 구경했다. 입분이 전을 뜯어 장군의 입에 넣어 주었다. 장군이 맛나게 씹었다.

만복이 술을 받아왔다. 대청에 상을 두 개 폈다. 남해댁이 상을 차렸다. 상 위에 곡주와 배추전, 김치가 놓였다. 만복은 들마루에도 상을 차렸다. 단희와 입분, 장군이 둘러앉았다.

계 의원과 세풍이 대청으로 나왔다. 계 의원과 세풍이 한 상을 차지하고 앉았다. 마당에서 놀던 할망과 향금이 대청으로 올라왔다. 할망이 세풍의 옆에 앉자 향금도 세풍의 옆에 앉겠다고 했다. 할망이 향금을 다른 상으로 쫓아냈다. 향금이 할망에게 눈을 흘기며 다른 상에 앉았다. 은우가 방에서 나와 향금의 곁에 앉았다.

"선녀가 날아가네."

계 의원이 은우를 보며 중얼거렸다. 세풍이 계 의원을 향해 눈을 부릅뜨고 인상을 썼다.

"선녀, 아니 은우님은 이리 와."

계 의원이 은우에게 손짓했다.

"아니에요."

"우리 의원엔 내외도, 상하도 없어. 내가 두목, 그 아래는 다 똑같아."

계 의원이 웃었다.

남해댁이 할망을 끌고 오면서 은우에게 자리를 옮기라고 했다.

"여기 비좁아요. 한 상에 세 명씩 앉으면 되겠네."

남해댁이 오른편에 할망을, 왼편에 향금을 앉혔다. 은우가 자리를 옮겼다. 세풍이 갑자기 몸을 움직여 무릎을 꿇었다.

"무릎은 왜……?"

은우가 세풍을 보면서 물었다.

"그러게 말입니다."

세풍이 바로 앉았다. 은우가 세풍과 계 의원의 사이에 앉았다.

"은우님. 술도 하지?"

"예."

은우가 고개를 끄덕였다. 세풍이 눈을 동그랗게 뜨고 은우를 바라보았다. 계 의원이 은우의 잔에 술을 가득 따랐다. 세풍의 잔에는 반만 따랐다.

"얘는 한 잔만 마셔도 맛이 가. 선녀님 찾고, 선녀님 찾아야 하는데, 선녀님 대신 선녀님 닮은 선한……."

"의원님, 다음 택진은 제가 가겠습니다. 드시지요."

세풍이 술잔을 들며 계 의원의 말을 막았다.

의원 식구들이 이광규를 추모하며 첫 잔을 비웠다. 소락산에서 산바람이 불어왔다. 녹엽이 서로 몸을 부딪치며 도란거렸다.

"이제 여름이구나."

계 의원과 은우가 술잔을 비웠다. 할망과 향금이 마당으로 나가 춤을 췄다. 향금의 동작이 아름다웠다.

"한 사람을 위해 온 마음을 바치고 사랑했는데 이 내관과 향금에게 남은 건 퇴물이라는 꼬리표뿐이군요."

세풍이 향금을 보며 말했다.

"그러고 보면 사내들이 나빠. 여인에게 희생을 강요하는 것도 사내이고, 사내를 거세시키면서까지 희생을 강요하는 것도 사내이니까. 그런데도 역사는 정인을 떠나 입신한 사내의 이름과 왕의 이름만 기억하지."

계 의원이 술잔을 내려놓으며 말했다.

"그렇게 말씀하시는 분은 사내 아니신가?"

남해댁이 놀리듯이 말했다.

"우리 아버지는 사내 아니에요. 아버지도 하고, 어머니도 하고, 사내도 되고, 여인도 된다니까요."

입분이 들마루에서 술잔을 들고 말했다.

"입분이, 너는 술 그만 마셔."

"아버지나 그만 드셔."

"아이고, 이년아. 아버지 말 안 들을 거면 시집이나 가."

"아버지나 가셔."

"사내도 아니고 여인도 아니라며. 그런데 어딜 가?"

"시집도 가고 장가도 가면 되겠네."

입분은 계 의원의 말에 한마디도 지지 않았다. 문득 세풍은 계 의원과 입분의 사이가 부러워졌다.

자리를 파하고. 세풍이 방에 들어와 의안을 펼쳤다. 이광규와 향금의 진료 기록을 살펴보았다.

"의원님은 좋은 의원이세요."

은우가 들어왔다. 세풍이 은우를 올려다보았다. 은우가 세풍의 맞은편에 앉아 의안을 보았다.

"역사가 외면한 이광규. 향금. 이들의 이름을 기억하실 테니까요."

"아닙니다. 전 아무래도 좋은 의원은 못 될 것 같습니다."

"이미 좋은 의원이세요."

은우가 웃었다.

"제 병을 돌봐 주실 때부터 알아보았죠. 의원님은 제 못된 언행도 다 받아주셨죠."

세풍이 고개를 들고 은우를 바로 보았다.

"제가 왜 그랬을까요?"

"좋은 의원이시니까요."

은우가 고개를 끄덕이며 미소를 지었다.

"그게 아닙니다."

"그럼요?"

세풍은 이제야 이유를 알았지만 은우에게 말할 수 없었다. 세풍은 말없이 웃었다. 은우가 갸우뚱한 눈길로 세풍을 바라보았다.

한 달이 지났다. 햇볕이 쨍쨍한 여름날이었다. 향금이 의원으로 왔다. 옥색 저고리에 남빛 치마를 입었다. 가채도 걷어내고 머리만 얹었다. 화려한 떨잠도 머리꽂이도 하지 않았다. 딴사람 같았다. 은우가 대청에서 향금을 맞았다.

"은우님께 사과를 드리려고요."

향금이 얌전하게 말했다.

"사과라니요?"

"그동안 유 의원님을 괴롭혀서 죄송해요."

"유 의원님께 사과를 드리셔야지요. 왜 제게 하세요?"

"두 분 정다운 사이 아니셨어요?"

"아니요."

은우가 눈을 동그랗게 뜨고 손을 내저었다.

"정말요?"

"그럼요. 유 의원님은 계 의원님처럼 계수 의원에서 절 가르쳐 주시는 의원이세요."

은우가 웃었다.

"그럼 유 의원님."

향금이 방 안에 있는 세풍을 불렀다.

"예."

세풍이 향금을 보았다. 바짝 긴장한 듯 보였다.

"저 이제 제 정신 돌아왔어요."

"예."

세풍이 고개를 끄덕였다.

"지난번에는 죄송했어요. 기방에 한번 오세요. 잘해 드릴게요."

"아, 예."

세풍이 어색하게 미소를 지으며 얼버무렸다.

향금을 보내고 은우가 세풍에게 다가가며 말했다.

"역시 계 의원님이 옳았어요. 사내들은 나빠요."

"전 좋은 사내입니다."

은우가 세풍을 쳐다보았다. 세풍도 은우를 보았다. 두 사람이
잠시 시선을 마주했다. 은우가 고개를 돌렸다.

"은우님께는 이제부터 좋은 사내가 되고 싶습니다."

은우가 다시 세풍을 보았다. 말없이 세풍의 눈을 응시했다. 세
풍의 눈이 제 모습을 담고 있었다.

〈2권에 계속〉

조선 정신과 의사 유세풍